微光

青年批评家集丛

构造与重造

新文学的话语与形式

路杨 著

上海文艺出版社
Shanghai Literature & Art Publishing House

"微光/青年批评家集丛"策划人语

金 理

在今天这样的时代里,尝试获取对于"文学批评"的共识,恐非易事。不过,既然我们的集丛以此为名义来召集,势必需要提出若干"嘤鸣求友"般的呼声——

首先,文学批评"能够凭借自身而独立存在"(弗莱:《批评的解剖》),其意义并不寄生于创作,批评与创作并肩而立,共同面对生机勃发的大千世界发言,"如共同追求一个理想的伴侣"——这个说法来自陈世骧先生对夏济安文学批评特质的理解:"他真是同感的走入作者的境界以内,深爱着作者的主题和用意,如共同追求一个理想的伴侣,为他计划如何是更好的途程,如何更丰足完美的达到目的。……他在这里不是在评论某一个人的作品,而是客观论列一般的现象,但是话

尽管说的犀利俏皮,却决没有置身事外的风凉意,而处处是在关心的负责。"(陈世骧:《〈夏济安选集〉序》)

其次,在理性的赏鉴与评断之外,批评本身是一门艺术,拒绝陈词滥调,置身于"陌生"的文学作品中,置身于新鲜的具体事物中。文学批评应该是美的、创造的、目击本源,"语语都在目前"。

再次,诚如韦勒克的分疏:"'文学理论'是对文学原理、文学范畴、文学标准的研究;而对具体的文学作品的研究,则要么是'文学批评'(主要是静态的探讨),要么是'文学史'。"但他尤其强调这三种方法互为结合、彼此支持,无法想象"没有文学理论和文学史又怎能有文学批评"(韦勒克:《文学理论、文学批评和文学史》)。故而,凡在文学理论的阐释、文学史的建构方面有新发见的著述,均在本集丛收入之列。

丛书名中的"微光"二字,取自鲁迅给白莽诗集《孩儿塔》作序:"这是东方的微光,是林中的响箭,是冬末的萌芽,是进军的第一步……"借用"微光"大概表示两个意思:微光联系着新生的事物和谦逊的态度,本书是一套为青年学者开放的集丛;态度谦逊但也不自视为低,微光是黎明前刺破黑夜的第一束光,我们也寄望这套书能给近年来略显沉闷的学界带来希望。

此外,"微光"还让我们联想起加斯东·巴什拉笔下的"孤独烛火",联想起巴什拉在《烛之火》中描绘的一幅动人图画:遐想者凝视孤独烛火,这是知与诗、理性与想象的结合。"在所有的形象中,火苗的形象——无论是朴实的还是最细腻的,乖巧的还是狂乱的——载有诗的信息。一切火苗的遐想者都是灵感丰富的诗人。"(《烛之火·前言》)——在这一意义上,"微光"献给"一切火苗的遐想者"。

我们期待有更多志同道合的师友加盟后续的出版计划。最后,集丛出版得到上海文艺出版社陈征社长、毕胜社长前后两任社长及李伟长兄的鼎力支持,胡远行先生与林雅琳女史亦献策出力,尤其远行先生本是集丛策划者,但他甘居幕后不愿列名,这都是我们要特为致谢的。

目 录

第一编 积习与新路

"积习":鲁迅的言说方式之一种 / 3

"小说之名"与"后来所谓小说者" / 23

"硬译":语言的自新与翻译的政治 / 43

第二编 抒情与史诗

"反浪漫的罗曼司":新文坛风尚中的沈从文 / 73

"新的综合":沈从文战时写作的形式理想与实践 / 95

"抒情"与"事功":从王德威"革命有情"说谈起 / 144

第三编 都市及其景观

借镜威廉斯:现代性叙事与中国城乡 / 165

从梦珂到"神女":都市空间中的穿行与放逐 / 176

上海的声景:现代作家的都市听觉实践 / 192

第四编　传统及其形变
　　形式与表意的悖谬:想象萧红与她的时代 / 227
　　英雄的位置:"革命中国"的想象与重写 / 237
　　寓"独语"于"闲话":李娟与现代散文的传统 / 246
　　自叙传经验的反复:"90后"作家的90年代想象 / 257

后　记 / 267

第一编

积习与新路

"积习":鲁迅的言说方式之一种

鲁迅在《南腔北调集》的《题记》(1932年12月)中交代以"南腔北调"为集子命名时写道:"静着没事,有意无意的翻出这两年所作的杂文稿子来,排了一下,看看已经足够印成一本,同时记得了那上面所说的'素描'里的话,便名之曰《南腔北调集》,准备和还未成书的将来的《五讲三嘘集》配对。我在私塾里读书时,对过对,这积习至今没有洗干净,题目上有时就玩些什么《偶成》,《漫与》,《作文秘诀》,《捣鬼心传》,这回却闹到书名上来了。这是不足为训的。"[1]虽曰"不足为训",鲁迅的这一"积习"却从来没有改掉,在"三闲"与"二心"、"伪自由

---

[1] 鲁迅:《南腔北调集·题记》,《鲁迅全集》第4卷,第427—428页。

书"与"准风月谈"之中,反而还仿佛能看出些自得其乐的意思。

在鲁迅的众多表述中,"积习"一语反复出现,从自我反省到对这一反省的背叛,"积习"与"油滑"相类,构成了一种含混、悖反又捉摸不定的言说方式。"积习"作为一种修辞,在其字面意义与背后所指之间,存在着多重指涉又游移不定的复杂空间。回到"积习"一语所针对的具体问题与言论语境之中,则可见出鲁迅在不同场合、文体及其背后的言说姿态、策略与针对性考量之间的张力所在。而在这诸多前提之下,这一言说方式也将从一种修辞表现,最终上升到文章结构乃至风格的层面。

一、"积习":否定性的自我指涉

鲁迅常以"积习"一语对其写作进行自我指涉,并以《写在〈坟〉后面》(1926 年 11 月)一文中的解释和表白最为详尽:

> 新近看见一种上海出版的期刊,也说起要做好白话须读好古文,而举例为证的人名中,其一却是我。这实在使我打了一个寒噤。别人我不论,若是自己,则曾经看过许多旧书,是的确的,为了教书,至今也还在看。因此耳濡目染,影响到所做的白话上,常不免流露出它的字句,体格来。但自己却正苦于背了这些古老的鬼魂,摆脱不开,时常感到一种使人气闷的沉重。就是思想上,也何尝不中些庄周韩非的毒,时而很随便,时而很峻急。孔孟的书我读得最早,最熟,然而倒似乎和我不相干。大半也因为懒惰罢,往往自己宽解,以为一切事物,在转变中,是总有多少中间物的。

> 动植之间,无脊椎和脊椎动物之间,都有中间物;或者简直可以说,在进化的链子上,一切都是中间物。当开首改革文章的时候,有几个不三不四的作者,是当然的,只能这样,也需要这样。他的任务,是在有些警觉之后,喊出一种新声;又因为从旧垒中来,情形看得较为分明,反戈一击,易制强敌的死命。但仍应该和光阴偕逝,逐渐消亡,至多不过是桥梁中的一木一石,并非什么前途的目标,范本。跟着起来便该不同了,倘非天纵之圣,积习当然也不能顿然荡除,但总得更有新气象。[1]

此外亦有"未忘积习而常用成语如我"[2](《叶永蓁作〈小小十年〉小引》,1929年7月)一类的表述,也曾在《"感旧"以后(下)》(1933年10月)一文中,以此指称新文化运动初期一些文白夹杂的作者:

> 五四运动时候,提倡(刘先生或者会解作"提起婊子"来的罢)白话的人们,写错几个字,用错几个古典,是不以为奇的,但因为有些反对者说提倡白话者都是不知古书,信口胡说的人,所以往往也做几句古文,以塞他们的嘴。但自然,因为从旧垒中来,积习太深,一时不能摆脱,因此带着古文气息的作者,也不能说是没有的。[3]

这些表述首先指向的是在"文辞"的层面,由"作对""常用成语"等

---

[1] 鲁迅:《写在〈坟〉后面》,《鲁迅全集》第1卷,第301—302页。
[2] 鲁迅:《叶永蓁作〈小小十年〉小引》,《鲁迅全集》第4卷,第152页。
[3] 鲁迅:《"感旧"以后(下)》,《鲁迅全集》第5卷,第352页。

带来的"字句""体格"上的"古文气息",有时也会继而将批判的笔触延伸到"文辞"背后的"思想"层面。而无论具体的论述方式如何,称之为"积习",便首先在显性的字面意义上传达出一种负面的态度。然而,与这种字面上的负面意义相对,却有两方面的事实值得注意。一是鲁迅自身态度的游移乃至反转:称"积习"是"不足为训"的,却继续在书名中玩些字眼上配对的把戏;称"积习"应当"荡除",却仍拉来古文为文章作结。在《写在〈坟〉后面》的末尾,鲁迅竟甘冒前文之"大不韪"般这样写道:

> 上午也正在看古文,记起了几句陆士衡吊曹孟德文,便拉来给我的这一篇作结——
> 　　既睎古以遗累,信简礼而薄藏。
> 　　彼裘绂于何有,贻尘谤于后王。
> 　　嗟大恋之所存,故虽哲而不忘。
> 　　览遗籍以慷慨,献兹文而凄伤![1]

可见在实际写作中,鲁迅对他的"积习"虽自我否定却未必"真心悔改",而在表达方式上,所谓的"积习"与继之而来的"积习不改"所构成的反转结构,则恰恰可能是有意为之的。二是在鲁迅的文章和语言内部,这些"字句""体格"上的"积习"确实构成了某种独特的美感。正如木山英雄观察到的那样:"我们看到在鲁迅的文章里,古文字句和格调不同于那种伪风雅,及与质朴翔实的现实主义既相矛盾又相联系的风

---

[1] 鲁迅:《写在〈坟〉后面》,《鲁迅全集》第1卷,第303页。

格,因之我们不能不佩服其容裁的凝练美。"[1]在作为文学史家的鲁迅那里,我们甚至还可以看到他对于古典小说在"文辞与意象"上的浓厚兴趣与赞赏之辞[2],而其《中国小说史略》更是在"文言述学"的传统内部,通篇采用典雅简古的文言展开的学术著述。但需要辨析的是,鲁迅关于古典资源的修养与取用,造就出的是一种不同于陈旧的格律、体式与蕴思方式的美感与音乐性,这与周作人所批判的"文义轻而声调重""八股里的音乐的分子",及其背后来自于"服从与模仿根性"[3]的写作(《论八股文》,1930年5月),已然发生了判然两立的改变。如若"积习"真的指向其表面上的负面含义与自我否定,那么施蛰存称鲁迅"新瓶装旧酒"的意见便也并不算错:"没有经过古文学的修养,鲁迅先生的新文章决不会写到现在那样好。"[4](《〈庄子〉与〈文选〉》,1933年10月)但鲁迅既不承认所谓的古文修养在其白话文写作中的积极作用,还要以"积习"之名加以否定,却又执意将这一"积习"保有并实行下去,可见在鲁迅的话语系统和言说方式当中,"积习"一语在能指和所指之间,并不存在某种明确、唯一且稳定的对应关系。

---

[1] 木山英雄:《从文言到口语》,《文学复古与文学革命——木山英雄中国现代文学思想论集》,赵京华编译,北京大学出版社2004年版,第124页。
[2] 鲁迅在其《中国小说史略》中曾对唐传奇的"文采与意想"大加赞赏,对各类型小说的评点亦皆在瞩目于其文辞层面,"叙述宛转,文辞华艳","施之藻绘","绰约而有风致","丰赡多姿","亦常俊绝"等肯定性评价迭出。无论鲁迅在"古文与白话"问题上的立场如何鲜明,言论如何激烈,在《中国小说史略》从1923年初版到1935年最后一次改订,都未对这些文笔层面上的评价做过任何删削或修改,其在学术立场上对待古典资源的实际态度,由此可见一斑。详可参见鲁迅:《中国小说史略》,《鲁迅全集》第9卷。
[3] 周作人:《论八股文》,《看云集》,北京十月文艺出版社2011年版,第87,89页。
[4] 施蛰存:《〈庄子〉与〈文选〉》,《申报·自由谈》1933年10月15日。

二、"古文与白话":现实态度与表达策略

将"积习"作为一种言说方式,无法抛开这一言说本身涉及的问题。修辞上的选择与调用,势必关乎对问题的表态,以及这一态度的性质与程度。上述在字面意义与运用方式之间发生的错动、抵牾乃至反转,传达出鲁迅在谈论这一问题时发言姿态的复杂性。在上述表述尤其是《写在〈坟〉后面》中,"积习"是被放置在"古文与白话"这一结构性问题的讨论中提出的。在鲁迅自身关于语言问题的发言中,不乏言辞激烈的批判如"我总要上下四方寻求,得到一种最黑,最黑,最黑的咒文,先来诅咒一切反对白话,妨害白话者。即使人死了真有灵魂,因这最恶的心,应该堕入地狱,也将决不改悔,总要先来诅咒一切反对白话,妨害白话者"[1](《二十四孝图》,1926年5月)。

在新文化运动初期对于白话文运动的推行过程中,比之于陈独秀"文求近于语,语求近于文"[2]与胡适"不避文言""不妨夹几个文言的字眼"[3]这类稳健折中的立场,以及周作人将"文言与白话"放置在"口语与文章语"的系统中学理清晰的论述[4],鲁迅的立场和表达策略则更近于钱玄同的鲜明与激烈:"有人说,现在'标准国语'还没有定出来,你们各人用不三不四半文半俗的白话做文章,似乎不很大好。

---

[1] 鲁迅:《二十四孝图》,《鲁迅全集》第2卷,第258页。
[2] 见陈独秀答钱玄同信,《通信》,《新青年》第3卷第6号,1917年8月。
[3] 胡适:《通信(一)论小说及白话韵文》,《新青年》第4卷第1号,1918年1月。
[4] 参见周作人:《国语改造的意见》,《国语文学谈》,《艺术与生活》,北京十月文艺出版社2011年版。

我说,朋友!你这话讲错了。试问'标准国语',请谁来定?难道我们便没有这个责任吗?……这个'标准国语',一定是要由我们提倡白话的人实地研究'尝试',才能制定。我们正好借这《新青年》杂志来做白话文章的试验场。我以为这是最好最便的办法。"[1]

在对这一问题的直接发言中,鲁迅是反对一切调和论的,其公开表态绝不采取任何折中与让步。但在其自身的写作实际中,鲁迅却又往往有所夹带或假意检讨,可见他对于来自古典传统的字句、体格的携带与调用,实与钱玄同所谓的"尝试"相合。作为对新的文学语言的探索,鲁迅的白话文写作,内含着对于文学/语言传统的抵抗,同时也内含着对自我的抵抗和更生。质言之,鲁迅自身的语言风格正是在对这种断裂与延续的双重自觉之中形成的产物,因而具备着独特的、不可复制的风格与美感。因其不可复制,使其无法成为一种可被明言或仿效的立场与方法,而只能保持在相对潜在的、深度的层次上,等待着沉淀为某种新的传统,在潜移默化中发挥其影响及效用。直到1927年,鲁迅在《无声的中国》中仍在讲"说话"问题,主张说"现代的话""自己的话""活着的白话"而非"死的古文"[2],但在自身的写作实践中实则又从未放弃过他的"积习",或许正显示出其立场与态度中可明言与不可明言的两面。

当有评论者如朱光潜以鲁迅为例证发议论道:"想做好白话文,读若干上品的文言文或且十分必要。现在白话文的作者当推胡适之吴稚晖周作人鲁迅诸先生,而这几位先生的白话文都有得力于古文的处

---

[1] 见钱玄同致陈独秀信,《通信》,《新青年》第3卷第6号,1917年8月。
[2] 鲁迅:《无声的中国》,《鲁迅全集》第4卷,第15页。

所(他们自己也许不承认)。"[1](《雨天的书》,1926年11月)鲁迅则敏锐地察觉到了其中"调和派"的论调,而返身将其白话文写作中的文言品格称之为"积习"。从反面的驳斥到正面的发言之后,鲁迅流露出对"青年作者"的忧虑:"现在呢,思想上且不说,便是文辞,许多青年作者又在古文,诗词中摘些好看而难懂的字面,作为变戏法的手巾,来装潢自己的作品了。"[2]在这种重声形与功利化的写作背后,鲁迅批判的是语言的因袭所包含的思想的因袭和奴役。应当说,鲁迅未必是要抹杀古文修养在自身语言风格中的作用,却是怕在"批评家"的利用或"青年"的误用中变质,又演成"播下龙种,收获跳蚤"的悲剧,因而与其对待"油滑"的态度相类,为免于在恶意的歪曲或拙劣的模仿中衍生出歧路,才以"积习"之名将跟随者挡在门外。不仅是在生活的态度上,在写作上,鲁迅对人与对己的态度也并不相同,正如他在《两地书》中对许广平所言:"总而言之,我为自己和为别人的设想,是两样的。所以者何,就因为我的思想太黑暗,但究竟是否真确,又不得而知,只能在自身试验,不敢邀请别人。"[3](《两地书·第一集 北京·二四》,1925年5月)

言论不可被等同于生活的态度,有时亦难被等同于写作的态度。鲁迅在公开发言与实际写作、对人和对己态度上的分野,都可能造成其言说方式的捉摸不定。而《写在〈坟〉后面》一文在细微的语词、态度的转折和行文结构的调动上,都可谓是考察这一问题的上佳文本。其

---

[1] 明石(朱光潜):《雨天的书》,《一般》第1卷第3期,1926年11月。
[2] 鲁迅:《写在〈坟〉后面》,《鲁迅全集》第1卷,第302—303页。
[3] 鲁迅:《两地书》,《鲁迅全集》第11卷,第81页。

中,鲁迅在感慨印数的增加时说:"每一增加,我自然是愿意的,因为能赚钱,但也伴着哀愁,怕于读者有害,因此作文就时常更谨慎,更踌躇。有人以为我信笔写来,直抒胸臆,其实是不尽然的,我的顾忌并不少。……我毫无顾忌地说话的日子,恐怕要未必有了罢。"这样的自陈,在鲁迅看来"比较的却可以算得真实"[1]。而紧随其后的"还有一点余文",则正是那段关于古文、白话和"积习"的表述。将"开首改革文章的时候,几个不三不四的作者"视为"中间物",甚至将自己也归为受累于这"积习"者之一,莫不是出于上述的一点"顾忌"。然若由此便相信鲁迅身上真还有些旧习气没有洗脱,那怕是要被鲁迅骗了。在如"劝读古文说"之流沉渣泛起之时,鲁迅要出版《坟》这样一本"古文和白话合成的杂集"[2],是不得不有所"顾忌"并加以解释的。对于那些面对白话文运动逐渐常态化的趋向,而对白话文写作及写作者如鲁迅,加以假意的迎合、曲解、盗用,或调和的言论,鲁迅的反击是通过进行自我否定,而不给对方加以利用的机会:你说我白话文做得好得益于古文读得好,我则干脆将其目为应当"荡除"的"积习""毒害"与"瘢痕",而拒绝被当作"目标"或"范本"。但鲁迅并没有在自我否定这一环上停下来,而是又返身践行了自己刚刚以"积习"之名否定过的东西,出版文白杂集《坟》者如是,拉来古文为这一杂集作结者亦如是。由否定而"顾忌",因"顾忌"而自我否定,自我否定之后又无所顾忌——至此,似乎用"顾忌"也无法解释鲁迅这一捉摸不定的态度了。

---

[1] 鲁迅:《写在〈坟〉后面》,《鲁迅全集》第1卷,第300—301页。
[2] 同上,第303页。

三、多重否定与超越反讽:从修辞到风格

可以肯定的是,以"积习"为代表,前后行文中这种曲折、反复、自我否定又虚实相继的措辞,形成了一种鲁迅所独有的言说方式。事实上,从中我们并不难看出鲁迅对"古文与白话"这一问题的立场与态度,但重要的是,鲁迅是如何在"表态"和写作的实际之间建立起这样一种言说方式,使得其写作中"积习"的遗留,以及对"积习"这一修辞的运用,反而构筑出一个高度自觉的现代写作者形象及其现代写作形态。在对于"积习"的运用中,从字汇本身的否定性意涵,到自我否定的修辞方式,再到背叛这一自我否定,而将被否定之事继续实行下去的做法,当然显示出某种迂回和游移。但与此同时,这一自我否定又是建立在对论敌的否定性批判的前提之下的,因而并未导向对自我的取消。这里触及到的将是两方面的问题:一是在"文"的层面,这种游移造成了语言上的流动感与不稳定,但是否会因此造成文章风格的含混? 二是在"论"的层面,态度的犹疑或许反而借助这一否定性结构的张力,最终转化为了某种"反讽"的风格及其力量。

要解决这两方面的问题,首先仍需回到"积习"的修辞层面加以细究。深入鲁迅这一言说方式的特殊性与难度在于,它表现为诸多不同语义、姿态以及策略的层累。若将其每一个层次的表述拆开来看,表意都很清晰,而所谓的"游移"与"含混",是当这些单个层次被一些修辞方式组装成一个整体之后,所显示出的语调上的迂回反复,和语义上的曲折矛盾。因而分析这一言说方式就需要对各层次之间在修辞上的转承方式加以关注。细读鲁迅在《写在〈坟〉后面》中的表述可以

发现,"积习"一语虽带有负面意义,但对于那些携带着"积习"的"不三不四的作者",鲁迅还是首先给予了肯定性的态度:"他的任务,是在有些警觉之后,喊出一种新声;又因为从旧垒中来,情形看得较为分明,反戈一击,易制强敌的死命。"[1]这也正是受累于"积习"者自觉于"积习"之后所具有的战略优势和所能发挥的正面效能。然而在这一正面表述之后,鲁迅转入了对"积习"者历史命运的议论:"但仍应该和光阴偕逝,逐渐消亡,至多不过是桥梁中的一木一石,并非什么前途的目标,范本。跟着起来便该不同了,倘非天纵之圣,积习当然也不能顿然荡除,但总得更有新气象。"[2]值得注意的不仅在于这段表述与上一段表述之间的语义转折,而更在于其中大量虚词的使用:"但仍应该……逐渐消亡,至多不过是……并非什么前途的目标,范本。……倘非……积习当然也不能顿然荡除,但总得更有新气象。"(着重号为论者所加)在这些虚词的作用下,"积习"以一种非常辗转的方式又回到了其负面意义的起点上。又或者说,"积习"的负面意义本就是鲁迅发言策略背后的基本立场,但问题在于:在这一根本立场之下,其他更为微观、精细和严密的表述所承载的态度和方法,可能才更接近鲁迅写作的实际,只是由于与其发言立场的不相兼容,才不得不被以这样婉曲的方式压抑下去或遮蔽起来。这些兜兜转转的虚词,当然不会更动论辩立场本身,却在修辞上带来了游移不定的客观效果。而在修辞效果之外,大量的虚词还在句式、句群的内部乃至段落之间形成了某种迂回反复的结构,这一微观层面上的结构与语义层面上的"否定之

---

[1] 鲁迅:《写在〈坟〉后面》,《鲁迅全集》第1卷,第302页。
[2] 同上。

否定"相结合,则渗透到了文章本身的结构中去。

若将视野延伸至文章结构的层面,关于"积习",则恐怕还有一重意义需要纳入考量,即鲁迅的"积习"并不仅仅是"字句""体格"层面上的问题,而且是抒情方式和写作姿态上的。在《为了忘却的记念》(1934年4月)中:

> 在一个深夜里,我站在客栈的院子中,周围是堆着的破烂的什物;人们都睡觉了,连我的女人和孩子。我沉重的感到我失掉了很好的朋友,中国失掉了很好的青年,我在悲愤中沉静下去了,然而积习却从沉静中抬起头来,凑成了这样的几句:
> 惯于长夜过春时,挈妇将雏鬓有丝。
> 梦里依稀慈母泪,城头变幻大王旗。
> 忍看朋辈成新鬼,怒向刀丛觅小诗。
> 吟罢低眉无写处,月光如水照缁衣。[1]

如果说在《南腔北调集》的"题记"中,鲁迅对那种语言层面上的"积习"表现为一种有距离的观照乃至戏谑姿态,那么在《为了忘却的记念》中,这种"从沉静中抬起头来"的"积习"又是什么呢?——问题恐怕还不在于这里鲁迅歌吟而出的是旧诗还是新诗,而在于"歌吟"的姿态本身。应当说,这种带有抒情性的姿态和自我形象在鲁迅笔下并不鲜见,如《怎么写(夜记之一)》(1927年10月)的开篇几段所勾勒出的,几近于一个"凭栏远眺"式的古典形象:

---

[1] 鲁迅:《为了忘却的记念》,《鲁迅全集》第4卷,第500—501页。

> 白天还有馆员,钉书匠,阅书的学生,夜九时后,一切星散,一所很大的洋楼里,除我以外,没有别人。我沉静下去了。寂静浓到如酒,令人微醺。望后窗外骨立的乱山中许多白点,是丛冢;一粒深黄色火,是南普陀寺的琉璃灯。前面则海天微茫,黑絮一般的夜色简直似乎要扑到心坎里。我靠了石栏远眺,听得自己的心音,四远还仿佛有无量悲哀,苦恼,零落,死灭,都杂入这寂静中,使它变成药酒,加色,加味,加香。这时,我曾经想要写,但是不能写,无从写。这也就是我所谓"当我沉默着的时候,我觉得充实,我将开口,同时感到空虚"。[1]

而如前文所述,鲁迅文章在字句、体格以及意象之中所流露出的某种古旧的情致,及其所造就出的区别于旧诗文或"伪风雅"的音乐性和特殊美感,正是从大量这样的段落中传达出来。

在《华盖集续编》的"小引"(1926年11月)中鲁迅曾说,他的杂文"并没有宇宙的奥义和人生的真谛。不过是,将我所遇到的,所想到的,所要说的,一任它怎样浅薄,怎样偏激,有时便都用笔写了下来。说得自夸一点,就如悲喜时节的歌哭一般,那时无非借此来释愤抒情,现在更不想和谁去抢夺所谓公理或正义"[2]。在写作姿态的层面上,鲁迅的"积习"或许还内在指向一种"诗可以怨"式的写作,一种个人性的、指向个体生命内部的情感价值与功能("释愤抒情")的写作。在这

---

[1] 鲁迅:《怎么写(夜记之一)》,《鲁迅全集》第4卷,第18—19页。
[2] 鲁迅:《华盖集续编·小引》,《鲁迅全集》第3卷,第195页。

个意义上,重读上述此类具有"歌吟"感的段落,我们会发现:促使鲁迅的"积习""抬起头来"的,往往都是这样一些个人化与抒情性的情境。

但问题总是接踵而至。"歌哭"也好,"抒情"也罢,鲁迅却并没有停留在这一"积习"之中止步不前,而是将这一作为写作姿态的"积习"发展成为了某种整体性结构之中的一个部分。在上文引述的《怎么写(夜记之一)》中那个古典而哀愁的段落之后,我们继而看到的恰恰是对这一哀愁的驱逐:

> 莫非这就是一点"世界苦恼"么?我有时想。然而大约又不是的,这不过是淡淡的哀愁,中间还带些愉快。我想接近它,但我愈想,它却愈渺茫了,几乎就要发现只我独自倚着石栏,此外一无所有。必须待到我忘了努力,才又感到淡淡的哀愁。
>
> 那结果却大抵不很高明。腿上钢针似的一刺,我便不假思索地用手掌向痛处直拍下去,同时只知道蚊子在咬我。什么哀愁,什么夜色,都飞到九霄云外去了,连靠过的石栏也不再放在心里。[1]

鲁迅以蚊子"钢针似的一刺",打破了此前那一个"淡淡的哀愁,中间还带些愉快"的、"令人微醺"的、遗世而独立的意境营构。以此为分界,前后两部分几乎成了两个从情调到文体再到风格都截然不同的文本世界。在这样一个由"哀愁"与"驱逐哀愁"构成的否定性结构之中,我们可以看到作为一种写作姿态的"积习"是如何抬起头来,又如何被

---

[1] 鲁迅:《怎么写(夜记之一)》,《鲁迅全集》第 4 卷,第 19 页。

打压下去。更重要的是,这个有蚊子的世界对那个凭栏远眺的世界无疑构成了某种拆解,而一种强烈的反讽意味,正由此生成。这一结构上的反讽,构成了一种不断否定的节奏,不仅是对于话题转折的推动,也造就了阅读感受的曲折乃至挫折感。鲁迅在修辞上的迂回与态度上的犹疑,也正是借助对这种否定性结构及其张力效果的反复调动,最终上升到了"反讽"的风格层面。

但这仍然不是问题的终点。"积习"作为一种言说方式的复杂性,在于其无论是在结构还是风格上,都并没有单纯停留在反讽的层面。在《写在〈坟〉后面》一文的末尾,鲁迅之"积习"又有所"抬头",然而在其引用陆机之《吊魏武帝文》为文章作结之前,我们看到的显然是一个有所分裂的言说情境:

> 不幸我的古文和白话合成的杂集,又恰在此时出版了,也许又要给读者若干毒害。只是在自己,却还不能毅然决然将他毁灭,还想借此暂时看看逝去的生活的余痕。惟愿偏爱我的作品的读者也不过将这当作一种纪念,知道这小小的丘陇中,无非埋着曾经活过的躯壳。待再经若干岁月,又当化为烟埃,并纪念也从人间消去,而我的事也就完毕了。上午也正在看古文,记起了几句陆士衡的吊曹孟德文,便拉来给我的这一篇作结……[1]

一方面是面对"劝读古文说"的"复古"风气之再起,鲁迅要出版《坟》这样一本文白杂集之时不得不做的解释与表态,也是对前文大段批判议

---

[1] 鲁迅:《写在〈坟〉后面》,《鲁迅全集》第1卷,第303页。

论之词的承续。而另一方面,我们再次看到了那种以个人的情感与记忆为中心的私人化语境,鲁迅是将《坟》作为"生活中的一点陈迹"[1],带着一面是留恋,一面是埋葬的心境,为"逝去的生活的遗痕"和"曾经活过的躯壳"所做的一篇纪念与"吊文",并在结构上,构成了对文章开篇的呼应——在《写在〈坟〉后面》一文的开头,我们竟然发现了《怎么写(夜记之一)》中的那个"哀愁"与"驱逐哀愁"结构的"先声":

在听到我的杂文已经印成一半的消息的时候,我曾经写了几行题记,寄往北京去。当时想到便写,写完便寄,到现在还不满二十天,早已记不清说了些甚么。今夜周围是这么寂静,屋后面的山脚下腾起野烧的微光;南普陀寺还在做牵丝傀儡戏,时时传来锣鼓声,每一间隔中,就更加显得寂静。电灯自然是辉煌着,但不知怎地忽有淡淡的哀愁来袭击我的心,我似乎有些后悔印行我的杂文了。我很奇怪我的后悔;这在我是不大遇到的,到如今,我还没有深知道所谓悔者究竟是怎么一回事。但这心情也随即逝去,杂文当然仍在印行,只为想驱逐自己目下的哀愁,我还要说几句话。[2]

也就是说,后文所有围绕"积习"在否定性语义层面上的辗转议论,都是对这一"淡淡的哀愁"情境的打破与驱逐,而统观《写在〈坟〉后面》全篇,这些议论又是套在一个以"积习"为写作姿态和私人化情境的表述

---

[1] 鲁迅:《写在〈坟〉后面》,《鲁迅全集》第1卷,第298页。
[2] 同上。

内部的。从文章的大结构来看,鲁迅正是以一种"积习"式的姿态为起点,转向了对这一姿态的自我否定,再到对这一自我否定的背叛,最终又重新返回到了这一姿态当中。与《怎么写(夜记之一)》中单一的否定性结构不同,在这一"否定之否定"的复杂结构当中,我们感受到的并不是"反讽",而是某种比"反讽"要复杂得多的"厚味";并且能够隐约感受到的是,这种丰富沉厚之感,已经从文章的"语义"或"意味"的层面,上升为了某种美学风格。

若从写作动机的层面上来看,《写在〈坟〉后面》一文对于鲁迅而言,或许本身就承担着两重不同的"任务":一是私人性的纪念,二是公开性的发言,而《坟》作为"埋葬"的意义本身,本就内涵着与过去的"切割"性姿态,与切不断的"眷恋"之情。事实上,这一姿态上的悖论性在《写在〈坟〉后面》之中并没有得到彻底的解决,这不仅在于这篇文章在结构上的回环往复,更在于它持续蔓延在鲁迅此时以及此后的表述方式之中,从修辞到结构甚至是语义逻辑的展开,都产生了某种微妙的、风格化的影响。借用鲁迅《〈中国小说史略〉日本译本序》中的一句实与上述问题并无关联的话来讲,即"积习好像也还是难忘的"[1]。在这个意义上,"古文与白话"的问题也就不仅是一个语言的问题,至少它不可能单纯停留在公开表态的层面而仅仅被作为一种"主张"。又或者说,对一个写作者而言,正因为它是一个语言的问题,才会缠绕鲁迅终身,因为这才是在实际写作中需要去不断面对的、最为切实与根本的问题。因而鲁迅写作中的游移之感,也就并不只是一种表达上的策略,而是来源于几种不同的写作姿态之间的彼此重叠与牵制。但我

───────────

[1] 鲁迅:《〈中国小说史略〉日本译本序》,《鲁迅全集》第 6 卷,第 359 页。

以为,鲁迅至少还是在文章的层面上,控制住了这种源自其写作状态与气质本身的含混性。如果说鲁迅文章之中确实存在某种"反讽"的结构,那么正在于这种不同姿态之间的相互拆解,使得每一种姿态都变得不那么可靠,又将每一种姿态及其相应的文体与风格变成了一个有机整体内部的组成部分。但这又并不是风格之间的简单叠加或粗暴的杂糅。如果说"反讽"的前提是作为对象的自我与认识自我的意识之间的某种距离感,那么鲁迅的写作不仅有意暴露了这一"自我"与"意识"之间的间隙,并且试图对其进行一种"复调"式的控制。伴随着这种形式上的内省性,一种超越了"反讽"的、综合性的文学样式正在生成。

结语 作为方法论的"言说"

以鲁迅的"积习"为入口,我们获得的不仅是一种个性化的言说方式,同时也是"言说"背后的游移、含混以及对含混的控制,如何从写作者/发言者态度的深处浮现出来,成为语调、修辞乃至结构层面的特征,并最终上升为某种美学风格的曲折旅程。因而在方法论的意义上,对"言说方式"的考察最终指向的将是"言说"背后的"文体"生成乃至"话语"生成的机制性问题。

在1920年代的中国,白话作为胡适理想中所谓"求高等知识、高等文化的一种工具"[1]及其表达能力,都还在锤炼与提升的过程之中。鲁迅的语言方式在句式与修辞上的特点,如大量虚词的使用,所

---

[1] 胡适:《国语运动的历史》,《胡适文集》第8卷,北京大学出版社1998年版,第129页。

造成的句法的繁复与表意的曲折,在某种程度上,也是对于白话文形态的现代汉语之精密性的锻造,它所提升的正是现代汉语对于复杂思想的表述能力。语言表达的"精密"与否,一直是鲁迅看待"古文与白话"问题时的一个价值标准所在:"文言比起白话来,有时的确字数少,然而那意义也比较的含胡。我们看文言文,往往不但不能增益我们的智识,并且须仗我们已有的智识,给它注解,补足。待到翻成精密的白话之后,这才算是懂得了。"[1]也是在这个意义上,鲁迅才并不反对"'欧化'语文"的引入,"因为讲话倘要精密,中国原有的语法是不够的,而中国的大众语文,也决不会永久含胡下去"[2]。鲁迅对于"硬译"主张的坚持,也是希望通过翻译,"帮助我们造出许多新的字眼,新的句法,丰富的字汇和细腻的精密的正确的表现"[3]。而鲁迅自身的语言方式,也是在"试验"与开拓现代汉语在语法、句法、文章结构以及思维逻辑上的复杂性与精确性,并在客观上提升了白话文逻辑性地表达精确语义与复杂思想的能力。

在文章风格的层面,鲁迅的写作则向我们昭示了"反讽"如何作为一种结构与风格,从尝试性的试验出发,逐步进入到成熟的白话文写作当中,并最终产生某种典范性的意义。并且不囿于"反讽",鲁迅更进一步拓展了白话文写作在一个单一的文本单位内部,对于不同文体与不同风格的涵容能力。而这种扩容实验与锤炼过程在文体与话语机制上的产物,正是以鲁迅的写作为代表的"杂文"写作本身。如果一定要在美学风格的意义上讨论杂文,那么我以为,杂文的"审美性"正

---

[1] 鲁迅:《此生或彼生》,《鲁迅全集》第5卷,第527页。
[2] 鲁迅:《答曹聚仁先生信》,《鲁迅全集》第6卷,第79页。
[3] 鲁迅:《关于翻译的通信》,《鲁迅全集》第4卷,第380页。

在于一种内在的紧张感所带来的特殊的阅读快感，而这恐怕与多种文体与风格在文章内部的杂糅状态，及其在形式层面上的角力不无关系。这使得"杂文"作为一种"文体"，同时也昭示着一种与"纯文学"相对立的"杂文学"观念的生成。"积习"作为一个切口，只是向我们展示了公开性的发言、私人性的寄寓、策略性的表达或游戏性的文字如何在一个以"文章"为单位的有机体内部，相互碰撞、入侵与最终化合的过程。而在一个更广阔的杂文视野中，更为丰富的文学元素与更为复杂的化学反应还在发生，这或许就有待于我们对其他更多具有代表性或特异性的"言说方式"的发现与剖析。这也正是本文之研究瞩目于"言说"的方法论意义之所在。

"小说之名"与"后来所谓小说者"

郭沫若在《鲁迅与王国维》一文中,将王国维的《宋元戏曲考》和鲁迅的《中国小说史略》视为"中国文艺史研究上的双璧"[1]的论断所知者众,然而郭沫若在文中对二者学术与精神进行比较研究的期待却并未得到更多响应。应当说,从整体的学术设计到具体的方法考量,这两部学术著作都有所分殊。除去"一代有一代之文学"[2]与"中国之小说自来无史"[3]所显现出的学术目的上的差异,值得注意的是,

---

[1] 郭沫若:《鲁迅与王国维》,《郭沫若全集·文学编》第20卷,人民文学出版社1992年版,第306页。
[2] 王国维:《自序》,《宋元戏曲史》,上海古籍出版社2008年版,第1页。
[3] 鲁迅:《序言》,《中国小说史略》,《鲁迅全集》第9卷,第4页。

同是作为针对某一特定文类(戏曲/小说)展开的研究,二者在处理各自的文类概念时,方法与策略却不尽相同。王国维强调概念的确定,即什么是真正的"戏曲",以及为何在元代才会出现真正的"戏曲",由材料辨析性质继而做出界定,虽亦以文言述学,操作方式却实则西化。相比之下,鲁迅的方式却稍显暧昧。统观整部《中国小说史略》,包括作为其前身的《小说史大略》,以及以白话演讲记录稿的形式保存下来的《中国小说的历史的变迁》,都从未真正界定过"小说"的概念。

研究者大多注意到鲁迅在《中国小说史略》(以下简称《史略》)中对目录学方法的借重。作为对西方文学史体例的汲取,《史略》却并没有将本源性的叙述即论及"小说起源"的《神话与传说》一章置于篇首,而是从"目录亦史之支流"[1]入手,在《史家对于小说之著录及论述》一章中,依历史顺序考察了《汉书·艺文志》《隋书·经籍志》《唐书·经籍志》《新唐书·艺文志》《少室山房笔丛》《四库全书总目》等目录学著作关于小说的著录与分类,并附以简明的论断。然而值得辨析的是,鲁迅瞩目于目录学著作,不仅意在辨章学术考镜源流,更是在史家与目录学的视野之中,考察"小说"的定位与分类,及其类目范围如何一步步规范整洁的过程。更重要的是,鲁迅对于目录学中的"史家成见",不无"非于艺文有真知"[2]的诟病。在这种"史法"与"文心"的对垒分际之中,一组关于"小说之名"与"后来所谓小说者"[3]的对位关系一直潜隐其间。若将这组对位关系抽象出来,我们可以发现,鲁迅

---

[1] 鲁迅:《中国小说史略》,《鲁迅全集》第9卷,第11页。
[2] 同上。
[3] 鲁迅:《中国小说史略》,《鲁迅全集》第9卷,第6页。

未尝不是一直围绕着这两者之间指涉关系的达成展开其小说史叙述的,即那些在目录学视野中以"小说之名""小说家言"甚或非"小说"之名出现的作品文本,是如何在一个历史变动的过程中一步步靠近"后来所谓小说者"的。由此,我们可以从中辨析出关于"小说"的两种"所指":一是作为小说史研究对象的作品及文学现象本身,一则是鲁迅从未明确加以定义的"后来所谓小说者"内部所蕴含的某种相对明确的文类概念。这二者构成的对位关系,当然内涵着历史事实与理论设计的分野,但更重要的是,从研究的主体与客体之间的关系来看,这二者显现出一种研究者的理论方法与其研究对象本身之间的张力,而对于研究主体自身而言,甚至还透露出其在观念、方法乃至文体之间的错动与缝隙。在鲁迅这里,"小说"的概念诚然是一个处于不断变动之中的范畴,这也在某种程度上,决定了鲁迅的小说史研究文类视野的历史性所在,但这并不意味着,"小说"作为一个确定的文类概念及其所内涵的价值标准的真正缺席。在"不做界定"的背后,我们仍然可以辨认出"后来所谓小说者"的理论面孔与观念前提;而包括"不做界定"在内的诸多具体的述学选择,也是《史略》的复杂性之所在。正是这种缺席的"在场",构成了鲁迅的《中国小说史略》在文学观念、述学文体及方法论之间的内在裂隙。

一、现代"文学"观念的显隐

陈平原在对"作为文学史家的鲁迅"的考察中,提醒人们不应仅专注于鲁迅的考据实绩,而忘记其"独到的批评"及其背后卓越的文学感觉。[1]而在鲁迅对于"文采"的特殊兴趣和个人感觉之外,《史略》中洞见迭出的裁断背后,还显现出某些普遍性的评价标准与价值选择。在某种程度上,正是这些价值标准,决定了作为历史对象的"小说"文本与"后来所谓小说者"之间的距离关系。

鲁迅从"小说"与"稗史"之别入手,强调二者在"自造"与"纂辑"之间的界限。因而他批评《世说新语》"纂辑旧文,非由自造"[2];殷芸所撰《小说》,亦是"钞撮故书"[3];张华的《博物志》在内容上"皆刺取故书,殊乏新异"[4];刘义庆的《幽明录》亦是"其书今虽不存,而他书征引甚多,大抵如《搜神》《列异》之类;然似皆集录前人撰作,非自造也"[5]——"自造"与"纂辑",高下之别立判。直至"唐代而一变,虽尚不离于搜奇记逸,然叙述宛转,文辞华艳,与六朝之粗陈梗概者较,演进之迹甚明,而尤显者乃在是时则始有意为小说"[6]。由此,"有意为小说"与否,成为了一个首要的评价标准与"后来所谓小说者"的内在规定性,指向创作意识上的自觉。这一标准甚至贯穿《史略》始终,如鲁迅在评价《宣和遗事》时便谈到:"盖《宣和遗事》虽亦有词有说,而非全出于说话人,乃由作者掇拾故书,益以小说,补缀联属,勉成一书,故形式仅存,而精采遂逊,文辞又多非己出,不足以云创作也。"[7]更重要的是,在创作意识的自觉之上,"自造""独造""独创"这类评断之中,

---

[1] 参见陈平原:《清儒家法、文学感觉与世态人心——作为文学史家的鲁迅》,《作为学科的文学史》,北京大学出版社2011年版。
[2] 鲁迅:《中国小说史略》,《鲁迅全集》第9卷,第63—64页。
[3] 同上,第39页。
[4] 同上,第46页。
[5] 同上,第50页。
[6] 同上,第73页。
[7] 同上,第125页。

还蕴含着一重有关独创性的价值意涵。若细究鲁迅引述胡应麟的说法对于唐传奇所下总评,即可辨识出一系列与之相关且具有贯穿性的评价标准:

> 胡应麟(《笔丛》三十六)云,"变异之谈,盛于六朝,然多是传录舛讹,未必尽幻设语,至唐人乃作意好奇,假小说以寄笔端。"其云"作意",云"幻设"者,则即意识之创造矣。此类文字,当时或为丛集,或为单篇,大率篇幅曼长,记叙委曲,时亦近于俳谐,故论者每訾其卑下,贬之曰"传奇",以别于韩柳辈之高文。[1]

其中,"作意""幻设""意识之创造""叙述宛转,文辞华艳""施之藻绘"等评断,在逻辑上具有某种发散性的密切关联:以"有意为小说"为基点,以"创造性"为核心,其余评断指向的分别是作品的虚构性、想象力和审美性层面。鲁迅继而对唐传奇的"文采与意想"加以赞赏,且对各类型小说皆瞩目于其文辞层面,正是对于小说"审美性"的看重。而在小说的创作动机、性质与功能层面,鲁迅则显然对意在"娱心""赏心""有情致"之作青眼有加,而对"劝惩""教训""诰诫连篇,喧而夺主"之文难掩其恶感。魏晋时期的"志人"之作虽仍属"掇拾旧闻",鲁迅却在动机和功能层面上给以肯定:"若为赏心而作,则实萌芽于魏而盛大于晋,虽不免追随俗尚,或供揣摩,然要为远实用而近娱乐矣。"[2]由此,一种"无功利性"的文学观念可谓呼之欲出。

---

[1] 鲁迅:《中国小说史略》,《鲁迅全集》第9卷,第73页。
[2] 同上,第62页。

在这一系列评价标准之中,我们不难辨认出新文学运动所建立起来的某种"纯文学"观念。但将这一文学观念引入对中国小说史的观照,势必面临着两种不可通约的"文学"概念之间的碰撞。日本学者铃木贞美在《文学的概念》一书中,曾对中国的"文学"概念从古代到近代的意涵流变进行过一个词源学的考察。在《中国"文学"的变迁》这一图表中,我们可以清晰地看到中国的"文学"概念由扩容到收缩的变化过程[1]:从19世纪中叶开始,"文学"便从一个可泛指一切古代文献的、包含了"学问"与极广泛意义上的"文"或"文章"的概念逐渐窄化为一个现代意义上的"文学"概念,即指向某种虚构的、想象性和创造性的写作的概念,而至于西方意义上审美的文学观念之流行,则是晚清以后的事了。然而即便是在西方,这一"文学"观念其实也仅有两百年左右的历史。根据雷蒙·威廉斯的梳理,在英语中,"文学"(literature)一词最早出现在14世纪,但它最初的含义是"通过阅读所得到的高雅知识",而非今天意义上的"文学",17世纪到18世纪末的欧洲,"文学"都包含了"广泛阅读""博学博闻"的意涵,此后逐渐过渡到了有关"印刷书籍或过去的文献"的专门知识和研究;直到19世纪才形成了现代的文学观念,即专门指涉具有审美想象性和创造力的一类特殊文本,即以诗歌、戏剧和小说为中心的狭义的"文学"概念,而创造性、想象性、整体性、审美性等价值表述也就从此成为了衡量"文学"与"非文学"的标准。[2] 由此可见,"文学"概念本身是一个不断变动

---

[1] 见铃木贞美:《文学的概念》,王成译,中央编译出版社2011年版,第52页。
[2] 关于英语中的"literature"的概念史流变,可参见威廉斯:《关键词:文化与社会的词汇》,刘建基译,生活·读书·新知三联书店2016年版,第314—320页;铃木贞美:《文学的概念》,第29—31页。

的观念形态,而在鲁迅为中国小说述史的1920年代,"文学"概念已经进入了现代范畴。而当一种现代文学观念下的"文学"概念与文类标准引入中国之后,对于文章种类的归属所产生的规训关系,或许正是鲁迅在《史略》中有意模糊之处。鲁迅之不对"小说"概念作出王国维式的界说,似乎是并不想以西方的文类概念切割与重置中国已有的文学事实,但在其评价标准内部,又不可避免地遵循着现代"文学"概念的一系列内在规定性与价值准则。作为在北京大学担任"中国小说史"课程时教学研究的产物,鲁迅曾以《中国小说史略》为底本依据,在多所高校或其他场合讲授中国小说史。事实上,在赴西北大学讲授《中国小说的历史的变迁》的白话记录稿中,鲁迅并不讳言这一现代眼光及其规训能力,可见并非对此无所自觉。这一演讲仍从"稗史"谈起,直言其"并无现在所谓小说之价值",又在谈到刘向《列仙传》时说其"在当时并非有意做小说,乃是当作真实事情做的,不过我们以现在的眼光看去,只可作小说观而已"。[1] 可见"现在的眼光"既可以将某一部分作品排除出"小说"的范围,又可以将某一部分作品划归进来。"现在"一词取替了模糊的"后来"(《史略》中作"后来所谓小说者"),将其所秉持的批评标准定位于当下的文化语境。然而离开直言不讳的文学课堂,返回作为学术著述的《中国小说史略》,鲁迅还是选择将这一现代"文学"观念隐去,穿插暗藏于对作品、类型及文体嬗变的品评裁断之中。很难说,鲁迅的本意是否仅在作为考据、辨伪、辑佚等传统治学方式之中有所夹带,而不直接诉诸方法建构或叙史策略,但客观上,这一现代"文学"观念仍然构成了其理论设计的基点,与萦绕不去

---

[1] 鲁迅:《中国小说的历史的变迁》,《鲁迅全集》第9卷,第312,315页。

的灰线乃至主线。

二、述学文体的微观迁移

现代文学观念的建立,自有其在制度上的依托。正如陈平原所言,在新文化运动时期,"随着大学课程的逐步完善,此前笼而统之的'文章源流',如今分解成众多以传统中国的语言及文学为研究对象的专业课程"[1]。因此《史略》也就不仅是对西方文学史体制的汲取,其本身作为北大课程讲义,更是新学制影响下的专业分科与课程设置的产物。然而从传统的"文章源流"或"文体流别"到现代文类标准下的专史专论,潜在的危险性正在于文学之"现代"话语的同质性与覆盖性。正如有论者所反思的那样,"传统论述中各有区隔的文类,都不约而同地被一种现代意义上的'文学'概念置换了;换言之,原本在传统社会中独立发展并各自传承的诗、文、词、曲等不同的文类,都以一种'被根除'的方式,纳入了一个同质性的现代'文学'的空间"[2]。甚至上述新学制的建立,也是包含在这一整体性的现代观念、话语和制度的形成背后,从语言形式、批评标准、文化教育乃至"民族国家"等各级层面上发生的制度化过程之中的。作为晚清至"五四"时期中国社会与文化所发生的结构性变动,文学革命奠定的经典"现代"话语极易凸显语言文字变革的首要位置,以至于"将各个文类(如新诗、现代小说)的成立与发展简单地归结到所用的语言工具上来,比如在胡适那里,

---

[1] 陈平原:《知识、技能与情怀——新文化运动时期北大国文系的文学教育》,《作为学科的文学史》,第32页。
[2] 张丽华:《现代中国"短篇小说"的兴起》,北京大学出版社2011年版,第2页。

'白话'便成为突破一切文学规程与文类界限、同时也是建构新文类的'万能药'"[1]。"白话"或"小说",作为同质性的现代文学话语与制度之一种,极易成为抹除历史性的文类区隔的规训性概念。然而对于《史略》而言,需要辨析之处又正在于此。一方面如前文所述,鲁迅似乎是不可避免地遵循着现代"文学"观念,而另一方面,鲁迅又在藏匿这一观念性前提的同时,并未特别对其研究对象进行语言系统上的分梳与取舍。质言之,在鲁迅那里,"白话"或"文言"并未在文类的意义上构成其判别高下的依据,语言系统的分殊也似乎并不那么重要。在总体的编排结构上,鲁迅基本是以朝代为历时性线索,宋代以后虽以白话系统为主,对文言作品的讨论则仍穿插其间。在文言系统内部,志怪与传奇本就不属于同一种文类传统,而人情小说、讽刺小说及其所谓"狭邪""谴责"之别流,则是白话小说内部的类型研究。在这一点上,鲁迅的小说类型研究仅集中于白话小说系统内部展开,而充分尊重了志怪与传奇在各自传统中的殊异之处,既在其各自固有的文类内部进行横向的比较,又有在"文章流别"意义上的纵向对比,作为另类的线索与白话小说的类型研究交织起来,因而在很大程度上保留了历史的多样性与丰富性。

在研究者自身的述学文体层面,鲁迅"文言述学"的语体选择,则可在学理诉求、表述能力、对研究对象的体贴和学术方法的选择等诸多层面得到解释。[2] 可见对于鲁迅而言,无论是对文学作品的评判还是对学术表达方式的选择,皆不可简单地以文白论高下或断死活。

---

[1] 张丽华:《现代中国"短篇小说"的兴起》,第3页。
[2] 详可参见陈平原:《分裂的趣味与抵抗的立场——鲁迅的述学文体及其接受》,《文学评论》2005年第5期。

此外，在述学文体和研究方法的微观操作层面，《史略》在其内部也发生了某种潜在的迁移，而并不那么纯粹与整一。《史略》最初由北京大学新潮社出版时，先于1923年12月出版了上卷（一至十五篇），又于1924年6月出版下卷（十六至二十八篇），1925年9月才由北京北新书局合印一册出版。胡适曾在1923年末通读上卷后致信鲁迅，鲁迅在回信中写道：

> 《小说史略》竟承通读一遍（颇有误字，拟于下卷附表订正），惭愧之至。论断太少，诚如所言；玄同说亦如此。我自省太易流于感情之论，所以力避此事，其实正是一个缺点；但于明清小说，则论断似较上卷较多，此稿已成，极想于阳历二月末印成之。[1]

分别观之，上卷重在史料考掘，下卷偏于理论设计，论断之多寡，自然与两卷所承担的任务与风格不同有关，但作为述学文体内部的微观变化，历史线索的推移与研究对象的变化或许亦可纳入考量。在鲁迅的这段自陈中，我们可以见出其对主观感情过度介入的刻意避免，这与其所承续的清儒家法无征不信的谨严作风、冷静理智的治学态度与好古求实的学术精神是内在相合的。突破上下卷的切割，纵观其整个论述架构，朴学方法贯穿始终，并在宋话本之前尤其受到倚重，对文本的评点只是以散碎的形式夹杂于作者、时间的考证、辨伪与辑佚之中。但值得注意的是，宋话本之前的作品，也是在内容、形式、创作动机与意识等各方面距离"后来所谓小说者"最远的，因而其对于现代文学观

---

[1] 鲁迅：《231228 致胡适》，《鲁迅全集》第11卷，第439页。

念下的文类规定性与价值论说本就缺乏足够的承载力。因而近于传统的、散点式的"评点",本身或许也更适合于处理这部分对象。需要指出的是,在具体的表述方式上,一方面鲁迅沿用了传统的"文""意""气"等概念及其衍生范畴而非时下流行的新式批评术语,这当然也是其"文言述学"内在的文体要求;另一方面,鲁迅也在一定程度上将体验式、感悟式与印象式的传统品评,纳入到了更为理论化与系统化的整体性视野中,从而降低了传统评点的直观性与随意性,加强了其准确性和独到性。但在总体上,这种近于以论"文"的方式论"小说",或许正是由于宋以前的这些作品更近于传统的"文章"范畴,而非现代的"小说"文类。

然而自第十二篇"宋之话本"开始,随着"今所谓'白话小说'者"作为"别有艺文兴起"[1],"小说"之"通名"的逐渐确立,鲁迅在具体论述的文体和方法上也发生了微妙的迁移。在这一章中,鲁迅不仅开始注意到宋人自身对于"讲话"类目的自觉与划分,从而将类型研究的兴趣引入对白话小说的考察,同时也深入到了对话本"体制"的分析中去,对文本的结构、叙事方式、起承转合、修辞与文采一一加以举例、分析与点评。尤其在对于"讲史"和"小说"的"引首"部分的论述中,对"提破""捏合"之"得胜头回"及其"文式"的阐述与分析,皆可谓详尽。正是自进入白话小说之后,才始有详细深入的文本分析,而不再是纯然散点式的评点,始有"论"的成分铺展开来。到第十四篇"元明传来之讲史(上)"对《三国志演义》的论述已经发展为全方位的作品分析,立论与佐证相得益彰;及至第二十三篇"清之讽刺小说"一章,围绕《儒林

---

[1] 鲁迅:《中国小说史略》,《鲁迅全集》第9卷,第115页。

外史》在叙事结构、人物形象塑造等方面的论述,几可视为一篇完备精到的作品论了。

与此相应的是其中文本举例功能的潜在迁移。鲁迅对其研究对象具体文本的引述,在《史略》中占据了大量的篇幅与重要位置,而正如有论者所言,大量的举例"恰是鲁迅小说史著述开创的绝好体例。读他的《史略》,可以窥见原汁原味的小说文本,获得鲜活的印象,由一斑而知全豹。这种注重实证展示,注重以文本说明问题,正是《史略》长盛不衰的原因之一"[1]。在体例的开创之外,举例的方式、选取文本的眼光以及对例证对象的运用、阐释和批评,不仅如刘勇强所说,从细节上构建与改善了小说史的面貌[2],同时也是述学文体与阐论方法在微观层面上的有机构成部分。在宋话本之前,鲁迅所举的例证除了来自对古小说的辑佚与钩沉工作,还有相当一部分来源于类书中存录的"遗文";而在宋话本之后,由于白话小说篇幅过长,鲁迅多采用概述加部分引述的方式处理。前者在史料限制之下,偏重于对作品篇目的别择判断,后者则需要从繁复的长篇之中提取"富于小说史意义的片断"[3],都是对选家眼光和文学感觉的极大考验。在宋话本之前,鲁迅引以为例证者虽短小精要,但在学术目的与功能上,并不同于诗文批评中惯用的"摘句"或类书的作法。但相比之下,在宋话本前后,例证的功能还是发生了某种变化,同时也导致了例证意义的更动。此前的例证如第五篇"六朝之鬼神志怪书(上)"对《太平御览》中宋定伯

---

[1] 欧阳健:《中国小说史略批判》,山西人民出版社2008年版,第191页。
[2] 参见刘勇强:《论小说史书写中的"举例"——以〈中国小说史略〉为中心》,《上海师范大学学报(哲学社会科学版)》2013年第4期。
[3] 同上。

捉鬼、麻姑与望夫石几则志怪的摘录,并无更多阐释与批评,更近于对"个"的罗列与展示;而自宋话本开始,随着散碎评点向类型阐论的过渡,举例变成了归纳性论说之下的"证"之所在,意义重在作为"类"的代表。第十二篇"宋之话本"中对于《京本通俗小说》中《碾玉观音》"因欲叙咸安郡王游春,则辄举春词至十余首"的部分摘录,既承续上文对"取材近时"的话本闲话他事"以入正文"的"体制"介绍,又引出下文与讲史"叙天地开辟"的对比和对"得胜头回"的详细分析[1],为话本形式结构的呈现,提供了鲜活而富于代表性的小说史图景。

《史略》在小说评点、类型阐论与举例功能等微观层面上存在的潜在迁移,基本都以"白话小说"的产生为分界。可见在越靠近现代意义上的"小说"创作时,鲁迅论述的方式也越现代以及系统化,而在文史边际越含混不分的初级阶段,其论述方法与文体风格也越传统越简古。在某种意义上,研究方式的能动性其实也十分有限,因其限度正在于研究对象本身的制约。这也从一个侧面反映出传统中国的研究对象,内在无法被完全收归于某种现代"文学"观念与文类视野之中的顽固与自足。学术文体与研究对象之间的理想关系,应是一种同情、体贴与互为内在的状态,对于鲁迅这样不愿剥离其体贴关系的研究者而言,自然无法对研究对象的"抵抗"视而不见,但若无法全盘接受这一"抵抗"而有所夹带和突围,结果则必然是自我的分裂。因而鲁迅即使选择了"文言述学"的方式,也仍然无法完全弥合在观念与对象之间的裂隙。

---

[1] 鲁迅:《中国小说史略》,《鲁迅全集》第9卷,第120—121页。

三、"风尚"研究之"别有幽怀"

在《中国小说史略》的理论设计上,论者多强调其之于小说类型研究的范式意义。值得强调的是,鲁迅的小说类型研究兼及"文采与意想"和"风俗与心态",结合共时性分析与历时性考察,在更为开阔的社会史、思想史与文化史视野中施以文学批评与历史构建,在文学的内部研究与外部研究之间建立起了某种较为通透的关系。[1] 如果说勃兰兑斯将一部作品视为"从无边无际的一张网上剪下来的一小块"[2],那么鲁迅的《中国小说史略》则旨在"网"本身,即以"文章流别"为经,以小说类型为纬,将小说还原到一个以时势、风俗和世态人心交织而成的网状结构中去。鲁迅的历史观中本就有某种循环论的底色,而不独于看待文学历史的嬗变,因而即使在历史进化论大行其道的 1920 年代,鲁迅也自觉到所谓一条"进化"的历史线索,是从"倒行的杂乱的作品里寻出"的,他更关注的是文学历史内部的"反复"与"羼杂"[3]。这使得《史略》对于小说类型的研究,不可能呈现为某种稳定齐整的平面化状态,而必然是一种交缠倒错的面貌,加之其与时风世态的考察相结合的研究方法,《中国小说史略》可能还昭示出某种

---

[1] 关于鲁迅的小说类型研究,可参见陈平原:《论鲁迅的小说类型研究》,《鲁迅研究月刊》1991 年第 9 期;陈平原:《清儒家法、文学感觉与世态人心——作为文学史家的鲁迅》,《小说史学的形成与新变》,《作为学科的文学史》,北京大学出版社 2011 年版;鲍国华:《鲁迅〈中国小说史略〉的文学史类型及学术职能》,《鲁迅研究月刊》2012 年第 9 期。

[2] 勃兰兑斯:《十九世纪文学主流》第一分册,张道真等译,人民文学出版社 1997 年版,第 2 页。

[3] 鲁迅:《中国小说的历史的变迁》,《鲁迅全集》第 9 卷,第 311 页。

文学"风尚"研究的可能范型。

对于文学"风尚"的关注,自是基于对社会风尚的考察,所谓"文坛风尚"正是社会风气"并及文林"[1]的后果,更是社会变迁、文化生活与意识形态在文学领域的曲折表现。如第十九篇"明之人情小说(上)"对《金瓶梅》之后"淫书"盛行之"时尚"背后遍及朝野士林的"颓风"之探察:

> 成化时,方士李孜僧继晓已以献房中术骤贵,至嘉靖间而陶仲文以进红铅得幸于世宗,官至特进光禄大夫柱国少师少傅少保礼部尚书恭诚伯。于是颓风渐及士流,都御史盛端明布政使参议顾可学皆以进士起家,而俱借"秋石方"致大位。瞬息显荣,世俗所企羡,侥幸者多竭智力以求奇方,世间乃渐不以纵谈闺帏方药之事为耻。风气既变,并及文林,故自方士进用以来,方药盛,妖心兴,而小说亦多神魔之谈,且每叙床笫之事也。[2]

鲁迅对于"文辞与意象"的看重,亦并不止步于形式批评,而是深入到其文化心理背景和形式的历史沿革中去。如其论《隋唐演义》"惟其文笔,乃纯如明季时风,浮艳在肤,沉著不足,罗氏轨范,殆已荡然,且好嘲戏,而精神反萧索矣"[3],既能从文笔中见时风精神,更能见出某种文学"轨范"的保存或丧失。对文学"轨范"的发现,正是把握到某一历史时期之内文学"风尚"的中心形态,这既是某一独立的文学"类型"得

---

[1] 鲁迅:《中国小说史略》,《鲁迅全集》第 9 卷,第 190 页。
[2] 同上,第 189—190 页。
[3] 同上,第 139 页。

以成立的支柱,又是不断延续其影响的形式源泉,因而往往是可供追摹的经典之作,如《金瓶梅》之于人情小说,《红楼梦》之于人情小说与狭邪小说,《儒林外史》之于讽刺小说,皆如是。文学"风尚"所内涵的理论预设在于,一定时期之内的作家作品与某种趋于固化的小说"定式"之间,或继承、或袭用、或发展、或新变、或突破的迎拒关系。以第二十六篇"清之狭邪小说"中的论述为例,我们便可见出鲁迅对于"狭邪"小说之于"人情小说"这一类型,从"余波"到"别流",甚至一度发展为某种独立的类型,并最终沦入"末流"的嬗变过程。《品花宝鉴》《花月痕》"虽所谓上品",仍不能摆脱"佳人才子小说定式"[1]的"旧套"。而鲁迅特别注意到的是,《红楼梦》作为主导清之人情小说类型与风尚的经典之作与影响的根源,如何持续不断地波及、蔓延到以狎妓为题材的小说创作中去,所谓"然其余波,则所被尚广远"[2]。鲁迅敏锐地察觉到,相当一部分狭邪小说仅是在表层上对《红楼梦》进行了题材、人物、情境或文笔上的置换,而"精神所在,实无不同"[3],无非是换汤不换药,新瓶装旧酒而已,并继而判断出其实质上的转换是"自《海上花列传》出,乃始实写妓家,暴其奸谲"[4],一种具有其独立价值的小说类型(或至少是亚类型)才得以确立:"开宗明义,已异前人,而《红楼梦》在狭邪小说之泽,亦自此而斩也。"[5]鲁迅正是在泥沙俱下的小说丛中,分梳其具体写法与既有类型的写作程式之间的迎拒关系,考察

---

[1] 鲁迅:《中国小说史略》,《鲁迅全集》第9卷,第266页。
[2] 同上,第271页。
[3] 同上。
[4] 同上。
[5] 鲁迅:《中国小说史略》,《鲁迅全集》第9卷,第271—272页。

一种独立的类型如何从此前固有程式的框限与经典之作的影响之中突围出来,以异于前人之姿脱颖而出,自成一体。鲁迅在某一文学程式的流脉中对于本质性的新变与转型发生的关节点的发现,正是其卓越"史识"的体现。更重要的是,整个文学"风尚"研究的价值基点,正在于辨识与寻找这种创造性的"瞬间"。

与此同时,鲁迅还将文坛批评与读者接受对文学程式更多的影响纳入考量。第二十七篇一开篇并未直接进入对"侠义小说"类型的定位,而是考察了几大说部在文学评价中的上落起伏,排名次序的变动以及在平民读者中的受欢迎程度,对文学"风尚"之走向的制约:

> 明季以来,世目《三国》《水浒》《西游》《金瓶梅》为"四大奇书",居说部上首,比清乾隆中,《红楼梦》盛行,遂夺《三国》之席,而尤见称于文人。惟细民所嗜,则仍在《三国》《水浒》。时势屡更,人情日异于昔,久亦稍厌,渐生别流,虽故发源于前数书,而精神或至正反,大旨在揄扬勇侠,赞美粗豪,然又必不背于忠义。其所以然者,即一缘文人或有憾于《红楼》,其代表为《儿女英雄传》;一缘民心已不通于《水浒》,其代表为《三侠五义》。[1]

所谓"文人有憾"与"民心不通","时势屡更"与"人情日异",正是文学评价、文学接受、历史情境与情感结构的迁移对文学"风尚"的影响力量。在方法上,《史略》甚至为今天的文学接受研究以及社会史视野的引入,提供了某种遥远的先声。

---

[1] 鲁迅:《中国小说史略》,《鲁迅全集》第9卷,第278页。

也是在文学"风尚"研究的意义上，对"续书"与"仿作"的关注构成了《史略》论述中的重要部分。除去对高鹗续书等重要续作的考订与论述之外，大批参差芜杂的续书也被纳入考量。《史略》不仅在文学价值的意义上聚焦于经典与佳作，并且在"风尚"的视野中纳入了大批纷纭的续作、仿作乃至伪作，既构成了复现当时文坛风尚全貌的基础，又在"龙种"与"跳蚤"的分梳之间，显影了某一文学风尚的崛起、兴盛、沉潜、复现与最终衰落的过程。如其对"侠义小说"中续书的论述，便勾勒出一条"平话习气"的兴衰线索：

《三侠五义》及其续书，绘声状物，甚有平话习气，《儿女英雄传》亦然。……文康习闻说书，拟其口吻，于是《儿女英雄传》遂亦特有"演说"流风。是侠义小说之在清，正接宋人话本正脉，固平民文学之历七百余年而再兴者也。惟后来仅有拟作及续书，且多滥恶，而此道又衰落。[1]

又如《海上花列传》之后，"上海此类小说之出尤多，往往数回辄中止，殆得赂矣；而无所营求，……终未有如《海上花列传》之平淡而近自然者"[2]。谴责小说作为讽刺小说之别流，"则其度量技术之相去亦远矣"，并终于"堕落而为'黑幕小说'"[3]之末流，皆是如此。因而文学"风尚"的视野既是对社会历史语境的引入，又是小说"类型"在历时性线索上的呈现。

---

[1] 鲁迅：《中国小说史略》，《鲁迅全集》第9卷，第287页。
[2] 同上，第275页。
[3] 同上，第291，301页。

在关于"主潮"与"末流"的褒贬之间,可以见出鲁迅在《中国小说史略》中根本性的价值立场,即对于模仿与因袭的批判。在无创造性的写作背后,鲁迅批判的是形式的因袭所包含的思想的因袭与奴役。在同以《史略》为底本依据的白话演讲《中国小说的历史的变迁》中,鲁迅的批判寓于阐论之中,则更为犀利直露,在谈到《笑林》与《世说新语》"到后来都没有什么发达,因为只有模仿,没有发展",又将矛头从当时的仿作转向而今:"但是晋朝和现代社会底情状,完全不同,到今日还模仿那时底小说,是很可笑的。"然而在对晋朝文学的社会历史情境作出解释之后,鲁迅仍不忘回到现代:"而生在现代底人,生活情形完全不同了,却要去模仿那社会背景所产生的小说,岂非笑话?"[1]在这些反复夹杂于"风尚"阐论之间的批判之辞中,我们看到了鲁迅一贯的"社会批评"与"文明批评"的姿态与话语,但更重要的是,或许至此我们才真正触碰到,鲁迅在其小说史研究中始终瞩目于时风世情与文学风尚之内在关联的核心意旨所在,其中内在的吁求是呼唤一种现代语境之下的全新的文学形式。正如"药、酒、女、佛"之于魏晋风度,"三教混一"之于神魔小说,《中国小说史略》的文学"风尚"研究所呈现的基本逻辑同样可以继续推演开去:在一种"现代社会底情状"之下,必当有新的文学风尚与形式创造的发生。

作为对演讲形态的记录,从《中国文学的历史的变迁》中已可见出鲁迅性情中的热度、敏感与批评的野心。因而想必在《中国小说史略》最初登场的北大课堂上,亦不乏这样富于现实针对性的论断。陈平原钩沉诸多回忆性材料,正是力图复原鲁迅丰富精彩的文学课堂:"在文

---

[1] 鲁迅:《中国小说的历史的变迁》,《鲁迅全集》第9卷,第320—321页。

化批判、小说作法之外，还兼及思想启蒙"[1]。冯至在其追忆中谈到："那门课名义上是'中国小说史'，实际讲的是对历史的观察，对社会的批判，对文艺理论的探索"[2]。而在王鲁彦的印象里，在鲁迅的课堂上，"每个听众的眼前赤裸裸地显示出了美与丑，善与恶，真实与虚伪，光明与黑暗，过去现代和未来。大家在听他的'中国小说史'的讲述，却仿佛听到了全人类的灵魂的历史"[3]。然而从课堂演讲到学术著述，这些过于鲜明的立场与现实针砭，显然是被鲁迅有意避免与过滤掉了。但从贯穿其论述始终的诸多价值判断乃至研究方法的内部，我们仍然可以嗅到与鲁迅其他语境之下的思想表述之间的潜在关联。批判与反抗形式的因袭所包含的思想的因袭与奴役，这既是鲁迅始终坚持的思想批判命题，也是其现代"文学"观念中的核心价值。在诉诸冷静谨严的学术领域之时，鲁迅受制于述学文体的规约，只能以一种"别有幽怀"的方式将其包蕴于对文学"风尚"的瞩目之中。但或许也正是这种在方法论构建之中的蕴蓄，更加显示出这一内在于"五四"新文学传统的、关于"独立性"与"创造性"的价值根基，在学术领域的生产性之所在。

---

[1] 陈平原：《知识、技能与情怀——新文化运动时期北大国文系的文学教育》，《作为学科的文学史》，第111页。
[2] 冯至：《笑谈虎尾记犹新》，《书海遇合》，湖南大学出版社2017年版，第50页。
[3] 鲁彦：《活在人类的心里》，《鲁彦散文选集》，百花文艺出版社1982年版，第185页。

"硬译":语言的自新与翻译的政治

一、从《死魂灵》的翻译说起

1934年6月24日,鲁迅购买了当年东京文化公论社出版的远藤丰马译的《死魂灵》[1];同年12月4日,鲁迅致信孟十还,提到他日前得到一部果戈理的德译全集[2],觉得中国也应当翻译出版一部果戈

---

[1] 据鲁迅1934年6月24日日记,《鲁迅全集》第16卷,人民文学出版社2005年版,第458页。
[2] 指德译的五卷本《果戈理全集》,奥托·布埃克编,1920年柏林普罗皮勒恩出版社出版,据鲁迅:《341204 致孟十还》,《鲁迅全集》第13卷,第273页,注5。

理选集,并列有简单的选目,其中就包括《死魂灵》[1]。据1934—1936年间与鲁迅过从甚密的黄源称,"鲁迅先生想译果戈理的选集,还是由于我送他德译的《果戈理全集》引起来的"[2]。早在留学日本时期,鲁迅就对果戈理作品有所关注,此后亦常为中国没有《死魂灵》的译本深感惋惜。直到生命的最后几年,鲁迅终于不顾身体每况愈下,应《世界文库》编者郑振铎之请亲自动手翻译《死魂灵》。1935年2月15日,鲁迅开手翻译《死魂灵》第一部,即以德国奥托·布埃克编的德译《果戈理全集》为底本,同时参考日译本和英译本,开始了异常艰巨的翻译工作。第一部于1935年2月至8月间译成,曾在《世界文库》第一册至第六册(1935年5月—10月)陆续刊出,单行本同年11月由上海文化生活出版社出版,列为《译文丛书》之一;第二部残稿三章于1936年2月至5月译迄,曾在《译文》第1、2卷上单篇发表,其余部分未及译完鲁迅便猝然离世,这三章残稿则收入1938年上海文化生活出版社出版的《死魂灵》增订本中。

与鲁迅此前翻译的诸多文艺理论著作相比,值得注意的是,《死魂灵》的翻译似乎并未显示出多少此前为梁实秋等人诟病的"硬译"风格。抛开二人翻译观念及政治立场的分歧不谈,我们不得不承认,在鲁迅此前对于苏联文学作品和文艺理论著作的翻译之中,"底"与"的""地"的连用、语序问题、宾语的缺失、"那"作为定冠词的使用以及种种专有名词的翻译确实都表现出强烈的"硬译"色彩。但作为一部小说,《死魂灵》的译文给人最为强烈的感觉却在于:其中鲁迅自身的语言风

---

[1] 鲁迅:《书信 341204 致孟十还》,《鲁迅全集》第13卷,第273页。
[2] 黄源:《鲁迅书简追忆》,《黄源文集》第1卷,上海文艺出版社2005年版,第325页。

格非常强烈,个人性色彩非常浓重。这不仅表现在诸如"大欢喜""大苦痛""大智慧""大尊敬"等词汇的频繁使用,尤其是当"聪明,聪明,第三个聪明"这样的译笔出现时,已经完全是鲁迅对其杂文的自我化用和自我调侃了,而像理论著作翻译中那种让人不大舒服的"硬译"之感则非常之少。而从另一个层面上讲,这种鲁迅式的语言也很契合于果戈理这种讽刺性极强的小说,其语言的质地和力度都显得更为游刃有余。但实际上,如果我们仔细分析其译作的用词、句式、语序,并对比《死魂灵》的其他中译本就会发现,"硬译"其实还是贯穿于《死魂灵》始终的,只是在一些隐蔽的地方与鲁迅个人的语言风格发生了一种很难加以明确区分的、彼此交缠的关系。这里我们将选择满涛与许庆道的译本(人民文学出版社,1993年版,下称满、许译)与田大畏的译本(安徽文艺出版社,1999年版,下称田译)进行对照阅读。这两个译本虽然都是直接从俄语版本直接译成而非鲁迅式的转译,但在语言风格和翻译策略上或许仍可以形成一定的参照。更为严谨可靠的做法当然是将原本、转译本、鲁译本及其他译本一同进行对照,但在这里我们关注的重点其实并不在于从译介学的角度考察鲁迅翻译的准确性或为其"硬译"理论提供具体实践的例证;而在于以鲁迅对《死魂灵》的翻译作为一个入口,来考察鲁迅晚期翻译实践中"硬译"的翻译方式与其自身语言风格之间的关系。从总体上看,我们选取的另外两个译本虽然在整体上读起来似乎都更饱满顺畅,但却缺乏鲜明的个性,在语言风格上均无其特出之处,对于一些语言现象的处理也比较近似,在用词、句法及总体语言风格上都与鲁迅的译本形成了鲜明的对照。

在这三个译本中,鲁迅的翻译是最简洁的,用词非常干净省俭,而其他两个译本都表现为形容词的繁复堆积。1935年6月28日,鲁迅在给胡风的信中明确表示过对于这种繁复的反感:"德译本很清楚,有趣,但变成中文,而且还省去一点形容词,却仍旧累坠,无聊,连自己也要摇头,不愿再看。"[1]在选词上,鲁迅似乎也在试图避免使用一些成词,尤其是四字成语。《死魂灵》第十章中的一段议论满涛和许庆道译为:

在力求到达永恒真理的过程中,人类选择过多少荒无人迹、荆棘丛生、把人深深引入歧途的羊肠小道,尽管这时有一条大路平坦笔直得可以和铺向巍巍宫殿的通衢大道媲美,整个儿地敞开在他们的眼前。这大路比所有其他的道路更宽阔,更壮丽,白天沐浴在阳光里,夜晚则被灯光通宵不灭地映照着;可是,尽管大路近在咫尺,人们却在深沉的黑暗中摸索前进。不知有多少回他们已经得到上苍降赐的智慧的启迪,但随即却又一个趔趄偏离了方向,竟然在晴天白日重新陷入难以通行的荒山野林,大家七嘴八舌,重新茫然不知所措,只是跟随着幽幽磷火蹒跚行进,一直要走到万丈深渊的边沿,方才惊恐失色地互相问道:"哪里是出口?哪里是大路?"[2]

而鲁迅的翻译则简短得多,形容词的选取也很简单:

和天府的华贵相通的大道,分明就在眼前,但人类的向往永

---

[1] 鲁迅:《书信 350628 致胡风》,《鲁迅全集》第 13 卷,第 490 页。
[2] 果戈理:《死魂灵》,满涛、许庆道译,人民文学出版社 1983 年版,第 266 页。

久的真理的努力,却选了多么奇特的,蜿蜒的曲径,多么狭窄的,不毛的,难走的岔路呵。大道比一切路径更广阔,更堂皇,白昼为日光所照临,夜间有火焰的晃耀;常有天降聪明,指示着正路,而人类却从旁岔出,迷人阴惨的黑暗里面去。但他们这时也吓得倒退了,他们从新更加和正路离开,当作光明,而跑进幽隐荒凉的处所,眼前又笼罩了别一种昏暗的浓雾,并且跟着骗人的磷火,直到奔向深渊中,于是吃惊的问道:"桥梁在那里,出路在哪里呢?"[1]

鲁迅宁愿在一句或一段话中使用很多"的"字连缀起一些双音节的形容词,或使用更为复杂的表达法也不去使用现成的成语,这恰恰是鲁译的一大特色。一方面,鲁迅或许希望的是通过翻译不断激发语言内部的各种可能性,通过肯定"硬造"的"新造"性质来探讨语言的自我更新和创生的能力,即如许广平在《死魂灵》增订本的《附记》中所说:"有时因了原本字汇的丰美,在中国的方块字里面,找不出适当的句子来,其窘迫于产生的情况,真不下于科学者的发明"[2];另一方面,这种对于堆叠形容词的反感,也显示出鲁迅一如既往地排斥着语言中任何可能产生赏玩性质或消费性的语言形式,他的翻译与其创作语言一样,具有黑白木刻版画式的刀锋与质感。

此外,鲁译的句式多以短句为主,连缀成长句,如"凡俄国人,一到紧要关头,是总归不肯深思远虑,只想寻一条出路的"[3],比起田译的

---

[1] 果戈理:《死魂灵》,鲁迅译,《鲁迅译文集》第9卷,人民文学出版社1958年版,第306页。
[2] 许广平:《〈死魂灵〉附记》,《许广平忆鲁迅》,广东人民出版社1979年版,第71页。
[3] 果戈理:《死魂灵》,鲁迅译,《鲁迅译文集》第9卷,第75页。

"因为俄罗斯人在关键时刻用不着深思远虑就能做出决定"[1],鲁译在形式上拆成了很多小短句,有些似乎可以连贯下来的句子也会用逗号隔开,表意上也有微妙的差别,相比之下,前者的讽刺意味显然更为强烈。但这种以短句代长句的表达似乎又并不太吻合鲁迅此前"硬译"实践中对于句法的处理。鲁迅曾在《文艺与批评》"译者附记"中说:"因为译者的能力不够和中国文本来的缺点,译完一看,晦涩,甚而至于难解之处也真多;倘将仂句拆下来呢,又失了原来的精悍的语气。"[2]可见其希望保留外文中复杂的、意思更曲折的长句结构,以保留句式的强度和力度,即所谓"精悍之气",而避免以拆句的形式造成句子整体的拖沓和力度的分散。但短句本身其实是鲁迅自己至为常用的表达方式,在《死魂灵》中,他也似乎已不再那么拘泥于此。但与此同时,鲁译在很多时候也会在结构上保持一些复杂的西化句式,比如保留插入语或各种从句(即使很长)的位置而不随中文的表达习惯调整语序。这样的语例亦可谓俯首皆是:

……玛尼罗夫说,同时显出一种亲密的脸相,或者不如说太甜了的,恰如老于世故的精干的医生,知道只要弄得甜,病人就喜欢吃,于是尽量的加了糖汁的药水一样的脸相,说……[3](鲁译)

……玛尼洛夫说道,脸上显露出一种不仅甜蜜甚至是甜得发腻的表情,这种表情酷似一位周旋于上流人士之间的机灵圆滑的

---

[1] 果戈理:《果戈理全集 4 死魂灵》,田大畏译,安徽文艺出版社1999年版,第55页。
[2] 鲁迅:《〈文艺与批评〉译者附记》,《鲁迅全集》第10卷,第329页。
[3] 果戈理:《死魂灵》,鲁迅译,《鲁迅译文集》第9卷,第59页。

医生狠命地给加上甜味,想让病人高高兴兴喝下肚子里去的一种药水,……[1](满、许译)

他便叫绥里方去寻大门,假使俄国不用恶狗来代管门人,发出令人不禁用手掩住耳朵的大声,报告着大门的所在,那一定是寻得很费工夫的。[2](鲁译)

他派谢里方去寻找大门,这件事无疑要持续很久,如果在俄罗斯没有几条恶狗来代替守门人的话。那几条狗通报他的莅临时叫得这么响,使他非用手指堵塞住自己的耳朵不可。[3](满、许译)

不到几分钟,他们就的确都想扳谈起来,结识一下模样,因为倘没有那黑头发旅客突然闯进屋来,他们就已经做到了第一步,几乎要同时说出大雨洗了尘埃,凉爽宜于旅行之类的彼此的愉快来了。[4](鲁译)

再有几分钟,他们两个一定能够谈起来,并且能够彼此认识,因为已经开了个头:两个人几乎同时对昨天的雨压下了路上的灰尘,现在坐车既凉爽又舒服,表示了满意,可是这时候那个黑头发

---

[1] 果戈理:《死魂灵》,满涛、许庆道译,第29页。
[2] 果戈理:《死魂灵》,鲁迅译,《鲁迅译文集》第9卷,第77—78页。
[3] 果戈理:《死魂灵》,满涛、许庆道译,第47页。
[4] 果戈理:《死魂灵》,鲁迅译,《鲁迅译文集》第9卷,第105页。

同伴走了进来，……[1]（田译）

在这些地方，鲁迅翻译得非常耐心，并没有刻意调整句子的结构，尽管那些插入语和从句总是多少有些冗长。即使在一些短句的语序上，鲁迅的处理也很不符合汉语的表达习惯，如"就像孤舟的在惊涛骇浪中"[2]（而非"我就像惊涛骇浪中的一叶孤舟"[3]），"我的时间是贵的"[4]（而非"我的时间宝贵"[5]）等等，他并不会对此做出"顺"的调整，亦恰是其"硬译"之处。而鲁迅杂文中对于虚词的大量连续使用也在《死魂灵》的翻译中非常常见，如"即使……也大抵……"，"大约也不会不要的"，"竟至于须用手巾"，"这是也可以有的"，"总仿佛不算一回事似的"，"仿佛全没有过什么事"，"这全是并非不真实的"，"他实在也并不轻"，等等不一而足。当上述句式纠缠在一个语段中时，句法就会显得特别曲折。虽然很多时候这种曲折在鲁迅自己的写作中也表现为一种语言风格，但对比几个译本就会发现，这实则仍是一种"硬译"的表现，或者更准确地讲，这更像是鲁迅个人性的语言风格与"硬译"色彩相夹杂的结果。

而在有些句子的翻译中，鲁迅的硬译其实是在语言的形式层面最大程度上保持了语言的异质性和创造性。他似乎是想通过突出这种"异"造成一种陌生感和形式感，有时候甚至是连原语言本身的意义都

---

[1] 果戈理：《果戈理全集 4 死魂灵》，田大畏译，第85页。
[2] 果戈理：《死魂灵》，鲁迅译，《鲁迅译文集》第9卷，第69页。
[3] 果戈理：《果戈理全集 4 死魂灵》，田大畏译，第49页。
[4] 果戈理：《死魂灵》，鲁迅译，《鲁迅译文集》第9卷，第113页。
[5] 果戈理：《果戈理全集 4 死魂灵》，田大畏译，第92页。

"硬译":语言的自新与翻译的政治

牺牲掉,来求得那个最初的字面上的形式感。在有些地方,鲁迅则会选用一些简古之词如"连山""吐叶",或是根据日译本的字面形式直接翻译过来的新词如"破风"[1]等等,既简洁精到又有形式上的陌生化与新鲜感。又如"大口鱼的汤,鲟鳇鱼和鱼膏在他的嘴里发响,发沸"[2],满、许译则表达为"咂嘴咂舌吃喝起搁有鳕鱼肉和鱼膏的鲟鱼汤来"[3],效果就变得很平淡;又如"为了泉涌的感激之诚,这客人便规规矩矩的向他淋下道谢的话去"[4],其中动词"淋"的奇特使用与田译"在感激之情的促使下,乞乞科夫当时就说了一大堆千恩万谢的话"[5]相比亦如是。鲁译往往注意保留源语言中富有感染力的表达结构,从而带来一种原语言读者从语言形式本身获得的感受,而不仅仅是对其所表达的信息或意义的接收,比之于意译中简单的信息传达更具有形式感。这种效果在《死魂灵》第一部第十一章的最末一段得到了充分的体现:

> 你不是也在飞跑,俄国呵,好像大胆的,总是追不着的三驾马车吗?地面在你底下扬尘;桥在发叫。一切都留在你后面了,远远的留在你后面。被上帝的奇迹所震悚似的,吃惊的旁观者站了下来。这是出自云间的闪电吗?这令人恐怖的动作,是什么意义?而且在这世所未见的马里,是蓄着怎样的不可思议的力量的

---

[1] 果戈理:《死魂灵》,鲁迅译,《鲁迅译文集》第9卷,第440页。
[2] 同上,第102页。
[3] 果戈理:《死魂灵》,满涛、许庆道译,第72页。
[4] 果戈理:《死魂灵》,鲁迅译,《鲁迅译文集》第9卷,第69页。
[5] 果戈理:《果戈理全集 4 死魂灵》,田大畏译,第49页。

呢？唉唉，你们马呵！你们神奇的马呵！有旋风住在你们的鬣毛上面吗？在每条血管里，都颤动着一只留神的耳朵吗？你们倾听了头上的心爱的，熟识的歌，现在就一致的挺出你们这黄铜的胸脯吗？你们几乎蹄不点地，把身子伸成一线，飞过空中，狂奔而去，简直像得了神助！……俄国呵！你奔到那里去给一个回答罢！你一声也不响。奇妙地响着铃子的歌。好像被风搅碎似的，空气在咆哮，在凝结；超过了凡在地上生活和动弹的一切，涌过去了；所有别的国度和国民，都对你退避，闪在一旁，让给你道路。〔1〕

而对比满、许译相应段落中的"在你的脚下大路扬起尘烟，桥梁隆隆地轰响"，"旁观者被这上天创造的奇景骇呆了，停下了脚步"，"你们的每条血管里是不是都竖着一只灵敏的耳朵"，"只有车铃在发出美妙迷人的叮当声"，"其他的民族和国家都侧目而视，退避在一边，给她让开道路"〔2〕；以及田译中的"道路在你的轮下黄尘滚滚，桥梁在你的轮下隆隆轰鸣"，"是你们每一块肌腱都长着灵敏的耳朵"，"丁当地响着奇妙的铃声"，"其他的民族和国家全都斜视着它，躲到一旁，给它让开大路"〔3〕，鲁译几乎每一句的结构和语言都显示出某种异质性和强烈的形式感，那些不做调整的语序、缺失句法成分的结构、贯穿始终的第二人称以及大量的短句，读之几乎有一种《野草》式的诗意又超过《野草》的淋漓快感，在情感上形成了一种强烈的冲击力。然而此时我们

---

〔1〕 果戈理：《死魂灵》，鲁迅译，《鲁迅译文集》第 9 卷，第 356 页。
〔2〕 果戈理：《死魂灵》，满涛、许庆道译，第 312 页。
〔3〕 果戈理：《果戈理全集 4 死魂灵》，田大畏译，第 315 页。

似乎也很难分辨,这种形式感和冲击力到底来自于鲁迅自身的语言风格还是来自于对异质语言的翻译。

二、语言形式的自我更新

这里似乎又回到了鲁迅翻译与创作之关系的老话题。但作为鲁迅晚期最重要的译作,《死魂灵》在这个问题上其实处于一个非常微妙的位置。《死魂灵》是鲁迅最后的译作,鲁迅的语言风格在此时已经成形,我们显然无法从中辨认出其风格来源。此时鲁迅的翻译语言体现为一种"鲁迅风",但基于鲁迅自身翻译与创作相互生成的关系,这种语言风格本身就是由鲁迅一直以来以"硬译"为原则的翻译实践参与赋形的。在最初的翻译中,鲁迅确实存在追求将某些新句法、新表达形式引入现代汉语的考虑,即"不但在输入新的内容,也在输入新的表现法","装进异样的句法去,古的,外省外府的,外国的,后来便可以据为己有"[1]。在这个过程中,鲁迅自身的语言也在这种深层的渗透中生成了,并逐渐被运用于各种文体的写作,处于同一时期的译作《苦闷的象征》与散文诗《野草》之间的生成关系在这里便可得到一些解释。而当鲁迅晚年再度翻译小说时,这种语言反而以非常鲁迅的面目出现,而生成过程中的异质性、借鉴性和创造性反倒隐没了。也就是说,那些"硬译"的地方已作为一种翻译实践在其创作语言形式中的遗产,保留了鲁迅个人的语言风格中,反而使人不易察觉出来,但只要从词法和句法结构上去辨认,仍可见其痕迹。我们或者可以说,鲁迅早

---

[1] 鲁迅:《关于翻译的通信》,《鲁迅全集》第4卷,第391页。

期的翻译实践参与赋形、催生了其自身创作语言的峭硬风格,而这种语言又非常适合硬译,尤其适用于果戈理这类讽刺性极强的作品。鲁迅曾在《"题未定"草》中分析原作的特点是"写法的确不过平铺直叙,但到处是刺,有的明白,有的却隐藏,要感得到",而鲁迅的翻译恰恰是要"感得到"其中的"刺",并"竭力保存它的锋头"[1]。可见鲁迅使用硬译对于原作语言的异质性和讽刺性的保存在效果上是一致的,这就使得硬译中的异质性在接受过程中反而变成了"鲁迅性"。对于翻译在自我语言生成中的遗产问题,鲁迅当然也是有所自觉的,即所谓"据为己有","尽量的消化,吸收"[2],这在鲁迅与瞿秋白关于翻译的通信中就有明确的表示。

由此可见,鲁迅恰是以自身的翻译实践与创作证明了其"硬译"主张的核心所在,即重视保存原作的形式,在根本上其实是看重翻译中语言新形式的生成,因而这又不仅仅是一个"鲁迅的翻译与创作之间的关系"之类的问题。在《"硬译"与"文学的阶级性"》一文中,鲁迅以中国古代文法词句逐代演变的过程为例,指出语言的演变与进化都是这样一个不断接受新影响并逐渐适应的过程,而"现在又来了'外国文',许多句子,即也须新造,——说得坏点,就是硬造。据我的经验,这样译来,较之化为几句,更能保存原来的精悍的语气,但因为有待于新造,所以原先的中国文是有缺点的"[3]。可见,鲁迅看重的是翻译("硬译")对于新的文学/语言形式的生产功能和对于旧有语言积弊的革新功能。在这里,鲁迅其实是将"硬造"与"新造"相等同的,这是对

---

[1] 鲁迅:《"题未定"草(一至三)》,《鲁迅全集》第6卷,第363页。
[2] 鲁迅:《关于翻译的通信》,《鲁迅全集》第4卷,第391,392页。
[3] 鲁迅:《"硬译"与"文学的阶级性"》,《鲁迅全集》第4卷,第204页。

于翻译所可能具有的创造性的高度肯定,同时也将翻译视为一个重新激活与创生本民族文学/语言的过程,指向的是现代汉语和中国现代文学的发生。对于20世纪上半叶的中国而言,在一个本民族语言与文学都处于危机之中的语境里,翻译涉及的不仅是传播新知识的过程,在根本上则是一个中国现代语言转型的问题,而翻译文学也必将具有一种更为重大而独特的功能、位置与文化担当。鲁迅正是深虑着这样的危机,并愿意赋予"翻译"以这样的担当,他的翻译观念与实践——"硬译"就是将翻译视为一个语言不断撞击自己的边界、不断试验其自身的弹性和韧度,并在这种撞击和试验中不断生成无数新的可能性的过程。在这个过程中,一个民族的语言才能不断克服、修正原有的界限和积弊并拓宽其表达的疆界,在自反与自新中自我生成。

在这个意义上,鲁迅的翻译理论与实践担负着的正是本雅明意义上的"译作者的任务"。鲁迅的"硬译"在读者接受上客观造成的困难取消了译文仅仅传达信息与意义的功能,从而使属于文学的某些更为本质的东西得以显露出来。鲁迅在《"题未定"草》中再次谈到《死魂灵》的翻译:

> 动笔之前,就先得解决一个问题:竭力使它归化,还是尽量保持洋气呢?日本文的译者上田进君,是主张用前一法的。他以为讽刺作品的翻译,第一当求其易懂,愈易懂,效力也愈广大。所以他的译文,有时就化一句为数句,很近于解释。我的意见却两样的。只求易懂,不如创作,或者改作,将事改为中国事,人也化为中国人。如果还是翻译,那么,首先的目的,就在博览外国的作品,不但移情,也要益智,至少是知道何地何时,有这等事,和旅行

外国,是很相像的:它必须有异国情调,就是所谓洋气。其实世界上也不会有完全归化的译文,倘有,就是貌合神离,从严辨别起来,它算不得翻译。凡是翻译,必须兼顾着两面,一当然力求其易解,一则保存着原作的丰姿,但这保存,却又常常和易懂相矛盾:看不惯了。不过它原是洋鬼子,当然谁也看不惯,为比较的顺眼起见,只能改换他的衣裳,却不该削低他的鼻子,剜掉他的眼睛。我是不主张削鼻剜眼的,所以有些地方,仍然宁可译得不顺口。〔1〕

对于鲁迅而言,为了读者理解的便宜而选择"归化",牺牲掉原作的"丰姿"和"洋气",恰恰是丧失了翻译最根本的意义,而"算不得翻译"了,既失去了本雅明所说"对外来作品内在的精神的敬意"〔2〕,又是对译作语言的自我囚禁。在这一点上,梁实秋、赵景深甚至瞿秋白都不同程度地站在"归化"的一面。但正如本雅明所说:"翻译家的基本错误是试图保存本国语言本身的偶然状态,而不是让自己的语言受到外来语言的有力影响。当我们从一种离我们自己的语言相当遥远的语言翻译时,我们必须回到语言的最基本的因素中去,力争达到作品、意象和音调的聚汇点,我们必须通过外国语言来扩展和深化本国语言。"〔3〕

对于"硬译"而言,在信息的传递之外,翻译更是指向语言本身的。

---

〔1〕 鲁迅:《"题未定"草(一至三)》,《鲁迅全集》第6卷,第364—365页。
〔2〕 本雅明:《译作者的任务》,汉娜·阿伦特编:《启迪:本雅明文选(修订译本)》,张旭东、王斑译,生活·读书·新知三联书店2012年版,第92—93页。
〔3〕 同上,第93页。

在不同语言的互补之中,意义得以形成"不断流动的状态"以使语言不断成长,最终"正是译作抓住了作品的永恒生命之火和语言的不断更新"[1],并由此在某种程度上牺牲掉传达信息、递送意义的功能,或者说接受者必须艰难地直面陌生的语言形式本身才有可能获得信息层面的东西。只有这样,一种语言才能在和其他语言形式碰撞与试炼的过程中突破自我的限度,以更大的勇气包容其他语言形式甚至面目全非的自身。从鲁迅自己的翻译实践来讲,他对于那些曲折繁复的句式的使用,便是为了寻找一种更为精确的语法形式,所谓"烦难的文字,固然不见得一定就精密,但要精密,却总不免比较的烦难"[2]。如有研究者指出的那样,这样的翻译"为一种语言接受其他语言的打造提供了最好的试验场"[3]。也正是在这个意义上,鲁迅充分地强调"复译"的必要性:

> 不过要击退这些乱译,诬赖,开心,唠叨,都没有用处,唯一的好方法是又来一回复译,还不行,就再来一回。譬如赛跑,至少总得有两个人,如果不许有第二人入场,则先在的一个永远是第一名,无论他怎样蹩脚。……
> 而且复译还不止是击退乱译而已,即使已有好译本,复译也还是必要的。……取旧译的长处,再加上自己的新心得,这才会

---

[1] 本雅明:《译作者的任务》,汉娜·阿伦特编:《启迪:本雅明文选(修订译本)》,第86页。
[2] 鲁迅:《论新文字》,《鲁迅全集》第6卷,第457页。
[3] 刘少勤:《从汉语的现代化看鲁迅的翻译》,朱竞编:《汉语的危机》,文化艺术出版社2005年版,第45页。刘少勤从反对"本国语中心观"的角度,指出了鲁迅的翻译追求与本雅明的共通处,认为鲁迅主张"硬译"在根本上是为了"带动汉语的改造","推动汉语的现代化",对本文有很大启发。

成功一种近于完全的定本。但因言语跟着时代的变化,将来还可以有新的复译本的,七八次何足为奇,何况中国其实也并没有译过七八次的作品。如果已经有,中国的新文艺倒也许不至于现在似的沉滞了。[1]

语言必须在多次的、不断的翻译的实验中经受各种打磨和操练才能持久延续自己的生命力,完成其自身的发展甚至数度重生。鲁迅不承认存在瞿秋白所谓"绝对的白话",也是出于这种认识,即语言本身将永远在变化中抵达它自身,塑造它自身,而不存在终结的那一天。

与此同时,翻译的试验场又能使两种语言之间的距离和亲族关系在最宽阔和最幽微的地方被丈量或显影,唯此才能试验出语言之间彼此适应的最大限度[2],透视出不同语言在本雅明所说的"纯粹语言"的总体之中相互补的亲近位置。但这个过程必然表现为一个充满"母体被撕裂的重创和剧痛"的过程,同时又迎接着新生儿不甚清晰的眉目和满身的血污。[3] 正如本雅明所言,"最伟大的译作也注定要成为它所使用语言发展的一部分,并被吸收进该语言的自我更新之中。译作绝非两种僵死语言之间的干巴巴的等式"[4];它不仅"照看了原作语言的成熟过程",还"打破了他自己语言中的种种腐朽的障碍",密切注视着其"自身诞生的阵痛"[5],并在这种剧痛中不断将自身语言的

---

[1] 鲁迅:《非有复译不可》,《鲁迅全集》第6卷,第284—285页。
[2] 刘少勤:《从汉语的现代化看鲁迅的翻译》,朱竞编:《汉语的危机》,第45页。
[3] 同上,第46页。
[4] 本雅明:《译作者的任务》,汉娜·阿伦特编:《启迪:本雅明文选(修订译本)》,第85页。
[5] 同上,第85,92页。

发展过程纳入到一种纯粹语言的总体中去。

三、作为思想革命与社会革命的"硬译"

鲁迅对于这样的自新之痛并非没有了解,这种创痛甚至本身就在其预想之内。牺牲掉译作传达意义的功能而把接受信息的难题抛给读者,是内含于"硬译"逻辑之内的一个必要的效果环节本身,也是语言/思维完成其新造过程的一个根本环节所在。如果说瞿秋白与鲁迅在"求新"的目标上并没有多大分歧,但至于这个求"新"的过程,瞿秋白认为要尽量去除"多少的不顺",而鲁迅则坚持这种因为"不顺"而带来的接受的"费力"是必要的,他更希望读者能够"陆续吃一点苦","想一想,或问一问"[1],因为鲁迅不仅将翻译及其接受看作是一个语言革新的过程,更将其看作是一种对国人思维的革新。基于将语言视为思维的工具和表征的认识,读者接受过程中的"费力"同时也被视为是在接受新形式的过程中避免、修正和改进思维上的"糊涂"和"不精密"之处的过程,新的文学/语言形式的输入被鲁迅赋予了一种调动与激发国人思维的活力而不至于僵死的功能与意义。在与梁实秋的论战中,鲁迅将其译作的合法性建立在"另有读了并不'无所得'的读者存在"[2]的前提之下,是"为了我自己,和几个以无产文学批评家自居的人,和一部分不图'爽快',不怕艰难,多要明白一些这理论的读者"[3]而存在的。这意味着,鲁迅的理想读者将愿意伸出手指在"硬译"的

---

[1] 鲁迅:《关于翻译的通信》,《鲁迅全集》第4卷,第391,392页。
[2] 鲁迅:《"硬译"与"文学的阶级性"》,《鲁迅全集》第6卷,第201页。
[3] 同上,第213页。

"地图"上自觉而费力地找寻线索,而这种"不爽快"本身正是鲁迅的目的所在。在某种程度上,鲁迅的翻译表现出与杂文相类的追求,即一种对于写作中任何具有消费性的语言形式一如既往的拒斥。我们甚至可以说,鲁迅对翻译的定位其实与其对杂文的定位也是一样的:"我的译作,本不在博读者的'爽快',却往往给以不舒服,甚而至于使人气闷,憎恶,愤恨"[1]。鲁迅当然清楚,小至具体的读者个人大至社会文化的氛围,对于杂文的接受免不了也是这样一个痛苦的历程,然而杂文之于中国文学或许也正和硬译之于中国语言一样,是对已有文学边界的不断冲击与拓展,是一种在阵痛中试图完成新造与自我生成的选择。

而在另一方面,这种痛苦甚至不仅仅在于读者,语言自身生成的阵痛自当以将其放置在"硬译"试验场中的译者本人承担;而在这层意义上,鲁迅的翻译与创作亦是一件同一的、被打通的事情。鲁迅不止一次在给友人的书信中言及这种痛苦。他曾在 1935 年 3 月 23 日给曹靖华的信中说:"这书很难译,弄得一身大汗,恐怕还是出力不讨好"[2];又在 1935 年 5 月 17 日写给胡风的信中说:

> 这几天因为赶译《死魂灵》,弄得昏头昏脑,我以前太小看了ゴーコリ(即"果戈理"——引者注)了,以为容易译的,不料很难,他的讽刺是千锤百炼的。其中虽无摩登名词(那时连电灯也没有),却有十八世纪的菜单,十八世纪的打牌,真是十分棘手。上

---

[1] 鲁迅:《"硬译"与"文学的阶级性"》,《鲁迅全集》第 6 卷,第 202 页。
[2] 鲁迅:《书信 350323 致曹靖华》,《鲁迅全集》第 13 卷,第 418 页。

田进的译本并不坏,但常有和德译本不同之处,细想起来,好象他错的居多,翻译真也不易。[1]

在1935年5月22日给黄源的信中,鲁迅说:

《死魂灵》第四章,今天总算译完了,也到了第一部全部的四分之一,但如果专译这样的东西,大约真是要"死"的。[2]

1935年6月10日,鲁迅又以调侃的语气说道:

可恨我还太自大,竟又小觑了《死魂灵》,以为这倒不算什么,担当回来,真的又要翻译了。于是"苦"字上头。仔细一读,不错,写法的确不过平铺直叙,但到处是刺,有的明白,有的却隐藏,要感得到;虽然重译,也得竭力保存它的锋头。里面确没有电灯和汽车,然而十九世纪上半期的菜单、赌具、服装,也都是陌生家伙。这就势必至于字典不离手,冷汗不离身,一面也只好怪自己语学程度的不够格。[3]

鲁迅说他翻译时是"字典不离手,冷汗不离身",可见翻译《死魂灵》时,鲁迅的身体状况已不甚乐观,病情愈见加重。这一年的6月28日,在给胡风的信中鲁迅又说道:"译果戈里,颇以为苦,每译两章,好像生一

---

[1] 鲁迅:《书信350517　致胡风》,《鲁迅全集》第13卷,第458页。
[2] 鲁迅:《书信350522　致黄源》,《鲁迅全集》第13卷,第463页。
[3] 鲁迅:《"题未定"草(一至三)》,《鲁迅全集》第6卷,第363页。

场病。……翻译也非易事。"[1]

1936年4月5日鲁迅在致王冶秋的信中则不无委屈地说：

我在这里，有些英雄责我不做事，而我实日日译作不息，几乎无生人之乐，但还要受许多闲气，有时真令人愤怒，……[2]

1938年5月26日许广平在出版的《死魂灵》增订本《附记》中回忆到：

我从《死魂灵》想起他艰苦的工作：全桌面铺满了书本，专诚而又认真地，沉湛于中的，一心致志在翻译。有时因了原本字汇的丰美，在中国的方块字里面，找不出适当的句子来，其窘迫于产生的情况，真不下于科学者的发明。

当《死魂灵》第二部第三章翻译完了时，正是一九三六年的五月十五日。其始先生熬住了身体的虚弱，一直支撑着做工。等到翻译得以告一段落了的晚上，他抱着做下了一件如心的事之后似的，轻松地叹了口气说：休息一下罢！不过觉得人不大好。我就劝告他早些医治，后来竟病倒了。那译稿一直压置着。到了病有些转机之后，他仍不忘记那一份未完的工作，总想动笔。我是晓得这翻译的艰苦，是不宜于病体的，再三的劝告。到十月间，先生自以为他的身体可以担当得起了，毅然把压置着的稿子清理出

---

[1] 鲁迅：《书信 350628 致胡风》，《鲁迅全集》第13卷，第490页。
[2] 鲁迅：《书信 360405 致王冶秋》，《鲁迅全集》第14卷，第69页。

来,这就是发表于十月十六日的《译文》新二卷二期上的。而书的出来,先生已不及亲自披览了。[1]

由此我们会发现,翻译之于鲁迅其实是一个充满着种种陌生、艰难、阻碍,在出其不意的地方惊现埋伏,在无路可走之时杀出一条血路,在扭打之中与对手发生贴身的交缠这样一种"苦熬"一般的历程。所谓"字典不离手,冷汗不离身",所谓"日日译作不息,几乎无生人之乐",指向的其实都是一种劳作性质,这其中的"苦"来自于"劳作"的本质性意义。事实上,这与鲁迅对于杂文的态度也是一致的,即将其视为一种劳作、工作甚至战斗,是以一种痛苦的、费力的、苦役的形式而非以游戏的、审美的、愉悦的状态为诉求的,是一种生产性的写作和改造社会的方式。在这个意义上,鲁迅翻译的诉求及其实践方式本身,都是具有高度政治性的。

鲁迅的"硬译"首先始终是以"为读者计"为出发点的。他曾在其杂文中说:"要译,就译他完;也不要删节,要删节,就得声明,但最好还是译得小心,完全,替作者和读者想一想"[2];又在致孟十还的信中说,"译书是为了读者,其次是作者,只要于读者有益,于作者还对得起,此外都是可以不管的"[3]。事实上,鲁迅也是以在语言形式上竭力保存原作中异质语言风貌的方式在更深层次的意义上对于读者负责。如前所述,鲁迅对于"硬译"是有很大抱负的,即赋予"硬译"一种激活和改造中国人思维与思想的使命,因而鲁迅的翻译并不是停留在

---

[1] 许广平:《〈死魂灵〉附记》,《许广平忆鲁迅》,第71页。
[2] 鲁迅:《随便翻翻》,《鲁迅全集》第6卷,第143页。
[3] 鲁迅:《书信350908 致孟十还》,《鲁迅全集》第13卷,第537页。

语言技术层面及接受层面的"易懂",而表现为一种有关于文化改造的、包蕴着强烈政治意涵的现实关怀。也正是在这个层面上,鲁迅才肯定了"重译"的合法性:

> 懂某一国文,最好是译某一国文学,这主张是断无错误的,但是,假使如此,中国也就难有上起希罗,下至现代的文学名作的译本了。……我们现在的所有,都是从英文重译的。连苏联的作品,也大抵是从英法文重译的。
>
> 所以我想,对于翻译,现在似乎暂不必有严峻的堡垒。最要紧的是要看译文的佳良与否,直接译或间接译,是不必置重的;是否投机,也不必推问的。深通原译文的趋时者的重译本,有时会比不甚懂原文的忠实者的直接译本好,……
>
> 待到将来各种名作有了直接译本,则重译本便是应该淘汰的时候,然而必须那译本比旧译本好,不能但以"直接翻译"当作护身的挡牌。[1]

同时,鲁迅也主张要以"剜烂苹果"的方式,对有缺陷的译本或重译的译作予以暂时的保留,即所谓"这苹果有着烂疤了,然而这几处没有烂,还可以吃得。这么一办,译品的好坏是明白了,而读者的损失也可以小一点"[2]。这正是因为看重翻译有用性、功利性的一面,将翻译视为一种具有针对性和政治性的社会行为,从译著(无论是"直接翻

---

[1] 鲁迅:《论重译》,《鲁迅全集》第5卷,第531—532页。
[2] 鲁迅:《关于翻译(下)》,《鲁迅全集》第5卷,第317页。

译"还是"重译")对于中国现实的实质作用和社会改造力量出发而做出的"权宜之计"。与这种紧迫的政治功用相比,译本是否是重译已相对不再重要。这里值得注意的是,鲁迅虽然强调这种有用性和政治性,但"硬译"的方式却几乎是从一个纯粹形式的层面抵达这一具体的社会改造行为的;在其逻辑链条上,语言背后的思维方式和思想力作为其中至为关键的一环,将这看似相疏离的两端紧密地勾连在一起。就这样,在最本质的意义上,语言形式上的自新与社会改造本身在翻译中成为了一而二、二而一的事情。

这种对于翻译的政治性的肯定和发挥还具体表现在鲁迅对于接受者/大众的认识上。鲁迅与瞿秋白在通信中关于翻译的创新功能达成了某种一致,但是在翻译与大众的接受之关系上却还存在分歧。瞿秋白认为,翻译的最终指向在于帮助我们创造出适用于工农群众理解和使用的"绝对的正确和绝对的中国白话文",而"真正的白话就是真正通顺的现代中国文"[1],所以他主张还是应以"顺"作为一个重要标准,虽然这里的"顺"并不是梁实秋和赵景深意义上的"宁错而务顺",因而其翻译的最低标准在于"使中国读者所得到的概念等于英俄日德法……读者从原文得来的概念",最高标准则是"应当用中国人口头上可以讲得出来的白话来写"[2]。

由此可见,瞿秋白对于读者的定位是以"大众"并尤以"工农群众"为主体的。而鲁迅的回信则对读者接受的层次做了一个划分,即"甲,有很受了教育的;乙,有略能识字的;丙,有识字无几的"[3],因此启发

---

[1] 见《关于翻译的通信》所附瞿秋白"来信",《鲁迅全集》第4卷,第381,383页。
[2] 同上,第384页。
[3] 鲁迅:《关于翻译的通信》,《鲁迅全集》第4卷,第391页。

不同层次的群众所应使用的方式和程度也必然不同,而鲁迅主张的"硬译"也并不是针对所有读者而是对于甲等读者而言的,他对此明确表态:"为什么不完全中国化,给读者省些力气呢?这样费解,怎样还可以称为翻译呢?我的答案是:这也是译本。这样的译本,不但在输入新的内容,也在输入新的表现法。"〔1〕这是鲁迅与瞿秋白在翻译求"新"问题上的共通之处,但分歧之处也正在于此。在"新"从何来的问题上,瞿秋白认为,"新"来自于现代生活的实际要求之下中国人自身的中国化"创造",即所谓"现在的文学家,哲学家,政论家,以及一切普通人,要想表现现在中国社会已经有的新的关系,新的现象,新的事物,新的观念,就差不多人人都要做'仓颉'"〔2〕;但鲁迅则认为"新"来自于外国语言文学表达方式的"输入"。在"新"的最终指向上,瞿秋白憧憬的是一种所谓"中国现代白话",所要满足的是"实际生活的要求"〔3〕;而鲁迅追求的则是新的文学形式和群众语言的丰富性。但鲁迅并非强求对所有的读者/大众都以"硬译"的形式予以社会改造,他的"硬译"主张是特别针对"智识者"而言的,而并非最广大层面上的群众,对于乙等和丙等的接受者亦主张别有另法,如翻译童话,鲁迅便主张意译〔4〕。由此可见,对于鲁迅而言,翻译在其有用性的意义上,同时还是服务于以不同层次的读者/大众为对象的思想改造和社会改造的。

与此同时,这种翻译主张的分歧在某种程度上还体现出二者关于

---

〔1〕 鲁迅:《关于翻译的通信》,《鲁迅全集》第 4 卷,第 391 页。
〔2〕 见《关于翻译的通信》所附瞿秋白"来信",《鲁迅全集》第 4 卷,第 383 页。
〔3〕 同上。
〔4〕 鲁迅:《〈小彼得〉译本序》,《鲁迅全集》第 4 卷,第 155—156 页。

革命的认识与想象上的分歧。在瞿秋白的来信中,我们很容易看出一种将语言革新与话语权的争夺相联系并进而与政治权力的争夺相等同的逻辑。也就是说,瞿秋白的语言革命其实是服务于政治革命与社会革命的,因此他将读者接受的群体主要定位于工农群众,对中国现代新语言的追求也最终指向一种实用性强的、更适于发动和组织大众进行社会革命实践的"口头上可以讲得出来的白话"[1]形式。为此追求实用性而求"顺",语言变革则将因为要服务于社会革命,其内部变革的程度反而有所降低。但对于鲁迅而言,语言内部的变革和社会革命是相等同的:读者对于硬译的接受是痛苦的,正如革命的过程必然也是一个要经历大变动及流血、牺牲、苦难以及对变革的种种不适应的痛苦,但这种痛苦是一个希望达到更高阶段就必须经历的"炼狱"般的过程。在这个意义上,瞿秋白的所谓"绝对的白话"则并非语言上彻底的革命,而只能被视为是一种温和的"改良",但鲁迅的"硬译"则是一场彻底的"革命"。也是由此,鲁迅在语言的形式改造与社会改造的政治功利性之间嫁接起关联。面对"即使搬动一张桌子,改装一个火炉,几乎也要血"[2]的老大中国,鲁迅深知任何一种改革的艰难,因而不采取最极端、最彻底的做法,就无法走通。这种全盘颠覆、彻底革命的意识贯彻在鲁迅对于中国任何一方面改革的认识之中,尤其是社会文化领域的革新。在鲁迅看来,语言革命及其背后更深层次的思维及思想革命和社会革命应当是在同一层次上同时展开的几个维度,各个面向的革命亦是相辅相成的,而未必存在由于谁要服从于谁而减弱自

---

[1] 见《关于翻译的通信》所附瞿秋白"来信",《鲁迅全集》第4卷,第384页。
[2] 鲁迅:《娜拉走后怎样》,《鲁迅全集》第1卷,第171页。

身革命的程度的必要。在接受群体的问题上,鲁迅对于大众的分类也是其革命想象区别于瞿秋白的另一表现。他并没有将知识阶层从大众中分离出去,而是认为对不同的阶层应采取不同程度的革命方式,而对知识阶层而言,就当施以"硬译"这样彻底的革命,由此亦可见出,鲁迅并没有抹杀知识阶层的革命力量。而彻底的革命之所以只能针对知识阶层,也正是因为鲁迅深刻地了解革命与群众之间的隔膜,这种隔膜曾以各种面目出现在鲁迅的杂文、小说和散文诗创作当中,因而对于教育程度不高的普通大众,在革命的程度上也只能采取退而求其次的方式。概而言之,鲁迅与瞿秋白在翻译主张的分歧上,或许也体现出了二人在语言革命和社会革命之间的关系以及革命主体和革命方式的关系等问题上的不同认识,而"硬译"背后深刻的政治性也得以突破语言形式层面的革新,从而显现出翻译作为具体的社会改造行为的意义之所在。

在这个意义上,鲁迅的翻译将再度与其杂文相遇。这二者在本相悖反的语言/文学形式层面与政治功利性层面奇异的统一性,将作为翻译家的鲁迅和作为杂文家的鲁迅统一在一个完整的形象之中。对于"硬译"中的"不顺",鲁迅相信这是可以被语言自我更新的消化力以及"我们自己的批判"进行选择性、甄别性的消化与淘汰,即"一面尽量的输入,一面尽量的消化,吸收,可用的传下去了,渣滓就听他剩落在过去里"[1],而鲁迅则是不惜以自身容纳这些"渣滓",也不惜以自己作为"过去"并在自己窃来的天火中烹煮自身的。鲁迅坦然而真诚地期待着自己的"速朽":"自然,世间总会有较好的翻译者,能够译成既

---

[1] 鲁迅:《关于翻译的通信》,《鲁迅全集》第 4 卷,第 392 页。

不曲,也不'硬'或'死'的文章的,那时我的译本当然就被淘汰,我就只要来填这从'无有'到'较好'的空间罢了。"[1]这硬是要从"无"中剖出一个"有"的决心,这不惜以其自身作为"中间物"以"肩住黑暗的闸门"的鲁迅,正是以一种知其不可为而为之的姿态,日日不息地战斗并劳作着。

---

[1] 鲁迅:《"硬译"与"文学的阶级性"》,《鲁迅全集》第4卷,第215页。

第二编

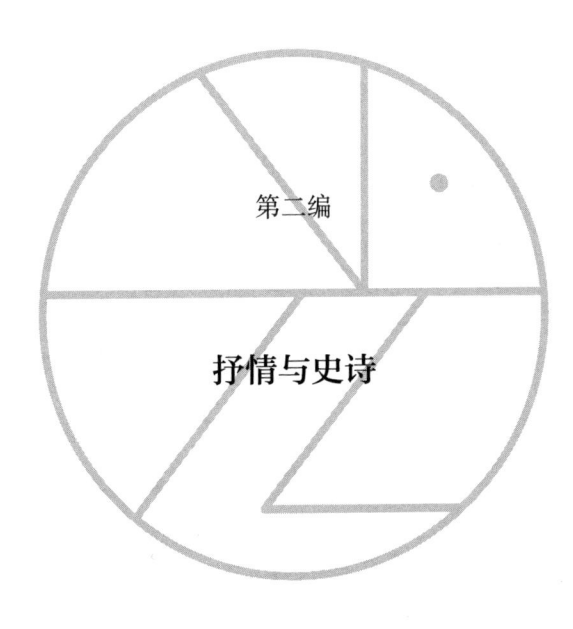

抒情与史诗

"反浪漫的罗曼司":新文坛风尚中的沈从文

1926年11月,沈从文发表了一篇奇特的恋爱小说《松子君》。在20世纪20年代中后期的新文坛,恋爱小说并不鲜见,书写都市青年恋爱故事的"罗曼司"甚至是当时最受文学青年欢迎的文学读物与竞相书写的小说题材。但无论是与沈从文自己在其创作初期的诸多芜杂混乱的文体试验相比,还是与新文坛上风行的其他恋爱小说相对照,《松子君》仍然显示出一种独异的面貌。这篇小说在形式上的实验性和多重意义间的缝隙造成了文本的丰富与驳杂,但也由此为与沈从文同时代的批评者造成了某种无所适从的批评困境。其叙事的冗赘、结构的嵌套、意义之间的彼此拆解以至于主题上的模糊与"无聊",显然不见容于彼时文学批评的价值评判体系。1930年代的批评家贺玉波就曾指出,沈从文以《松子君》为代表的一类作品简直连"极普通的小说原理"也不符合,"是连人物,故事,景物,都不曾描写到的,所以,使我们看了觉得非常空虚",并由此完全取消了《松子君》的文学价值:"退一步说,我们也只能把它看作一些琐碎的杂记,决不能看作文学作品读的!"[1]贺玉波的批评或许未免极端,然而与沈从文在1930年代创作的那些风格逐渐稳定,艺术日臻圆熟的作品相比,《松子君》的确算不得好小说。但值得玩味的是,《松子君》在彼时造成批评困境的那种奇突、驳杂乃至不堪重负,却可能恰恰为今天我们重新进入这一文本,尤其是进入1920年代新文坛的小说风尚,提供了某种契机与多方解读的可能。事实上,无论是对于沈从文个人早期创作生涯中作家主体意识的演变、读者意识的萌生的认识,还是对于1920年代新文学的生产机制与消费机制的考察,《松子君》都为我们提供了一些不可多得的入口。在这里,我们尝试围绕《松子君》展开"三种读法",由此进入1920年代新文坛风尚中的沈从文。

一、从自叙传到"别人的情史"

小说《松子君》讲述的是"我"的一位作家朋友松子君将自己的一段苦恼的恋爱经历以转嫁他人的方式讲述/书写了出来,却以一种恶作剧式的方式使"我"认为这是对于另一位朋友周君恋爱经历的真实记录,直到"我"得以单独向周君当面问及此事时才真相大白。作为

---

[1] 贺玉波:《沈从文的作品批判》,《沈从文研究资料》上卷,天津人民出版社2006年版,第219—220页。

小说的主体叙事,其戏剧性的来源正在于小说结尾对于这一恶作剧的拆穿与松子君身份的反转——松子君由此忽然从讲故事的人变成了故事中的人,却使得整个恶作剧也变得"寂寞"起来。然而在恶作剧的穿帮之外,在元小说的意义上,《松子君》其实仍然可以被读成一个关于"穿帮"的故事,它以叙事套盒的方式对于沈从文早期自叙传作品序列的自我指涉,所触及的正是对于小说叙事本身的虚构性的揭示。

作为一个明显的"嵌套"结构,《松子君》的表层叙事(即"我"与松子君的交往过程)中嵌套着另一重叙事行为,即松子君讲述/书写"T君(即周君)的故事"。读入这个内部套层,我们首先会发现,虽然这里的人物身份已不同于沈从文此前作品中那个在困窘中挣扎的文学青年形象,而是被一些衣食自足的小知识分子所取代,但故事内核却在实际上仍保有沈从文此前自叙传作品中的某种经验结构,即一种欲把握都市女性而不得的挫败体验。虽然在这里 T 君也对那位姨奶奶有过短暂的占有,但他的遭遇与那类文学青年的共同之处在于,他们所面对的两性关系之中永远存在一种权力关系,女性永远占据着上风,而这背后所隐喻的恐怕仍然是现代都市的价值体系、伦理准则以及文化秩序对一个外来者与边缘人的排斥与欺压。T 君在这里虽被设定为一个国文系三年级的大学生,却仍然在两性关系中被塑造成一个"怯汉"形象,所遭遇到的是挑逗、引诱、玩弄与抛弃等一系列弱势乃至挫败的体验。这在沈从文的早期创作中显然是一个较为稳定的隐喻,城市曾经给予他的想象和许诺与现实给予他的打击和持续的困顿之间的落差显然与这里的恋爱故事构成了一种同构的欺骗性关系。

然而同是对这种两性关系的挫败经验的书写，我们也可以将《松子君》和沈从文早期其他一些自叙传作品进行一个对比。[1]首先，此时的经验主体对于性的渴求及其背后那种欲进入都市文化秩序而不得的焦虑，已不再体现为一个封闭空间之中的孤独想象甚至窥淫。在沈从文创作于1925年的《用A字记录下来的事》《重君》等小说中，经验主体与其欲望对象之间的关系往往耽于幻想而少切实的举动，因而其作为都市与外来者关系的隐喻还大多停留在一个心理剧的层面，因而其中高不可攀的女性形象也大多是作为一种高度物化的、被凝视的欲望客体而存在，她们与主人公之间往往缺少富于动作性的实际交锋，而仅在经验主体的心理体验中给予其深切的自卑。而及至1926年创作的《一个晚会》《松子君》，以及1927年创作的《老实人》等小说中，这些女性形象则开始有所动作，或是表现出拒绝与嘲讽，或是引诱、玩弄甚至背叛和抛弃，都与主体发生了较为直接而切实的交锋，边缘人与都市之间的错位与冲突开始被外化为戏剧动作，表现为一种自我戏剧化的叙事方式。在这重转化中，此前自叙传书写中的那种焦灼感实则已经以"戏剧化叙事"的方式得到了一种拉开距离的旁观、有意识的超越与不期然的开解。在这样的变化中，此前的那个"模样阴郁的从文"恰恰是以讲"别人的情史"的方式得以将一个焦虑不堪重负的主体超度为了这个在六月炎天里淡定惫懒、从容玩笑的"松子君"。而对沈从文而言，从前那个带有强烈自传色彩的、以第一人称进行直陈式书写的主人公也得以被对象化为一个人物或角色，主体得以从叙事

---

[1] 关于沈从文早期作品的经验结构及其主体意识的演变，可参见姜涛：《"公寓空间"与沈从文早期作品的经验结构》，《中文自学指导》2007年第2期。

人中被两次剥离出来成为一个被观照的他者——"我"不再直接承担叙事行为本身。叙事主体也开始由一个封闭空间中的独白形象转向一种相对开阔的空间之中的、对话式的互动形象之中，获得一种讲故事的平静语气；而T君故事展开的形式也已由此前那种紧张焦灼的破碎面貌转变为一个较为从容紧密的状态——我们得到的是一个故事或一出戏剧，而不再是一堆情绪的碎片。在这样一种自我经验戏剧化的叙事方式之中，那个焦灼的写作主体终于得到了某种弃绝与超越。

如前所述，基于T君故事与沈从文自叙传作品在经验结构上的同构性，我们其实可以将松子君的叙事行为视为是对这一创作序列的一个自我指涉——虽然他们采取的方式已经有所不同。但更重要的是，在最外层的叙事中，这就成为了一个关于"穿帮"的故事：小说最终戳穿了松子君捏造故事的恶作剧，正是主动暴露了叙事行为的虚构本质。而在某种程度上，沈从文也正是由此显影了其自叙传写作中对一种焦灼感和痛苦经验的想象性夸大和虚构成分，它直接消解掉了自叙传书写所指向的那种真实性。因而如果说沈从文此前那些充满性幻想的自叙传作品是使人信以为真的魔术，那么《松子君》就是这一魔术的"穿帮"或"揭秘"，而作家正是借此将写作/叙事行为进行了一个对象化、客体化的处理。也就是说，沈从文已经逐渐可以拉开一定距离去审视写作主体的创作行为，自觉于其写作本身的虚构性与制作性的存在，并且已经能够以形式实验的方式组织这一问题，而不再简单地将文学创作仅视为一种自我经验的自动记录或想象的自由蔓延；他所完成的是一个写作者从一种自发的、无意识的个人经验的记录到自觉意识到"小说"创作行为的过程，而这种形式实验的尝试也昭示出沈从文已从最初为了生计而写的某种被动状态迈上了自觉思考小说艺术与技巧的探索之途。而正是伴随着这种作家自觉意识的萌生与发展，沈从文一步步获得了从自叙传的焦虑体验中超脱出来并最终在以文学为志业的作家立场上站立起来的可能，虽然此时还远没有达成一种稳定的状态。

由此我们大概可以理解贺玉波在处理《松子君》时的困境，即这样一篇无聊的小说在不塑造人物、不讲述故事甚至不描写景物时，那它还能够讲述些什么？而事实上，这恰恰是《松子君》作为元小说的意味所在。在这一点上，《松子君》与沈从文其他使用叙事套盒的小说（如《老实人》）乃至1920年代很多热衷于以嵌套的方式结构小说的作家们的作品都不同，因为其内部嵌套的故事并不是其叙事的真正目的所在。也就是说，《松子君》的全部目的并不是为了讲述一个周君或T君的恋爱故事，甚至也不是为了讲述一个松子君如何捉弄"我"的故事，而是要讲一个现代作家"如何讲故事"的故事。它的意义内核之一就在于展现一个故事被叙述、被虚构的过程，并以"穿帮"的方式揭示这种制作与编织，对于沈从文而言，这意味着其作家意识的自觉与主体身份的确认。然而更为有趣的是，这个"松子君如何讲故事"的故事同时还为我们呈现出了一个职业作家的叙事行为得以发生的环境、动力与具体方式，而在这个过程中，"我"的存在就变成了一件颇具意味的事情，而这正是我们在第二种读法中将要谈论的话题。

二、"听故事的人"与新文学的消费性

在沈从文1930年代日臻成熟的小说创作中，我们往往能够辨认

出一种讲故事的语境与说话人的口吻。[1]而正如金介甫所指出的那样,这种说话人语气的介入其实在沈从文1920年代的小说创作中就已屡有尝试。[2]但《松子君》在这里的特殊之处却在于:我们或许无法从中找到说故事人的语气,却能直接看到一个外化的"说故事人"的形象(即松子君),而其他作品中那些潜在的、不在场的"听故事人"似乎也得以现身(即"我")。也就是说,沈从文在《松子君》中创造了一个"故事场",而场中"讲故事的人"(松子君)与"听故事的人"("我")都有其实在的人物形象载体。因而其中"我"的位置就变得复杂起来:"我"既承担着小说本身的叙事者,又是小说搭建的"故事场"中"听故事的人"。在沈从文的其他早期小说中,这样的"我"或许并不鲜见,正如本雅明所指出的那样:"只要讲故事人不把故事当作自己的亲身经历,他们常常开篇便述他们怎样在某种情境中得知一个故事的原委和结局"[3],而叙事套盒正是在这样的首度讲述与再度转述中得以生成。例如在《老实人》这类嵌套小说中,叙事的内层与外层往往有着明确的形式边界,而内部的故事套层一经展开,就将代之以第一人称的自叙或第三人称的全知叙述,并由此进入一个流畅完整的故事世界,听故事人"我"的声音与那位首次讲述者的声音就此彼此分离,互不相干。然而《松子君》却显得有些与众不同:首先,故事的首次讲述者(松子君)不再与故事主人公(周君/T君)相重合,因而其作为"说故事人"的

---

[1] 关于沈从文1930年代创作中对讲故事语境的自觉营造,及其早期创作中已相纠缠的故事意识与小说理念在其后的小说叙事中呈现出的悖论关系,可参见吴晓东:《从"故事"到"小说"——沈从文的叙事历程》,《长沙理工大学学报(社会科学版)》2011年第2期。

[2] 金介甫:《沈从文传》,符家钦译,国际文化出版公司2009年版,第118—121页。

[3] 本雅明:《讲故事的人》,汉娜·阿伦特编:《启迪:本雅明文选(修订译本)》,第103页。

身份则更为纯粹与明确;与此同时,听故事人"我"也不再作为一个全知叙事人来转述故事,其作为听众或读者的身份也更为单纯与明确,"我"在听故事过程中的反应和心理状态甚至也被一一记录下来。也就是说,《松子君》所复现的正是其他嵌套小说中通过第一人称叙事与第三人称叙事的对接所抽掉的那个"'我'听故事"的过程,从而使外层与内层彼此纠缠而无法拆分。在某种程度上,内层叙事展开的动力正来自于外层叙事的推动,而内层叙事的进展又直接决定了外层叙事中各个角色的反应与动作。质言之,叙事内层的"T君故事"正是在外层这个更为纯粹的讲故事人形象即松子君与听故事人"我"之间的互动与交锋之中展开的。

松子君作为"讲故事人"在这里其实并不是我们讨论的重点,他也并不是本雅明意义上的或沈从文 1930 年代小说中的那种"说故事人"形象,相反,松子君作为一个"现代作家"的身份和行为属性在这里可能才更为重要;而我们关注的重点则更在于小说中作为"听故事人"的"我"与"讲故事人"之间发生的某种奇特的互动关系。在小说中,"我"对于松子君讲故事的态度是有所变化的。一开始,松子君的讲述其实更近于自说自话,但是伴随着其挑逗性的讲述方式,"我"开始逐渐被吸引乃至重重发问;而松子君则似乎有意控制着他讲述的节奏,以种种细节性的小动作打断、延宕着故事展开的进程,留足悬念必须要等到"我"不停发问才肯讲下去。而当听差将松子君叫走,他留下的那句"回头再来谈吧,文章多咧"[1],大有"欲知后事如何,请听下回分解"的说书人风范。而等松子君走后,我们看到的则是一个望穿秋水的听

---

[1] 沈从文:《松子君》,《沈从文全集》第 1 卷,北岳文艺出版社 2005 年版,第 290 页。

故事人形象,所谓"盼望中的松子君,终于没有再来"[1]。这其实正显现出沈从文对于小说读者的一个想象:"我"的形象的置入,正是以一种实体化的方式将读者的反应及其变化呈现出来。小说至此,松子君表现为一个名副其实的讲故事人,而"我"则是一个被一步步诱入情节悬念之中的理想读者。更为有趣的是,沈从文在这里的叙事调度对于小说的现实读者可能也恰恰造成了相同的效果——《松子君》最初是被分为两期在《晨报副刊》上连载的,而这两期之间的分节点正在这里:"盼望中的松子君,终于没有再来"。这当然可能并非沈从文的有意安排而只是编辑的随意划分,但有趣的是,故事在报刊中登载时在这里戛然而止未完待续,则刚好使得文本内部的那个望穿秋水的听故事人"我"和文本外部被吊足胃口的现实读者相叠合在一起。也就是说,沈从文通过对"我"这个听故事人的安排甚至在有意无意之间直接指涉了文本之外的现实读者。

而在接下来的部分中,我们看到的则是一段发生在说故事人与听故事人之间关于"讲与不讲"的冗长的心理拉锯战。此时,故事其实已经被松子君以写作的方式完成,而这段关于读不读稿子的争执一方面构成了对于现实层面中的读者阅读故事的延宕,同时又在文本的内部隐喻着某种读者与作者的共谋关系。这大段的延宕或许并非只是为了刻画松子君的性格为人或仅是些漫无边际的闲话,而是以这样烦冗的、拉锯式的,甚至有点矫情的方式显影出作者和读者之间的关系,他们表现为一种相互挑逗、相互影响、故事的进程和彼此的反应交缠在一起的状态。松子君作为一个讲故事人的出现,在某

---

[1] 沈从文:《松子君》,《沈从文全集》第1卷,第291页。

种程度上也是被"我"作为一个读者"听故事"的欲望召唤而出的,而"我"的不同反应则成为了松子君讲故事这一过程推进或延宕的动力或阻力。在这场冗赘而无聊的心理拉锯战中,最终还是松子君首先败下阵来:"你不要我说什么吗?那是我——"[1]可见松子君讲故事的进程必须依赖于听故事人"我"的兴趣才能展开。而这几乎是寓言般的向我们揭示了这样一个事实:理想的读者既为作家所被迫地取悦着又为其所内在地需要着,作者以种种奇巧的方式挑逗着读者的兴趣,也正是因为作者为了迎合读者的需要必须创造性地不断突破读者对文学程式的旧有预期并最终满足读者的更高预期——二者在文学接受与消费层面的复杂关系势必潜在地影响到了文学生产的过程。

由此可见,设置一个听故事人"我"的形象,其根本目的可能并不在于打断或拆解这个内部的叙事行为,而是显影了叙事的接受过程。也就是说,沈从文在这个说故事人与听故事人的互动关系中,所写的既是文学的生产过程,又是文学的消费过程,而他以一种讲故事/听故事的现场感将这二者并置于同一时间过程之中,则直接揭示了一种前者受制于后者的状态。又或者说,松子君和"我"的互动关系显示出的是沈从文对于彼时文学消费与文学生产之间制约关系的一种理解。事实上,在"松子君讲故事"之前,沈从文在以"我"或松子君大发牢骚的形式插入的大段对于文坛现状的评论中,甚至也直接对当下的读者和作者提出批评:所谓"目下中国买了书去看的人主旨的所在与其程度之可怜",而那些"粗恶""简陋"之作则由于"抓着许多跃跃欲试的少

---

[1] 沈从文:《松子君》,《沈从文全集》第1卷,第293页。

男少女的心","只要陈列到市场的小书摊上去,照例是有着若干人来花钱到这书上,让书店老板同作书人同小书贩各以相当的权利取赚一些钱去用";而在作者方面,"倘若是作书人会做那类投机事业,懂得到风尚,按时做着恋爱、评传、哲学、教育、国家主义,……各样的书,书店掌柜,又会把那类足以打动莫名其妙读者的话语放到广告上去,于是大家便叨了光,这书成了名著,而作书的人,也就一变而成名人了"[1]。这大段的牢骚所勾勒出的正是一种弥漫着商业性的文学消费制约文学生产的逻辑链条:创作已成为一种"投机事业",作家成功的要旨即在于打动读者与懂得"风尚",而这种趋于固化的文学程式又正是在由读者接受造就的市场中生成,直接主导着创作。从中我们已可看出沈从文对于这种恶性循环的不满,而沈从文1930年代之后最鲜明的主张之一,即对于文学与商业相分离的强烈呼吁在这里已显现出苗头。对于以职业作家身份进入文坛的沈从文而言,这种对于文学生产中潜藏的商业性的敏感从其被迫卖文为生的切身经验中直接生发而来。因而当沈从文的作家意识逐渐萌生,文学开始在谋生之外生成其独立的意义与位置,商业性就成为了沈从文纯化其文学志业过程中需要在在予以刨除的因素和时时加以警惕的威胁。因而从《松子君》到此后的《老实人》,这种对于创作受制于商业性的反感开始逐渐从上述讽刺性的外部批评转为一种内在焦虑:"到这世界上,像我们这一类人,真算得一个人吗?把所有精力,竭到一种毫无希望的生活中去,一面让人去检选,一面让人去消遣,还有得准备那无数的轻蔑冷淡承受,以及无终期的给人利用。呼市侩作恩人,喊假名文化运动的人

---

[1] 沈从文:《松子君》,《沈从文全集》第1卷,第285,283,284页。

作同志，不得已自己工作安置到一种职业中去，他方面便成了一类家中有着良好生活的人辱骂为文丐的凭证。影响所及，复使一般无知识者亦以为卖钱的不算好文章。自己越努力则越容易得来轻视同妒嫉，每想到这些事情，总使人异样伤心。"[1]事实上，当依托报刊媒体形成场域的新文学为1920年代的文学青年提供了某种谋生的职业可能时，这种文学生产将为文学消费所带来的商业性所挟持的危险就已经天然地内含于其中了。

三、对"恋爱小说"风尚的迎与拒

正如第二种读法所分析的那样，沈从文对于听故事人"我"的设置显示出了作家对于读者接受与文学消费的自觉，而除此之外，沈从文可能也是在通过"我"的形象呼唤着他的理想读者，即不为流行风气所左右，富于独立意识与批判眼光的都市文学青年。从"我"在松子君到来之前所发表的那段近于文艺评论的"胡思乱想"之中，我们能够从中辨认出一种为"我"所不屑甚至反感的新文坛"风尚"，即那一系列标识着某种写作题材与方向的名词："恋爱，评传，哲学，教育，国家主义……"。而其中在小说里集中得到凸显和针对的正是当时泛滥一时的"恋爱小说"。在这里文中涉及的几个有所确指的互文本则将为我们提供第三种切入《松子君》的可能。

小说《松子君》以虚虚实实的方式涉及的文学作品很多，而能够在历史现实中直接找到其真实对应文本又特别引人注目的，有章衣萍的

---

[1] 沈从文：《老实人》，《沈从文全集》第2卷，第70—71页。

《情书一束》[1],张竞生的《性史》和徐祖正的《兰生弟的日记》。其中"我"批评《情书二卷》是"粗恶的简陋的信函"[2],指出《性史》对读者窥淫欲望的满足,而为《兰生弟的日记》过低的销量抱不平——显然,沈从文在这里有一个否定和认同的分野。更为有趣的是,其中《情书一束》与《兰生弟的日记》在题材和体裁上都与松子君之后讲述/写作的T君故事形成了某种互文关系,又鉴于《性史》并非文学创作,我们在这里将重点对另两个文本进行一些考察。

在章衣萍的成名作短篇小说集《情书一束》中,《桃色的衣裳》以菊华的书信与逸敏的日记为主干,几乎是章衣萍与女作家吴曙天以及画家叶天底的三角恋情纠葛的实录;而剩余诸篇亦采用日记体和书信体,内容皆涉及多角恋或同性恋,均充斥种种大胆暴露的性描写。该书一经出版便大为畅销,1926年5月由北新书局初版,至1930年3月已印行十版,发行近两万册,还被译成俄文,但在文坛中却享誉不佳。高长虹就曾评价道:"从前弦上的一句评会说过这书的坏处。近来我在上海遇到由北京来的两个朋友,也都不满意这一本书。……在这本《情书一束》里,清新太少,而陈腐太多了,尤其是到了下卷。我想这一点,在作者是不难自己意识到的,这书有取悦于朋友,取悦于读者的心理在内。在事实上,这书与《性史》都是销路极好的书,然而这无论是在作者,在读者,在中国,都不是荣誉的事。"[3]鲁迅虽未正面撰文批

---

[1] 章衣萍的《情书一束》初版于1926年5月,《情书二束》则出版于1934年,由此可以推断,在沈从文发表于1926年的《松子君》中,所谓《情书二卷》影射的当是《情书一束》而非《情书二束》。

[2] 沈从文:《松子君》,《沈从文全集》第1卷,第283页。

[3] 高长虹:《评情书一束》,《走到出版界》,上海泰东图书局1928年版,第50,52页。

评此书,但也曾在致章廷谦的信中流露出不屑:"衣萍的那一篇自序,诚然有点……今天天气,哈哈哈……"[1]而据李霁野的回忆,鲁迅在编完《两地书》以后也曾语带嘲讽地说:"你们看,我来编一本《情书一捆》,可会有读者?"[2]

然而,徐祖正出版于1926年7月的《兰生弟的日记》在批评界的境遇则刚好与之形成对照。《兰生弟的日记》是以一封兰生弟致薰南姊的长信引述、穿插兰生的诸多日记片段,铺叙二人曲折的情感经历与细腻的心理体验,其中亦不乏多角恋爱式的感情纠葛。据陈子善的考证,《兰生弟的日记》的出版"引起北京文坛较大的关注,兰生弟甚至成了当时失恋文艺青年的代名"[3],而小说本身也得到了诸多作家的好评。郁达夫在书评中对其态度的真率大加赞誉:"《兰生弟的日记》是一部极真率的记录,是徐君的全人格的表现,是以作者的血肉精灵来写的作品,这一种作品,在技巧上虽然失败,然若以真率的态度,来测文艺的高低,则此书的价值,当远在我们一般的作品之上。"[4]在《再读〈兰生弟的日记〉》中,女作家石评梅则为作者的笔致感动至深:"很慕敬作者那枝幽远清淡的笔致,处处都如一股幽谷中流出的清泉

---

[1] 鲁迅:《280504 致章廷谦》,《鲁迅全集》第12卷,第116页。

[2] 见李霁野:《从"烟消云散"到"云破月来"》,《鲁迅先生与未名社》,人民文学出版社1984年版,第56页。文中提到:"在谈得彼此很融洽的气氛中,先生突然对我们提出一个问题:'你们看,我来编一本《情书一捆》,可会有读者?'那时以前,有一个无聊的文人章衣萍,出版了一本《情书一束》,我们是很厌恶的,先生所戏言的'一捆',是讽刺'一束'。"

[3] 陈子善:《徐祖正及其〈兰生弟的日记〉》,《梅川书舍札记》,岳麓书社2011年版,第37页。陈子善先生在此文中对徐祖正其人及其文学交游,以及《兰生弟的日记》的出版、接受及文坛评价做出了详尽的考证,对本文有很大启发。

[4] 郁达夫:《〈兰生弟的日记〉》,《郁达夫全集》第5卷,浙江文艺出版社1992年版,第278页。

一样,那样含蓄,那样幽怨,那样凄凉,那样素淡。"[1]1929年,朱自清在清华大学中国文学系讲授"中国新文学研究"课程时,也曾为这部小说及杨振声的小说《玉君》一并设立专节讨论。作为一门"既有文学史的性质,也有当代文学批评的性质"[2]的课程,朱自清在讲义《中国新文学研究纲要》中对小说主题、人物和技巧做出的逐条中肯的评价也能够反映出新文坛对于这部著作的某种批评共识。然而作为"骆驼丛书"唯一得以出版的著作,《兰生弟的日记》虽在文坛中广获好评,印数却极少,初版仅100部且最终再版未果,可见沈从文对其销量甚微的感叹确实所言非虚,也应验了郁达夫用以结束其书评的那句"预言":"这书决不是popular的书,这书是少数人的书。"[3]

　　由此可见,新文坛对于章衣萍和徐祖正的批评态度也存在一个否定与认同的分野。而从《情书一束》和《兰生弟日记》在新文学评价体系内的不同遭遇中,我们可以看到的是某种新文学规则和价值标准的树立。但有趣的是,这两部作品虽然在具体的笔法、情致乃至格调上有所差别,但同时也在一个更广泛的意义上分享着"恋爱小说"的新文学"风尚",即恋爱故事的题材选择与"自叙传"式的书写方式,而这也是为当时绝大多数文学青年所效仿、追摹的主要创作程式,就连沈从文也不例外。在这两部作品中,作家都是以"多角恋"式的、曲折而带有伤悼意味的情感体验作为叙事主线,以第一人称书写主人公病弱苦

---

[1] 石评梅:《再读〈兰生弟的日记〉》,《石评梅作品集》(散文卷),书目文献出版社1983年版,第234页。
[2] 王瑶:《先驱者的足迹——读朱自清先生遗稿〈中国新文学研究纲要〉》,《文艺论丛》(第十四辑),上海文艺出版社1982年版,第49页。
[3] 郁达夫:《兰生弟的日记》,《郁达夫全集》第5卷,第278页。

闷的心理状态,而盛行于1920年代新文学写作的日记体与书信体也为其所分享。而从《公寓中》的写作开始,日记体也一直在沈从文的早期创作中占有很大比重,我们显然可以从中辨认出其对于郁达夫自叙传文体的学习和仿效;"郁达夫式的悲哀"亦成为其早期创作的一大主题,幽闭狭小公寓中的性幻想在其作品中频频出现,《重君》《篁君日记》《第一次做男人的那个人》等小说,以及《遥夜》《狂人书简》等散文作品中也虚虚实实地记录了很多爱欲体验。

然而沈从文显然还是潜在地接受了上述的某种已经树立起来的新文学规则与标准,在《松子君》中,《情书一束》亦是被作为嘲讽批判的对象,而《兰生弟日记》则被确认为一个正面的文本。而从某种程度上讲,松子君讲述的故事其实正可视为是对《情书一束》这类三角恋爱故事写法的一种"戏拟"。事实上,松子君写作的T君故事亦表现为一个叙事套盒:其叙事的内层是对T君爱欲日记的摘录,外层则是一个讽刺小说式的第三人称叙事,即所谓"学了郭哥里的章法"[1],并缀以"非常滑稽"的结尾,以及一个可笑的小说题目"一位奶奶"。如果说内层叙事是对于那类恋爱小说从内容到形式的一个直接拟写,那么外层叙事则是以一种反讽的方式破坏、拆解了内层叙事所可能带来的形式的完整性与情感的真实性。但其暧昧处却在于,"T君日记"极易使我们联想起沈从文自己的一些日记体作品,其中为其所不耻的"性的官能的冒险"或许表现程度有异,但也并不鲜见,更有《篁君日记》这类相当直露的作品。由此可见,沈从文虽接受了新文学的某些标准和判断,但在他的戏拟文本和他自身的自叙传作品之间的距离,却可能并

----

[1] 沈从文:《松子君》,《沈从文全集》第1卷,第295页。

没有这种新文学规则和他所要着意表现的讽刺态度所要求的那样大。也就是说,在一个广泛分享某种趋于固化的创作程式的新文坛中,那个广义上的"风尚"被分享的程度恐怕要远远大于优质的一端与低劣的一端之间的差别,因而作家所戏拟和否定的并无法与作家自身的书写区隔开,正如当时的批评家韩侍桁所指出的那样,沈从文"所刻薄张资平先生的话,全是可以说向他自己的身上"[1]。

上述现象的广泛存在其实也为新文坛造成了某种批评的混乱。从《松子君》中可见,对于恋爱小说与自叙传风气甚嚣尘上的文坛现状,沈从文借以区分高下的标准大致有二,一是艺术标准,沈从文批评《情书一束》的主要问题在于其描写的简单粗糙,而无法达到"心理的正确的忠实的写述"[2];二是文学趣味上的道德追求和创作态度的真诚严肃,这既表现在"我"对于《性史》这类著作的道德批判和态度质询之上,又表现在松子君虽然有时也会被漫画化为一个无聊角色,但他对待创作的态度仍然是严肃而非消遣的。沈从文在《郁达夫张资平及其影响》中虽然不得不在一个共同的参照系中谈论二者,但也最终将其定义为"轮廓相近精神不同的作品",批评张资平作品中"卑下的低级的趣味标准"[3]。实际上,严肃的创作态度也是沈从文日后试图将自己从这样一个覆盖性极强的文坛风气中区隔出来的主要依凭,在1966年末回顾其上海时期的创作题材时即这样分辨道:"恋爱小说占分量似比较大,有的是写得极露骨的黄色小说,但写作态度还是比较

---

[1] 侍桁:《一个空虚的作者——评沈从文先生及其作品》,《沈从文研究资料》(上卷),第169页。
[2] 沈从文:《松子君》,《沈从文全集》第1卷,第283页。
[3] 沈从文:《郁达夫张资平及其影响》,《沈从文全集》第16卷,第194,190页。

严肃,和当时一般作品不怎么相同,却缺少一定中心思想。"[1]诚然,创作态度与作品趣味也是为当时的文学批评家所普遍考察的一个重要参数,然而具有悖论性的是,这里并没有一个具体而明确的标准能够对作品做出相对统一的衡量。沈从文自己也正是在创作态度的严肃性上遭到了批评家韩侍桁的抨击:"一个在思想上,在生活上有着较深的根底的,对于文艺的要求是超过了一切的趣味——更不用说低级的趣味——而具有真实的鉴赏和判断的眼和心的人,看了他的作品,不但厌恶他作品中的人物,而甚至对于那作者的本身发生反感,唾弃这位作者的创造的态度。"[2]贺玉波的评论虽主要是从艺术准则出发,但最终还是落到了对沈从文小说趣味的评价上:"总之,沈从文是个没有思想的作家,在他的作品里只含有一点浅薄的低级的趣味。"[3]至于为沈从文所高度认同的郁达夫,一方面有周作人撰文为其辩护曰"虽然有猥亵的分子而并无不道德的性质","是一件艺术的作品"[4],一方面亦有高长虹将其与沈从文予以嘲讽的章衣萍等而视之:"在目前的作者中,衣萍与达夫总不失为两个较为大胆的吧!然而这大胆是浅薄的,而且后者也有些固定了。所以经济的不平,达夫曰:'偷'!性的觉醒,衣萍曰:'摸'!我们从这两个作者那里,只看见一个偷偷摸摸的世界!"[5]在其他批评家那里,沈从文、张资平、郁达夫乃至章衣萍之间的距离可能都没有沈从文所判断的那样大。由此可见,

---

[1] 沈从文:《我到上海后的工作和生活》,《沈从文全集》第 27 卷,第 225 页。
[2] 侍桁:《一个空虚的作者——评沈从文先生及其作品》,《沈从文研究资料》(上卷),第 165 页。
[3] 贺玉波:《沈从文的作品评判》,《沈从文研究资料》(上卷),第 252 页。
[4] 周作人:《〈沉沦〉》,《自己的园地》,北京十月文艺出版社 2011 年版,第 73,75 页。
[5] 高长虹:《评情书一束》,《走到出版界》,第 51 页。

面对一个普遍分享某种流行风气的新文坛,所谓严肃的创作态度、更高的趣味或道德追求,其可辨识度之低、在批评者眼中达成共识之难,都无法使其胜任为一条明确有效的价值评判标准——不同作家的写作在这些方面的差异性显然已经被流行文学程式所带来的高度的一致性所遮没了。正如姜涛揭示的那样:"当新文学客观上已形成一个'场域'、一个'市场',为了谋生或对抗烦闷的'硬写',其实不得不发生在某种封闭的程式之中,变成一种内部的符号循环"[1],沈从文显然也无法外在于这种循环,不得不受到文学风尚与创作程式的询唤与规训,因此他的戏拟与批判才充满了一种半自觉的暧昧感。在这一时代的整体写作状况之中,包括"硬写"在内,恐怕所有的写作都不得不受制于某种即成风尚的笼罩和制约,受到某种询唤与规训。

但幸运的是,《松子君》在其暧昧的"戏拟"之中毕竟也反映出了写作者对于"风尚"的自觉批判与反观。应当说,沈从文的早期创作与文坛风尚之间呈现为一种复杂的迎拒关系:一方面,迫于生计的压力,沈从文出于迎合读者与市场的必要性,当然需要追摹与仿效流行的创作程式,加之新文学出版事业的召唤,沈从文正是在一种"被加速"的文学再生产过程中卷入到了文坛风尚中去;而另一方面,伴随其创作局面的打开与作家意识的萌生,一种抵抗文坛风尚席卷、寻求创造性自我的内在要求也逐渐生成,这都使得沈从文的创作与文坛风尚之间逐渐呈现出一种貌合神离的紧张关系。因此,此时沈从文试图对流行文坛风气进行的反思,同时也就必须是对他个人创作的一个自反式的思考。无论

---

[1] 姜涛:《"室内作者"与 20 年代小说的"硬写"问题——以鲁迅〈幸福的家庭〉为中心的讨论》,《汉语言文学研究》2010 年第 3 期。

他对这种"戏拟"中出现的自我指涉是否自觉,沈从文应当至少是在潜意识中感受到了这种重复的创作对于其写作才能和未来发展可能性的内在消耗,因而才会在其写作中显现为一个旁观者式的,对新文坛现状进行批判的戏拟与反讽式的书写。通过在一个整体性的层面上揭示这种趋于固化的"风尚"对于新文学生产的内耗,他所指向的是彼时内在于新文学的总体困境和危机。沈从文对于文坛风尚的抵抗,事实上也一直延续到了其日后逐渐成形的文艺思想之中,并首先便与其对于文学商业性的批判联系在一起;"趋时"与否一直是沈从文1930年代一系列文艺评论中评判作家的一个重要标准。他瞩目的是蕴蓄于新文学发生期之中的独立性、创造性和重造的活力,而他找到的出路则是作家个人严肃踏实的工作与保持一个真纯自我的写作——五四新文学观念对于一个"创造性自我"与"真纯精神"的诉求,显然已逐渐被沈从文重新接收并指认为其文艺观念中的一个原发性的思想资源。而正如第三种读法至此所要说明的那样,沈从文以《松子君》为代表的1920年代写作中关于文学生产机制内部的经验与反思,可能正处于这一思想脉络的起点。

结语　反浪漫的罗曼司

哈利·列文曾在《吉诃德原则:塞万提斯与其他小说家》一文中将《堂吉诃德》这类"不仅在为一个逐渐被废弃的文学类型送终,而且也是在创造一种新的文学类型"[1]的戏拟式作品称之为"反传奇小说"

---

[1] 哈利·列文:《吉诃德原则:塞万提斯与其他小说家》,《比较文学研究资料》,北京师范大学出版社1986年版,第352页。

(le roman contre les romans)。由于法文中没有能严格区分"小说"与"罗曼司"的词汇,我们或许可以借用这一概念在字面上造成的悖论性,发现一种"反浪漫的罗曼司"式的写作,来指称那些在罗曼司的形式框架中生成对于恋爱小说的反动与质询的作品。沈从文的《松子君》这样的创作或许还未能达到"创造一种新的文学类型"的意义,但却提供了某种"以小说作为文学批评之一种"的形式实验,并且着实"已经带领我们远远超越了单纯的滑稽模仿","从对文学的批评开始,以对生活的批评告终"[1]。这类看似恋爱小说却远非恋爱小说的创作,不仅揭示了某种现代的写作模式是如何在一场大规模的"重复的模仿"中习得、生成以及扩大化的,更加从风格上的讽刺发展为一种主题级别的反讽。而或许只有经过了这样一个必要的阶段,恋爱小说的新文坛风尚才能在时过境迁浪之后披沙拣金,留下如沈从文1929年后写下的一批"乡土爱欲传奇"的出色作品。作家在戏拟中显示出的深度自觉与积极抵抗一方面促使其从写作伦理的根本问题上去寻找一个正面的价值与资源,一方面则如解志熙所说,沈从文终于走上了一条"折中京海、取长补短、综合转化的路——用京派优美节制的抒情笔法、如诗如画的乡土背景来转达海派所关切的爱欲问题"[2]。这都使得沈从文1930年代的爱欲书写得以超越一味模仿的跟风之作或是在"恋爱"后面加上"革命"的权宜之计或新的程式,成为现代小说中更为凝练、蕴藉的杰出作品。

---

[1] 哈利·列文:《吉诃德原则:塞万提斯与其他小说家》,《比较文学研究资料》,第352、374页。

[2] 解志熙:《爱欲抒写的"诗与真"——沈从文现代时期的文学行为叙论(中)》,《中国现代文学研究丛刊》2012年第11期。

关于1920年代的新文坛风尚，以上所谓的三种读法所触及的其实是沈从文早期写作的三个不同的面向：沈从文在以文学为"志业"的意义上觉醒的作家意识，在"职业作家"意义上生成的读者意识，以及他与新文坛"风尚"之间暧昧而紧张的迎拒关系，都将在一条以新文学生产、消费与再生产构成的链条中相遇，并在在昭示出沈从文日后的文学选择与思想脉络的种种苗头。因而事实上，它们归根结底可能又只是一种读法，又或者说，第一种读法和第二种读法，最终将在第三种读法中汇合。它们所指向的共同主题是：沈从文作为1920年代新文学场域中的一个个体，如何以对外部文坛风气的批判与反抗来实际触碰到其自身文学志业达成过程中的困境与危机，从而由此显影了彼时新文坛的整体危机，而这一过程正是伴随着沈从文自身作为一个作家的自觉意识的萌生及其在迎合新文学接受者的同时又试图保持距离，进行独立思考与判断的过程展开的。也正是因此，我们此后看到并不是一个就此停滞的危机状态或行将崩溃或自我耗尽的新文坛，而是在不同作家带有自反性的不同选择之中，新文坛走向了新的分化与发展。

"新的综合":沈从文战时写作的形式理想与实践

一、风景与人事的分裂

1945 至 1947 年间,沈从文发表了《赤魇》《雪晴》《巧秀和冬生》与《传奇不奇》四篇小说,内容上前后连贯,构成了一个短篇小说系列。这组小说讲述的是一个想做画家的少年司书"我"跟随几个同乡学生到高枧乡下做客,在雪后新晴的乡村风景中,"我"却耳闻目睹了当地两大家族之间的一场惨烈却无谓的仇杀,由此构成了一段"不奇"的"传奇"。1982 年,戴乃迭将这组小说中的后三篇译成英文收入选译本《湘西散记》中,沈从文在为该集所做的序言中指出,《雪晴》中的故事确有其"本事"。1920年12月底,十八岁的沈从文时为"湘西联合政府"所属的"靖国联军"第二军第一游击队中的一个上士司书,因开往川东的部队在鄂西遭受当地"神兵"袭击全军覆没,辰州留守处也随之解散。[1]沈从文在被遣散回乡的途中,曾随同学满叔远到其高枧乡家中过年,并随之目睹了他所做客的满家与另一大族田家之间"为了一件小事,彼此负气不相上下","前后因之死亡了二三十个人"以致"仇怨延续了两代"[2]的悲剧。

在这篇序言中,沈从文还对其最初的写作计划和发表情况做出了说明,指出其"全部计划分六段写",而"故事原只完成四段,曾于一九四七年分别发表于国内报刊中"[3]。由此可以推测,这四篇相互关联的小说有可能是沈从文的一个未完成的中篇构想中的几个带有试笔色彩的章节。值得注意的是,这组小说虽围绕同一本事展开,然而与内容和情节上的连贯相继不同,在叙述方式和文体风格上,开头的《赤魇》《雪晴》两篇与其后的《巧秀与冬生》《传奇不奇》两篇之间则存在着明显的差异与断裂。整个故事以"我"随同伴入乡,得遇一幅雪后新晴、生命悸动的乡村景象为起点,经历满家队长的喜宴、巧秀的私奔、冬生的被绑,再到满家对田家兄弟的围攻与火并惨剧的发生,故事时间历经四十天之久。然而开头的《赤魇》《雪晴》两篇所处理的故事时间,却还不足七个小时。作为叙事的开端,这两篇小说充斥着叙事者"我"对自然风景与乡村人事的欣赏与对照,却无限延宕了叙事的展开,直到《雪晴》的末尾才终于迎来了第一个情节性的突转,而其主题

---

[1] 参见吴世勇编:《沈从文年谱》,天津人民出版社2006年版,第11页。
[2] 沈从文:《〈湘西散记〉序》,《沈从文全集》第16卷,第393页。
[3] 同上,第393—394页。

则可用《赤魇》一篇的题记来概括:"我有机会作画家,到时却只好放弃了"[1]。

值得注意的是,这两篇小说对乡村风景的刻画,虽然延续了沈从文湘西题材小说中一贯的"静述"式开头(如《边城》的前两章与《长河》的第一章"人与地",皆首先致力于描绘地方乡村风土人情,而不急于进入情节性的叙事),但相比之下,《赤魇》与《雪晴》的写法却显得有些奇怪。乡村风景的展开,不再是一种全知视角下风景与人事浑融一体的反复叙事,而是通过一个十八岁想做画家的叙事者"我"的限知视角和审美眼光来把握的。《赤魇》中的"我"不仅立志"学习用一支笔来捕捉这种神奇的自然",在跟随一行人于雪中跋涉、移步换景的途中,更是时刻不忘用一种"入画"的思维来观察这一派雪晴景象,甚至一路上都在"用眼目所接触的景物,印证半年来保留在记忆中都是些大小画幅":

> 一列迎面生树的崖石,一株负石孤立的大树,以及一亭一桥的布置,一丘一壑的配衬,凡遇到自然手笔合作处,有会于心时,就必然得停顿下来,好好赏玩一番。[2]

在这种以人工的"布置""配衬"为核心的观看方式之下,自然风景也就都变成了山水画幅中的艺术构思。然而,这种试图以艺术把握自然的设想却很快受到了挑战,不仅"自然的大胆常常超过画人的巧思",清

---

[1] 沈从文:《赤魇》,《沈从文全集》第10卷,第401页。
[2] 同上,第404页。

寂山谷中猎犬逐兽的匆促响动又给了"我"一种"新的启示与发现"："静寂的景物虽可从彩绘中见出生命,至于生命本身的动……可绝不是任何画家所能从事的工作!"[1]在这一动静相照、"相揉相混所形成的一种境界"[2]中,"我"那跃跃欲试的艺术冲动也被转化为一种在生命本身的跃动与丰沛面前的震撼与臣服。

在某种意义上,《赤魇》几乎讲述了一个与《虹桥》(1946年)相类的故事,即以艺术把握自然之瑰奇与伟大的不可能性。而与《虹桥》中的几个青年画家无法绘就的那一抹霓虹不同,这里的"我"所面对的不仅是风景的静美,更有生命的律动,而《雪晴》的展开又为这一"不可把握之物"增添了更为丰富的内涵。随着进入满家办喜事的热闹氛围,"我"的观看对象也由风景转入人事,故事本身也发生了一点戏剧性的推进。《雪晴》的主体写的是"我"在第二天早晨醒来时对喜筵一晚的回忆。然而与在《边城》中写"赛龙船"或在《长河》中写"酬神戏"的方法不同,一贯善于描绘风俗场面的沈从文对这场乡村婚筵的处理,便却既无民俗景观也无场面铺叙,而只重在表现一个由种种记忆的细节与散碎的意象混合而成的"印象"。这一"印象"中充满了声音、颜色或意象的碎片:甜米酒"翻涌泡沫的嗞嗞细声",满家老太太银白头发上的大红山茶花,新娘子的红罗裙,以及女客人们"黑而有光的眼睛","无不各有一种不同分量压在我的记忆上"[3]。而昨日那个在雪后新

---

[1] 沈从文:《赤魇》,《沈从文全集》第10卷,第404—405页。
[2] 同上,第403页。
[3] 沈从文:《雪晴》,《沈从文全集》第10卷,第408页。《雪晴》一篇的版本较为复杂,《全集》按照《雪晴》发表在1946年10月20日《经世日报·文艺》上的初刊本编入,本文论及《雪晴》一篇及其引文时,若非特别注明,皆以该《全集》本为准。

晴与人兽追逐之间动静相照的景象也经由"印象"的"再现"机制,幻化为一个"离奇的梦魇",与"喜筵的热闹种种印象"重叠在一起,增加了"我"对现实处境"想把握无从把握"的"迷惑"之感。[1] 在这种带有强烈主观性的观看方式之下,现实中的具体人事也都染上了几分抽象色彩与象征意味,"我"在自然风景中获得的对于生命力的丰盈与动静对比的超验感受,也由此蔓延到对现实人事的观感之中:

> 那个似动实静的白发髻上的大红山茶花,似静实动的十七岁姑娘的眉目和四肢,作成一种奇异的对比,嵌入我生命中。[2]

而满老太太在客人枕下塞糖的乡俗仪式,获得也并不是人类学意义上的关注,而是一种对象征性与抒情性的发现:"一切离不了象征,惟其是象征,简单仪式中即充满了牧歌素朴的抒情。"[3]

从《赤魇》到《雪晴》,贯穿在上述种种"印象"之中的是一种强烈的生命意识。这使得在"我"眼中,巧秀那无邪的微笑与眼睛里的光辉也渗透了"生命存在的意义与价值",而转为一种象征,从而重新引发了"我"那"作一个画家的痴梦"[4]。而当这部分由一系列声、香、色、味、温、触、形等感觉的碎片综合而成的回忆结束之后,"我"则再度以一个画家的视角发现了一幅由雪后庄宅的静美、狐兔鸦雀的脚迹,甚至是捕机中形态各异的猎物遗体构成的"象征生命多方的图案画","但任

---

[1] 沈从文:《雪晴》,《沈从文全集》第10卷,第407—408页。
[2] 同上,第410页。
[3] 同上,第411页。
[4] 同上,第409,410页。

何一种图画,却不曾将这个近于不可思议的生命复杂与多方,好好表现出来"[1]。直到此时,故事才终于迎来了第一个戏剧性的突转,巧秀与那个吹唢呐的中砦人私奔的消息传来,在错愕中彻底打碎了"我"想做一个画家的幻梦。

与这种试图通过感官与情致的触知生成"印象",从而获致"生命"之超验体悟的"再现"机制相伴随的,是属于叙事者自身的一种孤独而迷惘的情绪。这也使得《赤魇》与《雪晴》中的"印象"成为了一种独特的抒情机制,而风景与人事的两相对照,也便不再是民俗学意义上的地方风物,而代之以一种充满象征性与抽象性的主观情境与审美体验。诸种对立、纷乱的印象既是叙事者"我"试图把握某种"不可把握之物"的方式,又时常错综为一道屏障,将"我"与现实隔绝开来。叙事者一直试图穿透"印象"抵达的那种抽象意义上的"生命的丰满,洋溢",却在现实的突转中"把我感情或理性,已给完全混乱了"[2]。这种在主观现实与抽象意义之间的不透明关系落实到叙事者的心态上,便常使"我"感受到一种"茫然失措""惊异""迷蒙"乃至"荒唐"之感,甚至"陷入一种完全孤寂中"[3]。而现实的突转更直接关联着叙事者"我"的自我认知,在《雪晴》一篇的结尾,"我"听到巧秀私奔的消息后蓦然意识到"我再也不能作画家",便因之陷入到了一种惘然若失的"枯寂"之中,并随即意识到"我年纪刚满十八岁"[4]。这使得《赤魇》与《雪晴》在文体上也更近于一个成长小说的形式,属于一种"《追忆似

---

[1] 沈从文:《雪晴》,《沈从文全集》第10卷,第412,413页。
[2] 同上,第414页。
[3] 同上,第411页。
[4] 同上,第414页。

水年华》般的艺术家自传似的写法"[1]。

然而伴随着这个成长时刻的到来,接下来的《巧秀和冬生》与《传奇不奇》两篇却显示出上述这种"印象"式写法的无以为继,我们看到的是文体风格与叙述视角上的一系列转换与断裂。富于现实感的乡村日常生活取代了含有象征性的审美体验,情节叙事的进度也加快了起来。随着印象式的抒情逐渐让位于写实主义笔法,曾在《赤魇》与《雪晴》中同时充当抒情主体与叙事者的"我"也开始渐渐淡出我们的视野。故事的推进不仅与"我"无关,也不再依赖于"我"主观视点的把握,客观的情节叙事取代了主观的印象与联想,更重要的是,那个属于一个充满幻想的十八岁少年的限知视角,已经被一个隐蔽的、全知全能的叙事人所取代。尽管在一些时序安排的缝隙之中,沈从文也试图依靠补叙的方式,将一些情节的插入处理成"我"的见闻或联想,如巧秀妈被沉潭的往事与情境,若不是师爷酒后讲起,显然不是一个外来的年轻人所可能得知的。然而除此之外的诸多场景与细节,如杨大娘卖鸡前后微妙繁复的心理活动、巧秀与冬生被困洞中时的对话与心理,都已不再是前两篇中的限知叙事所能承担的。与此相应的是,一个拥有全知视角的叙事者在故事中的频繁闪现,如当杨大娘遍寻冬生而不得只好回家做晚饭时,忽然出现了叙事者的声音:"一定更不会料到,就在这一天,这个时候,离开村子十五里的红岩口,冬生和那两个烟贩,已被人一起掳去。"[2]接着又补叙了同一天晚上师爷为"我"讲

---

[1] 吴晓东:《从"故事"到"小说"——沈从文的叙事历程》,《长沙理工大学学报(社会科学版)》2011年第2期。
[2] 沈从文:《巧秀和冬生》,《沈从文全集》第10卷,第431页。

述巧秀娘故事的经过。这种将同一时刻中不同空间的场景并置在一起的叙述,以及在整个讲故事的过程中运用插叙、补叙、预叙、倒叙等手法进行叙事时间上的复杂调度,显然都来自于一种"上帝视角"的观照。

叙事视角的分裂与风格笔法的转换,同时也带来了文体上的分裂。《巧秀和冬生》与《传奇不奇》两篇放弃了《赤魇》与《雪晴》中带有抒情色彩与抽象兴趣的"艺术家自传",而转向了一个以叙事和写实为主的乡土暴力传奇。尤其是在《巧秀和冬生》的内部,似乎存在着要将上述彼此断裂的文体加以过渡、衔接乃至整合的痕迹。其中既有从《雪晴》中延续而来的一点怅惘情绪与"把生命浮起"〔1〕的抽象体悟,又有巧秀妈往事中宛若向《边城》或《长河》回归的抒情话语,更奇特的是,竟然还像沈从文 1943 年时在《芸庐纪事》《动静》等小说中尝试过的那样,将一种政论性文字植入到了小说叙事中。在对冬生为人与生活的叙述中,沈从文插入了一大段对"近二十年社会既长在变动中"〔2〕的乡村政治状况与社会结构的冗长分析,过强的逻辑性与说理口吻显然来自于文本之外那个对"国家重造"念兹在兹、年逾不惑的沈从文,而已完全脱离了文本之内这个从画家梦中刚刚醒来的十八岁少年的认知范围。而这段杂文式的议论在叙事上的效果,也由于缺乏形象的依托而近于一种形式上的冗余物。在《雪晴》系列小说总体的阅读感受中,这样的形式裂隙也并非个例。

由此可见,在风景与人事、抒情与叙事、抽象与写实、"艺术家自

---

〔1〕 沈从文:《巧秀和冬生》,《沈从文全集》第 10 卷,第 416 页。
〔2〕 同上,第 425 页。

传"与乡土暴力传奇之间的分裂构成了《雪晴》系列小说主要的形式问题。与沈从文1940年代的一系列文本实验的命运相类,也许正是由于上述这种无法解决的文本分裂,最终导致了《雪晴》系列小说的未完成性。王晓明曾谈到,在沈从文1940年代的作品中,这四篇小说是"最有可能帮助他重建《边城》式的文体"[1]的写作。然而对于当时处在内战初起、玄黄未定之际的沈从文而言,作为其文学生涯在客观上(而非主观上)最后的湘西之作,《雪晴》系列的文本分裂或许恰恰意味着,在作家的主观构想中,这组小说可能本就未必指向一种《边城》式的重建。这里的问题是,文体的分裂固然可能是小说在美学上未曾解决的难题,但是否也可能隐藏着作家某种形式实践意图的秘密?这种分裂是作家的思想困境在创作中无意识的投射,还是某种有意识的构建?我们应当如何看待《雪晴》系列在沈从文1940年代的湘西写作乃至文学创作中的位置与意义?这就有待于我们对这一文本分裂背后的某些内在的形式关联,及其所可能包蕴的形式构想作出进一步的考察与分析。

二、"未完成"的写作计划

对于沈从文而言,《雪晴》系列所依据的传奇性本事,实在是一个令他念念不忘的故事。1980年3月,沈从文在为香港出版的《从文散文选》所作的题记中,谈及由巴金处重获《雪晴》系列后三篇之旧稿的始末时曾特别提到:"所有事件已过了六十年,每个细节,至今还重重

---

[1] 王晓明:《"乡下人"的文体和"土绅士"的理想》,《沈从文研究资料》(上卷),第603页。

叠叠压缩在我脑系中襞摺深处，毫不模糊。"[1]足见其对这一事件的记忆之久与印象之深。事实上，这组小说在1940年代末相继发表的过程中，沈从文便反复对其中各篇进行回顾与校改[2]，即使是在此后其文学生涯逐渐宣告终结的岁月里，沈从文也曾在不同的情景中多次念及这一已完成的部分与那个未完成的计划。

1949年前后，沈从文在整理旧作的过程中，在不少作品的题前文后、上下四旁写下了一系列极为私人化的题识。在这些"旧作题识"中，沈从文曾多次忆及《雪晴》系列的本事。在其小说集《老实人》的卷首题识中，沈从文写道："文多发表于《晨副》、《现代评论》等刊物。可作初期习作代表。只第一篇'记满叔远'可留在全集中。卅七年所写《雪晴》、《巧秀》等连续短篇，即用彼昆仲家中事直叙本事。"[3]这里所谓"记满叔远"一篇，即沈从文发表于1927年12月的小说《船上岸上》，讲述的是"我"与书远乘船北上时的一点离愁，而同年10月发表的小说《雪》，记叙的正是沈从文1920年随书远回到高枧满家，在一个下雪天里"同书远同书远母亲的一件故事"[4]。而在《阿黑小史》单行本扉页的题识中，沈从文则交代了此次高枧之行以及满家成员后来的悲剧

---

[1] 沈从文：《〈从文散文选〉题记》，《沈从文全集》第16卷，第382页。
[2] 从这组小说文末的时间标识中可以见出，沈从文几乎在每篇小说发表后都对其进行过回顾与重校：《雪晴》一篇在初刊本（1946年10月20日《经世日报·文艺》）文末标有"十月十二日重写"，可见在初刊本之前可能曾写过一个未发表过的初稿。《巧秀和冬生》的初刊本（1946年6月1日《文学杂志》）文末标有"一九四七年三月末北平"，而香港时代图书有限公司出版的《从文散文选》中本篇文末则标有"一九四七年七月末北平""一九四九年元日校""一九八〇年三月重校""一九八〇年三月兆和校"等字样。发表于1947年11月的《传奇不奇》（初刊本文末无时间标识）在其港本文末标有"三十六年末一日北平"，"卅七年末一日重看，这故事想已无望完成"等字样。
[3] 沈从文：《题〈老实人〉卷首》，《沈从文全集》第14卷，第459页。
[4] 沈从文：《雪》，《沈从文全集》第2卷，第15页。

命运：

> 本书（指《阿黑小史》——引者注）用乡村"牧歌"体裁，用离城四十里的高枧满家油房作背景写成。约民七前后，曾住此村子里约卅天。另写有《雪晴》六章，叙述较好。十七年已刊过的散失。
>
> 住叔远家，约十天。院中有一大胡桃树。叔远哥哥当家，后于病床上被仇家拖到院下砍碎，将肢体五脏挂于树上，呼啸散去。其子时二岁，改住城中，八岁时上坟，又复为仇家杀死。叔远则于十二年同至北京，因为恋家，回即结婚死去。[1]

在封面题识中，沈从文将《阿黑小史》与《雪晴》等章相联系："后来《雪晴》第二，各篇章均从抒情为起点，将来宜两者合而为一。"[2]可见沈从文在完成了现存的四篇小说之后，仍有将其重新整合的打算。

1952年1月24日，沈从文独自一人在内江乡下"用温习旧年来过旧年"[3]，在给妻子张兆和的信中再次回忆起这段高枧见闻，并

---

[1] 沈从文：《题〈阿黑小史〉卷首》，《沈从文全集》第14卷，第460页。关于题识的具体时间很难考证，《沈从文全集》将其编在1949年前后仍近于大致推测。由于这些题识均是作者直接以手迹形式题于作品底稿或已出版的旧作上，故即使是同一作品的不同题识，仍难确定是否题于同一时期。此处题识所谓"另写有《雪晴》六章"与沈从文在其他回忆性文字中关于《雪晴》计划六章、仅完成四章的说法矛盾。根据"十七年已刊过的散失"一句可大致推断出，该题识时间距《雪晴》最初发表时间已远，可能是在巴金于"文革"后退还其《雪晴》旧稿之前的误记。

[2] 沈从文：《题〈阿黑小史〉卷首》，《沈从文全集》第14卷，第460页。《沈从文全集》对该题识的注释认为："这里说的《雪晴》当是《雪晴》、《巧秀与冬生》和《传奇不奇》三个连续性短篇小说的总称，因此'《雪晴》第二'实指《巧秀与冬生》和《传奇不奇》两篇"（见《沈从文全集》第14卷，第461页）。

[3] 沈从文：《19520124　致张兆和》，《沈从文全集》第19卷，第309页。

记述了以其为本事写作《雪晴》系列的具体过程。从创作发生学的角度考察这段记述，可以发现引发沈从文创作冲动的素材与动因有二：其一是在一幅雪后新晴的景象中，生命、人事与自然的对照结合，促使作家"燃起一种渺茫希望和理想。正和歌德年青时一样，'这个得保留下来！'于是在另外一时，即反映到文字中，工作中，成为生命存在一部分"[1]。其二便是两大宗族之间残酷的械斗与仇杀，虽乃耳闻目睹，却长期未能付诸笔端。究其原因，沈从文这样分析道：

> 一面是作客的孤寂情绪，一面是客观存在种种。现实一切存在，都和生命理想太不一致，也和社会应有秩序不相符合，只觉得不可解。因难于将印象结合反映到文字中，所以这个特别有传奇性的事件，却从不在我写作计划中。直到卅五年复员回到北京时，才试写《雪晴》等章。即写它，还不免如作风景画，少人民立场，比《湘行散记》还不如。……如能将作风景画的旧方法放弃，平平实实的把事件叙述下去，一定即可得到极好效果。因为本来事情就比《李家庄的变迁》生动得多，波澜壮阔及关合巧奇得多。[2]

---

[1]沈从文：《19520124 致张兆和》，《沈从文全集》第19卷，第309页。事实上，在写作《雪晴》系列之前，这个"印象"已经开始以故事情境或背景的方式分散性地进入到沈从文20—30年代的创作中，如小说《雪》中与满家母子在雪天闲话家常的场景，《阿黑小史》的《油坊》一篇中那个"喧嚣纷乱，与伟大的谐调"的榨油场面莫不是出于这个强烈的印象。
[2]沈从文：《19520124 致张兆和》，《沈从文全集》第19卷，第310页。

由此可见,沈从文对于《雪晴》系列中的文本分裂问题未必没有自觉,甚至可能从一开始,这段高枧见闻赋予沈从文的实感经验本身,就存在着某种在"印象"与"现实"、"情绪"与"客观"之间"不可解"的分裂性。沈从文对《雪晴》系列之所以失败的反思,集中在"如作风景画"的写法。而比之于这段自我剖析,1980年代的沈从文在回顾这组旧作时,却往往更乐于强调小说的"纪实性"[1],仿佛是想借此转移读者对小说之"风景画"意味的关注。更重要的是,在反思小说印象大于写实、抒情压倒叙事的问题时,沈从文还揭示了这一题材史诗性("波澜壮阔")与传奇性("关合巧奇")并存的丰富蕴涵。

分裂与丰富,大概既是这一"本事"给沈从文的总体感受,也是《雪晴》系列在文本上的总体特征。或许正是出于上述向"写实"与"叙事"迁移的某种"重写"诉求,沈从文曾对小说进行过一次改写。当沈从文从巴金处重获《雪晴》《巧秀和冬生》与《传奇不奇》的旧稿,并以《劫后残稿》为题收入香港版的《从文散文选》时,《雪晴》一篇的面貌相较于初刊本中已发生了不小的改变。[2] 沈从文不仅未将实际上处在叙事

---

[1] 沈从文在《〈从文散文选〉题记》中便将《雪晴》后三篇称之为"纯粹记录性中篇故事"(《沈从文全集》第16卷,第382页),而在《〈湘西散记〉序》中,则将其称之为"纪实性的回忆录"(《沈从文全集》第16卷,第393页)。

[2]《雪晴》曾于1946年10月20日发表于《经世日报·文艺》,又于同年11月4日发表于《中国日报·文艺周刊》。但由于后一再刊本尚难以得见,仅就入集的版本比较可见,《雪晴》一篇的版本有二。一是《沈从文全集》据《雪晴》于1946年10月20日首次发表在《经世日报·文艺》上的初刊本编入的版本,一则是香港时代图书有限公司的《从文散文选》中的《劫后残稿》总题下的《雪晴》版本,是沈从文根据从巴金处重获的"原稿"编入的,与《全集》本差异较大。广州花城版《沈从文文集》中的《雪晴》一篇与港本相同。但港本《雪晴》的具体改动时间尚难以考证,文末亦无时间标识;《全集》本文末标有"十月十二重写"字样;但矛盾的是,不同于《全集》本的《文集》本文末亦标有"十月十二重写"字样。此外,《散文选》与《文集》中的《巧秀和冬生》《传奇不奇》两篇与《全集》 (转下页)

开端的《赤魇》一篇收入，同时还删去了《雪晴》初刊本中的叙事者"我"听说巧秀私奔后"再也不能作画家"的幻灭感。[1] 由此，改动后的《雪晴》后三篇作为一个整体，便基本上过滤掉了"艺术家自传"的部分，而将叙事集中在"乡土暴力传奇"之上，正是希望在一定程度上抹除文本上的分裂感。

然而值得注意的是，《传奇不奇》于 1947 年 11 月最初发表时，文前却特别注明："本文系接赤魇、雪晴、巧秀和冬生，为故事第四"[2]。可见至少在初创阶段，沈从文是将这四篇小说作为一个整体来看待的，

（接上页）本依据的初刊本相比几乎无改动，但文末对写作时间的标注亦与《全集》本不同。据港本《巧秀和冬生》文末标有"一九八〇年三月重校"与"一九八〇年三月兆和校"的字样而另两篇没有可以推知，沈从文可能并没有在 80 年代对这份《雪晴》原稿进行校改。如果《雪晴》的改动是原稿中已有的，那么依据沈从文在《从文散文选·题记》中曾提及，巴金寄还他的旧稿是沈从文"三十年前托他保存的"，又鉴于沈从文在《湘西散记》序中提到，这三篇"原稿连缀成一整幅"的细节，可推测《雪晴》的改动可能发生在 1949 年至 1950 年前后，而沈从文当时可能已有将后三篇整合为一个整体的意图。而根据港本《巧秀和冬生》文末标注的"一九四七年七月末北平"与"一九四九年元日校"均晚于《全集》本文末标注之"一九四七年三月末北平"，与港本《传奇不奇》文末标注的"三十六年末一日北平""卅七年末一日重看"均晚于初刊本发表时间即 1947 年 11 月，可见这一份巴金保存的"连缀成一整幅"的原稿正是沈从文于 1947 年后反复在底稿基础上，试图对这三篇小说进行思考或改写的产物。

〔1〕港本《雪晴》对初刊本的结构性改动主要有四处：1、删去小说开头"巧秀，巧秀，……""可是叫我？哥哥！"这一梦中声响（第 315 页），并删去后文中与之相照应的"巧秀，巧秀！""可是叫我？哥哥！"这对话是可能的？我得回向过去，和时间逆行，追寻这个语音的踪迹，如同在雪谷中一串狐狸脚迹中，找寻那个聪明机灵小兽的窟穴。"（第 316 页）2、开头第一段末尾增加"这是我初到'高枧'地方第二天一个雪晴的早晨。"3、将初刊本中"这个情绪集中的一刹那，使我意识到两件事，即眉毛比较已无可希望，而我再也不能作画家。"改为"这个情绪集中的一刹那，使我意识到一件事，即眉毛比较已无可希望。"（第 321 页）4、将初刊本中结尾"不过事实上我倒应分说得到了一点什么。得到的究竟是什么？我问你读者，算算时间……"改为"不过事实上倒应当说'得到了一点什么'。只是'得到的究竟是什么'？我问你。算算时间……"见沈从文：《雪晴》，《从文散文选》，时代图书有限公司 1980 年版。

〔2〕沈从文：《传奇不奇》，《沈从文全集》第 10 卷，第 433 页。港本《传奇不奇》文前无此句。

"新的综合":沈从文战时写作的形式理想与实践

并仍然抱有将上述分裂而丰富的诸种面向纳入到某种整体性形式中的期待。而如果将这四篇小说视为一个整体,并放置在沈从文最初"全部计划分六段写"的总体设想中来看待的话,我们则会看到某种"理想的写作"与"现实的写作"之间的距离。一些具有整体性的设计虽未能成功地贯穿于整个文本系列,却以一种形式上的"碎片"或"冗余物"的方式保留在文本的缝隙之中。如果我们能辨认出这些未能被完全实现的结构性设想,或许就能一点点接近沈从文那一理想中的写作样式。

这组小说最大的分裂无疑发生在前两篇与后两篇之间。但在笔法风格与叙事视点的转换之外,大量富于象征性的意象与场景在四篇小说中的反复出现、前后照应与修辞关联,则构成了某种贯穿性的"母题"。也是在这个意义上,相对于后两篇中的情节叙事,前两篇小说更近于一种寓言/预言式的"超叙事"[1]形态。最为突出的是《赤魇》《雪晴》两篇中反复出现的"围猎"场景。《赤魇》中的"我"首先是从猎狐的声响中听到一种征服者之"生命律动"与被征服者之"求生意识"的重叠交错:

> 静寂的景物虽可从彩绘中见出生命,至于生命本身的动,那

---

[1] 这里的"超叙事"概念,借用了热奈特在《叙事话语》中谈论叙事分层时,在"外叙事的"extradiégétique 基础上提出的"超叙事的"métadiégétique 概念。在热奈特的理论中,"超叙事"与故事叙事之间的关系分为三种:解释性关联、主题性关联与无明确关联。本文对这一概念的使用集中在第二种,即与故事叙事存在主题性关联的"超叙事"概念,或者也可以称为一种"超情节叙事"的叙事层级。王文融的译本(热奈特:《叙事话语 新叙事话语》,中国社会科学出版社 1990 年版)将 métadiégétique 译为"元故事的"(第161—162页)。为避免与下文将涉及到的"元叙述"概念相混淆,本文在这里选择使用"超叙事"的译法。

分象征生命律动与欢欣在寒气中发抖的角声,那派表示生命兴奋而狂热的犬吠声,以及在这个声音交错重叠综合中,带着碎心的惶恐,绝望的低嗥,紧迫的喘息,从微融残雪潮湿丛莽间奔窜的狐狸和獾兔,对于忧患来临挣扎求生所抱的生命意识,可决不是任何画家所能从事的工作![1]

而当"我"目睹到几只猎狗对狐狸进行围捕与扑杀的刹那,却产生了这样的联想:"在激情中充满欢欣的愿望,正如同吕马童等当年在垓下争夺项羽死尸一样情形",而"我"早已被震惊得目瞪口呆,认为这"简直是一幕戏剧中最生动的一场"[2]。

在这段观看"围捕"的情境中,叙事者"我"始终处在一种紧张感之中。"我"眼中的风景不再是和谐静美的乡村牧歌,而是紧张激烈、充满动作的戏剧性场面。值得注意的是这段动态场景中修辞的混杂与不稳定性:"律动""欢欣""兴奋""狂热"与"碎心""惶恐""绝望""紧迫"之间的并置,在对"生命"的颂赞背后打开了一个征服与被征服、杀戮与求生同在的悖论性空间。由这一围猎场景所引发的联想也显示出一种矛盾性:将历史事件与自然活动相并置的隐喻性联想,既以"争夺死尸"为"生命的欢欣"增添了几分微讽,又以兽性对人事的反照折射出一丝悲悯。在这些混合性的修辞中,生命的律动不再单纯是美的象征或神性的显现,还透露出欲望、暴力与动物性的一面。而这一"围猎"场景所引发的也就不再是《虹桥》中那种"凝神观照"的审美姿态,

---

[1] 沈从文:《赤魇》,《沈从文全集》第 10 卷,第 404—405 页。
[2] 同上,第 406 页。

而是一种赞叹与震惊相混杂的体验。

对于《传奇不奇》中满家对田家的"围捕"而言,这一"围猎"的母题在《赤魇》和《雪晴》中的反复出现[1]近于一种寓言/预言。在写到剿匪队伍向老虎洞开拔的景象时,沈从文再次使用了这种并置性的修辞:"都不像在进行一件不必要的残杀,只是一种及时田猎的行乐";而具体到围捕的经过,也运用了大量与狩猎相关的修辞:"一切设计还依然从渔猎时取得经验,且充满了渔猎基本兴奋";"把农村庄稼人由于渔猎耕耘聚集得来的智慧知识用尽后,两方面都还不服输,终不让步……一个大雾早上终于被几个高枧乡下壮汉,充满猎兽勇敢兴奋,攻占了干洞口"[2]。在《雪晴》一篇中,"我"曾目睹一幅种种猎物被捕杀后,形态各异的"遗体陈列到这片雪地上,真如一幅动人的彩画"[3],则与《传奇不奇》中胜利归来的队长将砍下的白手"一串一串挂到局门前胡桃树下示众"[4]的奇观化场景构成了一种诡谲的照应。然而此时,暴力的现实性与残酷性已经开始对"生命的复杂与多方"这样的审美体验形成一种质询的压力。

借由"围猎"这一母题的展开,"暴力"携带着某种非理性的因素,成为这组小说中一个具有思辨意味的主题。生命力与暴力的相互扭结,超验体悟与现实经验的彼此冲突,既造成了小说在修辞上的混杂

---

[1] 除《赤魇》中的"围猎"场景外,《雪晴》一篇中则铺陈了满大队长清早收拾猎物、兽尸横陈的景象,"我"看朋友射杀斑鸠的过程,以及"我"听满大队长讲述"上一月下大围猎虎故事"的场景。见沈从文:《雪晴》,《沈从文全集》第10卷,第413页。
[2] 沈从文:《传奇不奇》,《沈从文全集》第10卷,第440,446页。类似的表述如"渔猎耕耘聚集得来的智慧知识""充满猎兽勇敢兴奋"等。
[3] 沈从文:《赤魇》,《沈从文全集》第10卷,第413页。
[4] 沈从文:《传奇不奇》,《沈从文全集》第10卷,第447页。

性，又导致了叙事者姿态的迁移。从赞叹与震惊，到不动声色，再到悲悯与质询，种种矛盾印象的重叠与相悖，意味着价值与道德图景的混沌不明。《雪晴》系列中的乡村道德世界与沈从文自身的价值立场，显然已非《边城》中的清新明快，亦无如《长河》或《芸庐纪事》中之分明斩截。

　　这些寓言性的"母题"同时也具备了一定的结构性功能。与前两篇中由乡村美景与围猎杀戮构成的"动静相对"的印象所照应的，正是后两篇小说中的一系列风景与人事的对照：巧秀妈在水天一色、星光云影中被沉潭，剿匪时"乱杂杂的队伍和雪后乡村的安静"[1]形成的对比，以及那个本宜于"风景画家取材"[2]的老虎洞，却因洞中火并而血流成溪。在《巧秀与冬生》和《传奇不奇》两篇的情节叙事内部，巧秀的故事与巧秀妈悲剧之间的"宿命"性关系，已经不再单纯像《边城》中的翠翠或《萧萧》一样仅在女性命运的意义上构成一种轮回。沈从文在《湘西散记·序》中曾特别谈到"保存部分虽不完全，前后衔接可以独立成篇，并且全都是亲眼见到的部分"[3]，又据其在《阿黑小史》的题识中所记小说人物原型的后续命运可以推知，六章计划中未写出的两章处理的可能正是老虎洞一役之后沈从文未能亲见的部分。老虎洞火并中传出的那一声叫喊："姓满的，姓满的，你要记着，有一天要你认得我家田老九！"[4]正预告了此后满大队长与其子先后皆为田家所

---

[1]　沈从文：《传奇不奇》，《沈从文全集》第10卷，第440页。
[2]　同上，第444页。
[3]　沈从文：《〈湘西散记〉序》，《沈从文全集》第16卷，第394页。
[4]　沈从文：《传奇不奇》，《沈从文全集》第10卷，第451页。

杀,队长"被仇家拖到院下砍碎,将肢体五脏挂于树上,呼啸散去"[1]的命运。由此,《雪晴》系列中的"宿命"主题,实则是以一种"冤冤相报何时了"的方式,对某种循环性的暴力发出的质询。在这个意义上,《赤魇》与《雪晴》中的"超叙事"形态正是以风景与人事、雪晴与杀戮的"动静相对"作为一种结构性的象征,蕴含着乡村历史中的变与常、偶发与循环、传奇与不奇之间的辩证关系。

在《雪晴》一篇的结尾,叙事者"我"画家梦的破灭与成长时刻的到来,实际上已经显示出小说从上述这一具有寓言性的"超叙事"向情节性叙事的过渡。但即使是在《巧秀和冬生》一篇中,沈从文也并没有完全放弃以这一"成长故事"结构全篇的可能。在听说巧秀私奔后,"我"以"喜欢单独"为由搬出了满家,力图从一种弗洛伊德式的爱欲怅惘中摆脱出来,开始渴望获得一种清醒的理性:"生活得到单独也就好像得到一切,为我十八岁年纪时所需要的一切"[2]。在这种对理性的向往中,叙事者"我"的居住空间发生了迁移,从当事人家中搬入了药王庙这一"村中最高议会所在地"[3]。从一个宗族内部的伦理空间,转移到整个乡村的政治空间与公共舆论空间,既预示了叙述视角的改变,也保证了"我"获知乡村历史与现实信息的来源。由此可见,在沈从文最初的构想中,或许仍是想借助"我"的见闻来组织整个故事。[4]与此同时,这一从感性步入理性的"成长",也与写法上从主观抒情与抽象联想转向对客观世界的冷静旁观与历史性描述相契合。《巧秀和冬

---

[1] 沈从文:《题〈阿黑小史〉卷首》,《沈从文全集》第14卷,第460页。
[2] 沈从文:《巧秀和冬生》,《沈从文全集》第10卷,第415页。
[3] 同上,第417页。
[4] 如《巧秀和冬生》结尾对"我"听师爷讲述巧秀妈往事一段的补叙便显示出这种努力。

生》中那段冗长的政论式分析,本意在于像《长河》或《小砦》的开篇所做的那样,通过勾勒出一个总体性的社会结构图式,为后文中的满家、田家乃至县长找到其各自的位置。由此,这个"乡土暴力传奇"才能获得一个地方与国家的总体性视野,其内在的政治性与历史性才能得以凸显。但问题在于,在如此短暂的故事时间中,即使"我"能获得一种旁观者的智性姿态,也不可能获得上述这一超出人物认知与历史情境本身的历史认识。换言之,强烈的说理欲望与批判意图,使得沈从文缺乏在一个"成长小说"内部结构故事的耐心,主人公从感性到理性、从耽于幻想到直面现实的"成长"显得一蹴而就,甚至根本就是断裂的;而一个属于作家沈从文而非叙事者"我"的历史认知,也还来不及透过"我"的视角与感知加以形象化和故事化的处理。这使得沈从文不得不以一个隐含的全知叙事者偷换了"我"的限知叙事,最终冲破了这一整体性设想的限度。

由此可见,沈从文关于《雪晴》系列的一些具有整体性的思路虽然未能实现,但仍在上述这些形式的裂隙、碎片乃至冗余物之中得到了保留。这些或隐而未发或半途中辍又或彼此冲突的结构与写法,显示出一种将个人经验与地方知识、抒情话语与传奇叙事、感官情致与理性剖析、抽象兴趣与现实关怀、人性思考与历史认知相融合的整体性视野。值得追问的是,经过了1937至1943年间的《长河》《芸庐纪事》中对现实题材的史诗性尝试,以及1945至1946年间"看虹摘星"系列小说中的抽象探索,上述这些过于丰富的面向是否仅仅是沈从文1940年代各种形式实验痕迹的一种遗存与杂糅,还是另有其自觉的形式期待?什么才是沈从文"理想中的写作"?《雪晴》系列中这个令作家念念不忘的故事,到底寄寓着怎样一种形式理想呢?

三、战时生活与现代经验

在《雪晴》一篇的结尾,"我"在听闻巧秀私奔的消息后,陷入了一种惘然若失的孤独感之中。此时,叙事者忽然暴露了自身,直接向文本外的"读者"发问:"不过事实上我倒应分说得到了一点什么。得到的究竟是什么?我问你读者,算算时间,我来到这个乡下还只是第二天,除掉睡眠,耳目官觉和这里一切接触还不足七小时,生命的丰满,洋溢,把我感情或理性,已给完全混乱了。"[1] 这一发问提示我们的是,《雪晴》系列中存在一种"元叙述"话语,以各种不同的方式对叙事本身进行自我指涉。而沈从文理想中的写作样式可能正蕴含在这些关于叙事的自我意识内部。

在那封1952年的家书中,沈从文分析自己迟迟不曾将这个传奇性本事付诸笔端的原因在于孤寂情绪、客观现实、生命理想与社会秩序之间"不可解"的冲突与杂陈,"因难于将印象结合反映到文字中"[2]。事实上,当他1945年从《赤魇》的写作开始,终于将这些纠结纷乱的种种面向形诸叙事时,所使用的正是一种"印象的重叠"式的写法。《赤魇》中的动静交叠,到《雪晴》中"已如离奇的梦魇,加上另外一堆印象","增加了我对于现实处境的迷惑,因此各个印象不免重叠起

---

[1] 沈从文:《雪晴》,《沈从文全集》第10卷,第414页。港本《雪晴》将这一段中的"我问你读者"改为了"我问你",也就将这一发问改成了"我"的自言自语,而抹去了叙事的自我指涉。

[2] 沈从文:《19520124 致张兆和》,《沈从文全集》第19卷,第310页。

来"[1]。然而在种种交错相对的印象之上,沈从文却描述了一种交响乐式的形式:

> 虽重叠却并不混淆,正如同一支在演奏中的乐曲,兼有细腻和壮丽,每件乐器所发出的各个声响,即再低微也异常清晰,且若各有位置,独立存在,——可以摄取。[2]

这一印象形式的总体性不仅在于各种印象之间的重叠或杂糅,而且在于一种内在的秩序感。各种元素各安其位,并最终融合成一种难以把握的综合形式:

> 我眼中被屋外积雪返光形成一朵朵紫茸茸的金黄镶边的葵花,在荡动不居情况中老是变化,想把握无从把握,希望它稍稍停顿也不能停顿。过去一切印象也因之随同这个幻美花朵而动荡,华丽,鲜明,难把握,不停顿!
> 眼中的葵花已由紫和金黄转成一片金绿相错的幻画,还正旋转不已。[3]

这种变动不居的错综印象,与其说是对一个前现代乡村之地方风俗的观感,倒不如说更近于一种现代性的体验。在这个诡奇多变的印象

---

[1] 沈从文:《雪晴》,《沈从文全集》第 10 卷,第 407—408 页。
[2] 同上,第 408 页。
[3] 同上。

中，我们仿佛看到了波德莱尔眼中现代经验的特征："现代性就是过渡、短暂、偶然，就是艺术的一半，另一半是永恒与不变。"[1]诚如吴晓东所言，1940年代的沈从文已经从"说故事的人"转变为了一个孤独的现代个体。[2] 在以这朵变幻不停、金绿交错的葵花为象喻的描述中，沈从文指涉的实则是一种瞬息万变、充满短暂性与偶然性的现代经验。因而从"印象的重叠"到"印象的综合"，沈从文已不仅是在进行风景的描摹或气氛的营造，而是在寻找一种具有总体性的结构为这一现代经验赋形，并试图从中抽象出永恒的意义与美感。

也正是在这个意义上，沈从文才会在小说中将这个以地方乡土人事为题材的故事，指涉为一个"现代传奇"[3]。而与之构成对位性指涉的则是《聊斋志异》《梁山伯》《天雨花》这类在小说中屡次出现的"古代传奇"符码。如果说"我"对于巧秀的那点"十八岁年青人的荒唐梦"，还带有一丝《聊斋》式的迷蒙幻丽，照应着"以为青凤黄英会有一天忽然掀帘而入"[4]的古典爱欲想象，那么随着叙事转入现实，这种得之于古代传奇的幻想则马上被一部"大书"的吸引力所取代。在《巧秀和冬生》中，沈从文两次将《聊斋志异》与巧秀妈的故事相提并论，而前者每一次都会在后者面前失掉传奇性的光彩："以为那一切都是古代传奇，不会在人间发生"；"觉得抛下那几本残破小书大有道理，因为

---

[1] 波德莱尔：《波德莱尔美学论文选》，郭宏安译，人民文学出版社2008年版，第439—440页。

[2] 吴晓东：《从"故事"到"小说"——沈从文的叙事历程》，《长沙理工大学学报（社会科学版）》2011年第2期。

[3] 在《雪晴》中，沈从文曾两次将故事指涉为"现代传奇"："我明白，我又起始活在一种现代传奇中了。"（第407页）第二次是在"现在我又呼吸于这个现代传奇中了"（第412页）。见沈从文：《雪晴》，《沈从文全集》第10卷。

[4] 沈从文：《巧秀和冬生》，《沈从文全集》第10卷，第416,418页。

随意浏览另外一本大书某一章节,都无不生命活跃引人入胜!"[1]即使是在乡下姑娘巧秀的眼中,自己的私奔与满田两家长达一月之久的冲突与对峙,也"真好像是一整本《梁山伯》《天雨花》,却更比那些传奇唱本故事离奇动人"[2]。这意味着,无论是《聊斋志异》或《梁山伯》中的爱欲想象,还是《天雨花》中的残酷斗争,古代传奇虽然能在历史经验的意义上与现实形成互文,却已无法在形式上提供一种体贴有效的现实图景与经验表述。也是在这个意义上,"我"在《传奇不奇》的结尾发出了这样的感叹:"我还不曾看过什么'传奇'比我这一阵子亲身参加的更荒谬更离奇。"[3]而沈从文以"现代传奇"进行自我指涉,昭示出的正是以一部具有总体性的"大书"为这一荒诞现实与现代经验赋形的自我期许与形式抱负。

《雪晴》系列试图处理的是一种以"分解"和"荒诞"为主要特征的现代经验。与直接书写"'现代'二字已到了湘西"[4]的《长河》不同,在《雪晴》系列中,沈从文在故事时间上回到了乡土社会分崩离析的起点,自1900年庚子拳乱始,"近二十年社会既长在变动中,二十年内战自残自黩的割据局面,分解了农村社会本来的一切"[5]。而这一乡土暴力传奇虽起因于一种唯实唯利的"社会现实知识"导致的利益纷争,然而从"不必要的残杀"到"骑虎难下"的相持,再到"想活而不能活"的绝望,整个暴力过程显然已经被一种非理性、"不得已"的力量所裹挟,

---

[1] 沈从文:《巧秀和冬生》,《沈从文全集》第10卷,第431,418页。
[2] 沈从文:《传奇不奇》,《沈从文全集》第10卷,第448页。
[3] 同上,第453页。
[4] 沈从文:《长河·题记》,《沈从文全集》第10卷,第3页。
[5] 沈从文:《巧秀和冬生》,《沈从文全集》第10卷,第425页。

萦绕在悲剧周围的是一种挥之不去的荒诞感。这些关于"变动"与"分解"的体验,打碎了《边城》中天人相合、浑融一体的牧歌图景,呈现为一堆支离破碎的印象。而这种文本形式上的碎片化与不稳定性,既来自于作家实感经验中的破碎与纷乱,也与1940年代的沈从文在对社会现实的考察与分析中获得的现代认识有关。沈从文一方面在以《烛虚》《七色魇》为代表的思想探索类写作中反复对大后方日常生活尤其是知识分子生活展开观察与批评,一方面又不断以纪念"五四"为名对以"新文化运动"为开端的中国现代进程进行历史性的分析与反思。沈从文曾将《七色魇》之"魇"解释为"从生活中发现社会的分解变化的噩梦意思"[1]。而"分解变化"不仅是沈从文对中国近现代社会状况尤其是战时中国社会的概括性描述,也是对一种现代经验的体认与把握。

在1940年代初的大后方生活中,沈从文开始怀疑一切意义与价值的稳定性:"一切事物在'时间'下都无固定性。存在的意义,有些是偶然的,存在的价值,多与原来情形不合。"[2]伴随着这种"一切坚固的东西都烟消云散"之感,沈从文"试从二十五岁到五十岁左右某一部分留在后方的知识分子来观察"[3],看到的却是一种"糊糊涂涂拖拖混混"[4]、终日百无聊赖只能以吵闹和打牌消磨生命的堕落状态。1940年代的沈从文对于人类本性的抽象思考,混合着其1920至1930

---

[1] 沈从文:《题〈黑魇〉校样》,《沈从文全集》第14卷,第471页。
[2] 沈从文:《烛虚》,《沈从文全集》第12卷,第4页。
[3] 沈从文:《一种态度》,《沈从文全集》第14卷,第127页。
[4] 沈从文:《给青年朋友》,《沈从文全集》第14卷,第123页。

年代写作中对于现代都市文明的审视,使其在种种"假时髦"与"新绅士"[1]身上发现了现代社会的精神危机:敬畏感与羞耻心的丧失、"庸俗腐败小气自私市侩人生观"[2]的流行、"功利计较和世故运用"[3]的泛滥等一系列"唯实唯利的庸俗人生观"[4]。在这种庸俗而堕落的社会环境中,沈从文感到"生命俨然只是烦琐继续烦琐,什么都无意义",继而产生了一种强烈的"吾丧我"[5]之感:

> 我发现在城市中活下来的我,生命俨然只淘剩一个空壳。譬喻说,正如一个荒凉的原野,一切在社会上具有商业价值的知识种子,或道德意义的观念种子,都不能生根发芽。个人的努力或他人的关心,都无结果。[6]

这种知识与道德都无以拯救的"荒原感"近于一种艾略特式的现代经验。在沈从文心目中曾经由"五四"唤起的那个"天真"而"勇敢"[7]、拥有独立创造性的"自我",已经在这样一种琐碎、庸俗的现代状况中逐渐销蚀掉了。

面对这种支离破碎的现代性经验,沈从文寄望于一种新观念所具有的整合作用:"生命或灵魂,都已破破碎碎,得重新用一种带胶性观

---

[1] 沈从文:《烛虚》,《沈从文全集》第12卷,第14页。
[2] 沈从文:《长庚》,《沈从文全集》第12卷,第39页。
[3] 沈从文:《纪念五四》,《沈从文全集》第14卷,第299页。
[4] 沈从文:《长河·题记》,《沈从文全集》第10卷,第3页。
[5] 沈从文:《烛虚》,《沈从文全集》第12卷,第27页。
[6] 同上,第23页。
[7] 沈从文:《"五四"二十一年》,《沈从文全集》第14卷,第135页。

念把它粘合起来,或者用别一种人格的光和热照耀烘炙,方能有一个新的我。"[1]而对"自我"的重造,正是沈从文在1940年代希望以抗战为契机进行"民族重造"的起点。沈从文在抗战时期"对抽象人生图式的探究"[2],以及这样一个"我恰如在找寻中"[3]的求索形象,让人联想起波德莱尔笔下那个在奔跑中不断找寻"审美现代性"的人:"他就这样走啊,跑啊,寻找啊。他寻找什么?肯定,如我所描写的这个人,这个富有活跃的想象力的孤独者,穿越巨大的人性沙漠的孤独者有一个比纯粹的漫游者的目的更高些的目的,有一个与一时的短暂的愉快不同的更普遍的目的。……对他来说,问题在于从流行的东西中提取出它可能包含着的在历史中富有诗意的东西,从过渡中抽出永恒。"[4]而沈从文1940年代中期的各种形式试验,也可视为是要从现代经验这一"可变"的躯体中,找到那属于"永恒"的"艺术的灵魂"。

1943年5月,沈从文将其写于1940年的小说《梦与现实》重写后,于1944年1月以《摘星录》[5]之名重新发表。在这篇小说中,沈从文将自己处在抽象迷思和现实经验之间的精神困境,结构为一个女大学生的多角恋爱故事。在女主角的诸多追求者中,"老朋友"作为一个

---

[1] 沈从文:《烛虚》,《沈从文全集》第12卷,第27页。
[2] 吴晓东:《现代"诗化小说"探索》,《文学评论》,1997年第1期。
[3] 沈从文:《烛虚》,《沈从文全集》第12卷,第27页。
[4] 波德莱尔:《波德莱尔美学论文选》,郭宏安译,第439页。
[5] 据裴春芳的考证,《梦与现实》最初于1940年连载于香港《大风》半月刊第73至76期,改写后以《新摘星录》之名连载于1942年昆明《当代评论》第3卷第2至6期,复经沈从文重写后以《摘星录》之名发表于1944年1月1日桂林《新文学》第1卷第2期,并最终以桂林本《摘星录》收入《沈从文全集》第十卷,文字较该香港初刊本略有不同。参见裴春芳:《沈从文小说拾遗》,《虹影星光或可证——沈从文四十年代小说的爱欲内涵发微》,《十月》2009年第2期。本文引文及论述皆基于全集本《摘星录》。

"善于从一堆抽象发疯的诗人",代表着 19 世纪的古典情致;而"大学生"则恰恰是沈从文在其杂文中屡屡批判的"时髦青年"形象,懒惰、庸俗、肤浅,缺乏独立思考的能力,一切观念皆从书本与电影中习得,只从现代教育中解放了享乐的欲望,却缺乏真正的情感教育,正是一个"二十世纪的典型"[1]。在对不同追求者的权衡中,小说借女主角彷徨矛盾的自我辩难,构筑了一系列由理想与事实、灵魂与生活、抽象与具体、古典与现代、19 世纪与 20 世纪、诗与散文组成的对位结构。女主角一心向往着"诗与火混成一片,好好保留了古典的美丽与温雅",却苦恼于自己"活得像一篇'无章无韵的散文'",感慨"这时代,一切都近于实际,也近于散文,与浪漫小说或诗歌抒写的情境相去太远了"[2]。由此,在这一系列彼此关联的对位结构中,沈从文以"诗"和"散文"两种文类形式作为核心譬喻,构建了一组二元对立的生活方式、经验世界与价值体系,并对现代经验做出了某种黑格尔式的概括。事实上,40 年代的沈从文对于湘西人事变迁的考察、对"五四"以来现代教育与社会状况的观察以及对战时青年和知识分子庸俗无聊的人生态度与生活方式的批评,所指向的一种功利化、庸俗、琐碎的现代体验,的确近于黑格尔所描述的"散文气味的现代状况"[3]。在沈从文看来,中国的现代化过程作为一个"未完成"的重造运动,"主张多,结论少,纠纷多,成就少,破坏多(并新文学的严庄性也因之破坏),建设少"[4],因而并未带来多少成功的经验,反而是从初衷良好的"创造

---

[1] 沈从文:《摘星录》,《沈从文全集》第 10 卷,第 377 页。
[2] 同上,第 355,366 页。
[3] 黑格尔:《美学》第 1 卷,商务印书馆 1996 年第二版,第 246 页。
[4] 沈从文:《谈进步》,《沈从文全集》第 16 卷,第 487 页。

性"开端,逐渐走向"唯实唯利"的堕落状态的过程。

　　基于对这一以新文化运动为开端的现代进程的反思,沈从文提出了"重造新经典"的期许,并具体指向了小说形式的重造。1940年代的沈从文将自己定位为20世纪"最后一个浪漫派",并自诩要"在'神'之解体的时代,重新给神作一种光明赞颂。在充满古典庄雅的诗歌失去价值和意义时,来谨谨慎慎写最后一首抒情诗"[1]。由此可见,沈从文所探求的正是:在这种"散文气的现代状况"之下,抒情诗如何可能?因而沈从文的形式实践,也就并非如王德威在其"抒情传统"[2]论中所示,朝向对某一伟大传统的回归,而恰恰是要处理这样的一个问题:当现代性经验已经超越了传统的"诗"的时候,如何在文学形式的内部得到一个象征性解决,并进一步影响到文学的外部以重建某种现实性的可能。沈从文之所以将小说确立为重造"新经典"的方式,正是希望寻求一种综合性的形式:"小说既以人事为经纬,举凡机智的说教,梦幻的抒情,一切有关人类向上的抽象原则的说明,都无不可以把它综合到一个故事发展中"[3],通过"粘合重造"[4],"将生命化零为整,走出这个琐碎,懒惰,敷衍,虚伪的衣冠社会"[5]。质言之,沈从文是要以一种近于波德莱尔的方式,为破碎的现代经验寻找一种整体性形式,而他有望建立的或许正是一种既不同于中国古典、也不同于西方现代派的文学样式。

---

[1] 沈从文:《水云》,《沈从文全集》第12卷,第127,128页。
[2] 参见王德威:《"有情"的历史:抒情传统与中国文学现代性》,《抒情传统与中国现代性》,北京大学出版社2010年版。
[3] 沈从文:《短篇小说》,《沈从文全集》第16卷,第494页。
[4] 沈从文:《一种新希望》,《沈从文全集》第14卷,第280页。
[5] 沈从文:《烛虚》,《沈从文全集》第12卷,第16页。

1941年5月2日,沈从文在西南联大国文学会上以《短篇小说》为题发表的演讲,从各个方面论述了他理想中的"小说"形式、文学尺度以及文学所应具备的伦理承担与社会政治功能。具体而言,沈从文这一"综合"的形式理想,是要将现实人事、道德训诫、智性说理与诗意抒情全部融合在小说叙事中的一种总体性形式。而所谓小说中的"人事"概念,本身就是由"社会现象"与"梦的现象"综合而成。文学传统之于沈从文的意义,亦不在于某种形式的遗产,而"主要是有个传统艺术空气,以及产生这种种艺术品的心理习惯"。[1] 在《雪晴》系列小说中,我们看到的正是一种现代经验、文化传统与地方性知识的综合。在与《雪晴》系列的写作同期的1946年,沈从文以"神话"之名,再次提出了这一"综合"的形式理想:

> 我们似乎需要"人"来重新写作"神话"。这神话不仅综合过去人类的抒情幻想与梦,加以现世成分重新处理。应当是综合过去人类求生的经验,以及人类对于人的认识,为未来有所安排。[2]

这一综合了过去与现在、抒情与现实、人性与本能、超验与经验的形式,不由使人联想起另一位以重写"神话"的总体性形式处理现代经验的小说家——乔伊斯。沈从文在梳理自己1940年代创作的思想资源时曾提到"尼采式的夸大而孤立的原则","佛教的虚无主义,幻异情

---

〔1〕 沈从文:《短篇小说》,《沈从文全集》第16卷,第493,503页。
〔2〕 沈从文:《北平的印象和感想》,《沈从文全集》第12卷,第284页。

感,和文选诸子学等等的杂糅混合","还显然有弗洛依德、乔依司等等作品支离破碎的反映"[1]。虽然没有材料能够证明沈从文阅读过乔伊斯的《尤利西斯》,也没有必要在《雪晴》系列与《尤利西斯》之间作出生硬的比附,但从《雪晴》系列中鲜明的现代主义技法、对潜意识的印象式书写、寓言性的超叙事层面与自觉的元叙述倾向中,已足可见出沈从文对于乔伊斯的亲近感。更重要的是,《雪晴》系列中蕴含的总体性思路已经显示出一种新的文学式样追求"综合"的核心质素。在某种程度上,这也符合萨义德对"现代主义文学"的观察,即现代主义是一种"新的,综合的方式":"建立在从不同地区、来源和文化中有意识地汲取的,旧有的、甚至过时的东西之上的一种全新的形式。现代主义的一个标志就是它的喜与悲、高与低、普遍与怪异、熟悉与陌生的奇特的并列。解决这种矛盾最有创造力的方法就是乔伊斯的方法"[2]。只是遗憾的是,面对这些错综复杂的悖论性因素,沈从文最终也没能写出一部像《尤利西斯》那样成功的综合性"神话"。

在1940年代的战时中国文坛,沈从文这一朝向"综合"的形式理想并非个案,而是为众多写作者所共享的思考向度与艺术追求。尤其是由受到现代主义思潮影响颇深的西南联大学生构成的北方青年作家群体,如以袁可嘉、穆旦为代表的中国新诗派,即在其现代诗论中提倡一种"现实、象征、玄学的综合"[3]。诗人卞之琳在1941至1943年间也转向了"小说"这一涵容量更大、综合能力更强的文类,其长篇小说《山山水水》也是"妄想写一部'大作',用形象表现,在文化上,精神

---

[1] 沈从文:《我的学习》,《沈从文全集》第12卷,第366,367页。
[2] 萨义德:《文化与帝国主义》,李琨译,生活·读书·新知三联书店,2003年,第269,270页。
[3] 袁可嘉:《新诗现代化》,《论新诗现代化》,生活·读书·新知三联书店1988年版,第7页。

上,竖贯古今,横贯东西,沟通了解,挽救'世道人心'"[1],从而显示出"建构一种具有总体性的小说叙事图景的宏大企图"[2]。1940年代的文学创作在整体上都表现出一种探索与实验的倾向,以及在小说、散文、诗歌乃至杂文等不同文类之间的渗透与扩散,而沈从文这一"综合"的形式理想也是处在战时中国小说追求丰富性与总体性的美学范式转换内部的。

四、内战的寓言

在沈从文试图将现代经验、古典传统与地方性知识加以综合的过程中,对"暴力"与"宿命"的探问构成了《雪晴》系列的核心主题。将美丽印象与残酷故事相融合的努力,使这一"现代传奇"既书写了暴力的轮回,又似乎隐含了一点以人性的宽恕超渡暴力的愿景。这种带有抒情意味的"超渡"之感,是通过"我"的联想借巧秀妈的眼睛看到的:

> 我仿佛看到那只向长潭中桨去的小船,仿佛即稳坐在那只小船上,仿佛有人下了水,船已掉了头。……水天平静,什么都完事了。一切东西都不怎么坚牢,只有一样东西能真实的永远存在,即从那个小寡妇一双明亮,温柔,饶恕了一切也带走了爱的眼睛中看出去,所看到的那一片温柔沉静的黄昏暮色,以及两个船桨

---

[1] 卞之琳:《〈雕虫纪历〉自序》,《人与诗:忆旧说新》,安徽教育出版社2007年版,第289页。
[2] 吴晓东:《〈山山水水〉中的政治、战争与诗意》,《文学评论》2014年第4期。

搅碎水中的云影星光。[1]

在生与死交界的刹那,巧秀妈看到的是超越生死之外的自然之永恒。当一切坚固的东西都烟消云散之时,沈从文试图把握的正是这剧烈变动之中的那一点永恒之美。然而"一切事情还没有完结,只是一个起始"[2]。悲剧只是下一个悲剧的开端,而远不是悲剧的终结。正如巧秀妈的宽恕与"不要记仇"的嘱托,并没有换来巧秀的安稳,而巧秀的悲剧又引发了此后满家人的惨死。悲剧性事件本是一种"变",却在这一"宿命"式的循环中转变为了"常"。因而这些水天平静、气氛庄严的抒情性场景、满老太太头上摘掉的大红花与巧秀发辫上新结的白绒绳,作为一种悲剧的净化机制也就不可能是一次性的。而无法一次性完成的净化,还能否达成一种净化的效用,则是十分可疑的。换言之,《雪晴》故事最大的悲剧性来自于暴力的循环与不可终结,每一次悲剧产生的净化效果都会被下一次悲剧的发生所抹消。在《传奇不奇》的结尾,新年里换上的新匾额正预示了下一场悲剧的延续。从"乐善好施"到"安良除暴",意味着乡土社会固有的桑梓情感与伦理价值已经开始崩塌,从一种好生向善之德转向了对暴力的合法化言说。所谓"安良除暴",正是以"安良"的名义,内在地许可了一种"以暴制暴"的逻辑。文本内部的和解已无法达成,那未及写出的两章又预示着更大的不安与惶恐。因而无论是在现实还是美学的层面上,巧秀妈眼中的星光云影,与以满老太太为代表的人生形式,在这种周期性循环的暴

---

[1] 沈从文:《巧秀和冬生》,《沈从文全集》第 10 卷,第 431—432 页。
[2] 同上。

力面前,都已经失去了力量。

在《传奇不奇》的结尾,我们看到的是"我"在这一循环性悲剧面前的震撼与领悟:"我还不曾看过什么'传奇'比我这一阵子亲身参加的更荒谬更离奇。也想不出还有什么'人生'比我遇到的更自然更合乎人的本性!"[1]沈从文对于历史暴力背后的某种普遍本质与超越之途的探寻,使其在一定程度上脱出了此前的湘西叙事中一贯的区域性视野而取得了某种普遍性的观照。沈从文之所以选取一村一寨、一宗一族之间的纷争作为样本,是由于"这事看来离奇又十分平常,为的是整个社会的矛盾的发展与存在,即与这部分的情形完全一致"[2]。从宗族间的争夺,到乡村与地方的分解,再到整个国家的割据分裂,最终上升到的是人性与生命的复杂与多方。1946 年 11 月,在《雪晴》一篇刚刚完成不久,沈从文便在一篇寓言式的《青色魇》中提出:"我们需要的是一种明确而单纯的新的信仰,去实证同样明确而单纯的新的共同愿望。人间缺少的,是一种广博伟大悲悯真诚的爱";而关于如何完成这一信仰的重铸,沈从文反思道:"当前个人过多的,却是企图用抽象重铸抽象,那种无结果的冒险。社会过多的,却企图由事实重造事实,那种无情感的世故。"[3]与此前那个为"抽象"发疯的沉思者形象相比,这里则显示出一种将"抽象"与"事实"相结合的新思路。实际上,在同年 10 月写作《雪晴》的同时,沈从文已在另一篇题为《向现实学习》的自传性文章中描述了一种以"抽象"重造"现实"的理想:

---

[1] 沈从文:《传奇不奇》,《沈从文全集》第 10 卷,第 453 页。
[2] 沈从文:《巧秀和冬生》,《沈从文全集》第 10 卷,第 426 页。
[3] 沈从文:《青色魇》,《沈从文全集》第 12 卷,第 190 页。

凝固现实,分解现实,否定现实,并可以重造现实的,唯一希望将依然是那个无量无形的观念! 由头脑出发,用人生的光和热所蓄聚综合所作成的种种优美原则,用各种材料加以表现处理,彼此相黏合,相融汇,相传染,慢慢形成一种新的势能、新的秩序的憧憬来代替。[1]

由此可见,沈从文这一"综合"的形式理想,同时还蕴含着一种新的社会秩序与团结形式的可能。这也是1940年代的沈从文重新安排"文学"与"政治"的位置,赋予文学介入现实的社会功用与政治潜能。因而在沈从文这一要"为未来有所安排"[2]的设想中,文学形式的"综合"在整体性图景之外,还应提供一种有效的历史远景。然而在《雪晴》系列中,我们看到的却是一个无始无终、循环往复的历史怪圈,在一个封闭性的历史逻辑内部,无论是抽象原则还是抒情姿态,都难以真正构成打破这一循环的力量。正如吴晓东所说:"历史远景的匮乏,意义世界与未来价值形态的难以捕捉构成了沈从文的小说无法结尾的真正原因。"[3]《雪晴》系列在形式上的分裂与最终的未完成,或许正在于这种"抽象"或"抒情"之于现实的无力感,不仅无法通过净化的机制涤除怜悯与恐惧,以"在人类群体中重铸更高的理性(与哲学)权威"[4],也更加难以达成文本之外的现实效用。

---

[1] 沈从文:《从现实学习》,《沈从文全集》第13卷,第392页。
[2] 沈从文:《北平的印象和感想》,《沈从文全集》第12卷,第284页。
[3] 吴晓东:《从"故事"到"小说"——沈从文的叙事历程》,《长沙理工大学学报(社会科学版)》2011年第2期。
[4] 安敏成:《现实主义的限制:革命时代的中国小说》,姜涛译,江苏人民出版社2011年版,第18页。

《雪晴》系列对这种周期性循环的暴力的质询,使其变成了一个关于"内战"的寓言。与抗战时期将战争视为"民族重造"之契机的态度不同,国共内战的爆发开始促使沈从文在中国整个近现代进程这样一个更长时段的历史视野中去探析内战频仍的根源,其建设性的构想也由"民族重造"转向了"国家重造"。自1946年以后,沈从文对于"五四"的反思也从"重建新文运"的目标具体转向了一种"反内战"的诉求。[1]通过对内战历史的回溯性考察,沈从文更倾向于将这种循环性的暴力视为一种非理性的现象:"战争是社会变态,是不得已,是人类心智进步失调所形成的一种暂时挫败现象"[2],是"由于武力和武器在手,一种有传染性的自足自恃情绪扩张的结果"[3]。在小说中,满家人实乃骑虎难下,田家人又不肯善罢甘休,在沈从文看来,将争斗双方逼入这一荒诞绝境的皆是这样一种"不得已"。如果说在《雪晴》系列中,沈从文本是想借助抒情话语与人性思考的力量,在这一非理性暴力的历史循环之外找到一种超越性的姿态与更高的理性;那么在文本之外,沈从文希望借以打破这一历史怪圈的,则是"新理性"的重造。沈从文对"理性"的呼唤,基本上仍属于五四启蒙的话语范畴,但他认为,对于自觉理性的培养恰恰是"五四"未完成的历史任务。沈从文通过对新文化运动与现代教育的反思获得的"理性"概念,是一种脱离了愚迷与习惯性的依附,能够独立自主地运用自己的理性的状态,指向的是一个拥有独立性与创造性的自我,即"对生命能作有效的控

---

[1] 可参见沈从文:《五四》(1947年5月4日),《纪念五四》(1948年5月4日),《五四和五四人》(1948年5月4日),《沈从文全集》第14卷。
[2] 沈从文:《一种新希望》,《沈从文全集》第14卷,第278页。
[3] 沈从文:《五四》,《沈从文全集》第14卷,第269页。

制,战胜自己被物态征服的弱点,从克制中取得一个完全独立的人格,以及创造表现的绝对自主性起始"[1]。沈从文对于"伟人"政治与武力政治的批判,揭示了上述这一康德式"启蒙"的未完成性以及五四启蒙背后树立新偶像、崇拜强力的症结所在。而对"理性"的启发与重造,则可以起到克制武力、"平衡武力"乃至"取代武力"的作用,因而"要想方设法使理性完全抬头,从武力武器以外求各种合理解决,这个国家的明日方好办!"[2]从《长河》到《芸庐纪事》再到《雪晴》等篇,沈从文1940年代的一系列现实题材的写作也正是希望"把人生历史一齐摊在眼前,用头脑加以检讨、分析,条理,排比,选择,组织,处分"的理性方式,来探究"这个民族近数十年的爱和恨如何形成,如何分解了这个国家人民的观念和愿望,随后便到处是血与火泛滥焚烧,又如何造成完全的牺牲和毁灭"[3]。

在对上述命题的思考中,湘西问题及其地方性视野仍旧是沈从文所依赖的重要资源。在连载于1942年的《芸庐纪事》中,沈从文便借以沈云麓为原型的"大先生"的思考,从湘西历史出发对辛亥以来的内战历史这"一笔拖赖支吾作成的账目"[4]进行了回溯性的分析与批判。1948年2月,沈从文在其杂文《新党中一个湖南乡下人和一个湖南人的朋友》中,则通过回顾辛亥以来的军阀割据与湘军历史,瞩目于"新旧势力之间"以及"政府上层与区域派系之间"[5]的冲突。如前所

---

[1] 沈从文:《一个传奇的本事》,《沈从文全集》第12卷,第231页。
[2] 沈从文:《忆北平》,《沈从文全集》第12卷,第271页。
[3] 沈从文:《关于学习》,《沈从文全集》第14卷,第347—348页。
[4] 沈从文:《芸庐纪事》,《沈从文全集》第10卷,第235页。
[5] 沈从文:《新党中一个湖南乡下人和一个湖南人的朋友》,《沈从文全集》第14卷,第283页。

述,《雪晴》系列的写作虽然具有一定的普遍性视野,但其具体思考仍然需要在这条贯穿性的脉络中展开。但与《长河》《芸庐纪事》不同的是,"现代"的入侵与"二十年内战的历史"都已不能完全解释乡土社会分崩离析的根源。不同于"新生活"运动中的湘西或抗战时期的湘西,《雪晴》系列回到了1920年的湘西这一更接近前现代的历史时空。与《长河》相比,这里并没有多少外来力量的明显入侵,但社会内部的腐蚀与瓦解已经开始。正如金介甫所观察的那样:"没有外来人亲自渗入这个苗民地区,既没有人强迫当地人废弃传统道德,也没有树立过坏的典型。鸦片买卖是当地人干的。小丑式的县长用清乡名义剥削村民,但县长也是本地人。因此,并非由于外来人压迫,而是腐化已经深入到社会内部。造成全民族社会经济的腐朽。"[1]

在《雪晴》系列中,巧秀妈的悲剧作为这一循环性暴力的开端,构成了乡人们原罪一般的创伤经验。在《湘西·凤凰》和《长河》中,这个沉潭的故事都曾以一种反复叙事的方式被处理成湘西生命的常态,而《巧秀和冬生》虽然在情节上完全搬用了这个故事,却开始从心理和道德层面探究这一群体性暴力的根源。小说着力刻画了每一个施暴者每一阶段的心理状态,从族长到族人,正是一种混杂着性冲动、占有欲、虚荣感、嫉妒心、道德感与虐待狂的"纷乱情感"最终导致了这一集体暴力的发生。满、田两家之间的冲突延续了这种非理性的暴力,更重要的是,沈从文将其处理成了一个由"乡绅"和"土匪"组成的社会结构内部的乡村政治事件。《巧秀和冬生》中那段政论式分析描述了这样一种乡土格局的生成:全国割据风气日盛,军人政治深入县乡,乡村

───────────

[1] 金介甫:《沈从文传》,国际文化出版公司,2010年,第312页。

中不劳而获的"游离分子"借此一跃成为"崭新阶级",而传统的乡绅阶层为保全个人利益也被迫武装自身,二者只是在多年"矛盾的调和"与"利益平分"中才获得一种"对立的平衡"[1]。然而苟以利合,必以利散。田家兄弟落草为匪,为了两挑烟土几只枪发起挑衅;满家大族为了维护权威和脸面,宁愿大力围剿也不肯出钱和解;军官出身的县长为了"名利双收"的目的,又进一步导致了暴力的升级——乡绅与土匪之间以"家边人"的名义维系的"对立的平衡"就此打破。由此,沈从文在这一看似稳定的乡村共同体内部,发掘出了其中的分解、对立与不稳定的因素:暴力的根源并不在于这一平衡的打破,而在于这一平衡背后的阶层分化与脆弱的利益关系。

"二十年内战自残自黩的割据局面"固然是导致乡土社会瓦解的一个重要因素,但在《雪晴》系列中,沈从文更重视的却是"乡村游侠情绪和某种社会现实知识"[2]的合力作用。以田家兄弟为代表,沈从文在乡土社会中发现了一个近于流氓无产者的阶层,并将这种不遵乡约、脱离土地、不劳而获的"游离分子"不无反讽地称之为"乡村革命分子"。也正是这个内生性的堕落因子,在军阀割据的武力政治中得到扩大,逐渐成为了"土豪"或"土匪"这样的食利阶层,"越来越与人民土地隔绝"[3],并最终导致了乡土社会的瓦解。由此可见,《雪晴》系列探究的实则是地方问题的内部动因,而非针对"现代"的单方面问责。沈从文不再单纯地将湘西地方视为民族活力与理想道德的保有者或"现代"进程的受害者,而是显示出反思与探问地方历史的意图。此时

---

[1] 沈从文:《巧秀和冬生》,《沈从文全集》第10卷,第425,426页。
[2] 同上,第425页。
[3] 同上。

的沈从文对于地方经验的态度辩证大于认同,对于湘西未来的期待则是救赎大于守护。在对地方历史的考察中,小说处理的已然不是同质性的"常"遭遇异质性的"变"这样一个有关断裂的现代性命题,而是在一个貌似同质性的乡土社会内部,发现了非同质性与不稳定性的存在。

如果说《长河》关注的是外部的"变"对湘西的介入与湘西的反应,那么《雪晴》系列讨论的则是:是否有一个内部的"常"要为湘西社会格局的变动和历史暴力负责。《雪晴》时期的沈从文已经开始从历史与现实中的地方经验内部,反思"地方性格"的两面性。连载于1938年的《湘西》中的《凤凰》一篇,几乎将一种"游侠者精神"奉为湘西地方性格的精髓:"重在为友报仇,扶弱锄强,挥金如土,有诺必践",甚至将湘西的未来都寄托其上:"游侠者精神的浸润,产生过去,且将形成未来。"[1]然而到了1946年的《雪晴》系列中,沈从文却发现了这种"游侠"性格在"侠"与"匪"之间的辩证关系,"乡村游侠情绪"反而成为了乡村瓦解的内在根源。而这种走向反面的"游侠情绪",又极易与湘西两百年来形成的黩武好战风气相结合。1947年3月,在写作《巧秀和冬生》的同时,沈从文在一篇介绍黄永玉木刻的散文中"借题发挥","以本地历史变化为经,永玉父母个人一生及一家灾难情形为纬",对凤凰这个"小小地方近两个世纪以来形成的历史发展和悲剧结局,加以概括性的记录"[2]。在这篇原题为《一个传奇的故事》的散文中,沈从文追溯了湘西篁军从建军"征苗"到镇压太平天国,从辛亥之后的护法运动到抗战中的"兴登堡防线"再到南昌保卫战,最终在1947年胶

---

[1] 沈从文:《湘西·凤凰》,《沈从文全集》第11卷,第403,407页。
[2] 沈从文:《一个传奇的本事·附记》,《沈从文全集》第12卷,第234,233页。

东一役中全军覆没的悲剧历史。而沈从文更为关注的则是千千万万筸军青年在这一"近乎周期性的悲剧风命"[1]中无意义的消耗,及其家庭遭受的苦难与创伤。在这个意义上,与《传奇不奇》中的循环性暴力相比,这段波澜壮阔的"筸军兴衰史"俨然就是同一个"传奇"。

在这两段互文性的暴力传奇中,沈从文的私人记忆都占据着不小的分量。黄永玉的父亲与《雪晴》本事中满大队长的弟弟满书远,都曾与沈从文一同离家求学,却皆在婚后回到家乡,又相继在湘西历史的动荡衰败之中死去,和其他留在家乡的大多数亲友以及筸军青年们一样在多年"消耗战中消耗将近"[2]。唯有真正走出了湘西、已成为作家的沈从文与成为画家的黄永玉,获得了某种自外于这一循环性暴力的命运。这对于沈从文而言,恰恰意味着某种超越地方局限与历史宿命的可能:

> 我也想到由于一种偶然机会,少数游离于这个共同趋势以外,由此产生的各种形式的衍化物。我和这一位年纪轻轻的木刻作家,恰代表一个小地方的另一种情形:一则处理生命的方式,和地方积习已完全游离,而出于地方性的热情和幻念,却正犹十分旺盛,因之结合成种种少安定性的发展。[3]

虽然沈从文仍担心"不免因另外一种有地方性的特质和负气,会和了

---

[1] 沈从文:《一个传奇的本事》,《沈从文全集》第 12 卷,第 229 页。初刊于 1947 年 3 月 23 日的《大公报·星期文艺》时名为"一个传奇的故事",入集时改为"一个传奇的本事"。
[2] 沈从文:《一个传奇的本事》,《沈从文全集》第 12 卷,第 224 页。
[3] 同上,第 230 页。

一点古典的游侠情感与儒家的朴素人生观"而导致"生活上的败北",但仍寄望于现代知识的脱域机制能对这一地方性格的两面性有所扬弃,从而"保存这种衍化物的战斗性,持久存在与广泛发展"[1],并最终重造出一种拥有自觉理性的现代个人。

由此,沈从文将自己与黄永玉作为有别于大多数湘西青年的侥幸者,提出了一条不同的人生道路,即通过知识与艺术的现代教育与志业选择确立自我的历史位置,从而将自身从"变"的洪流与"常"的宿命中抽离出来,达到对一种普遍的历史命运的超越。这种历史位置的自我抽象,基于沈从文对以青年为对象的现代主体的期许与设计:使青年既能挣脱地方积习的束缚,又能保有地方性格中的积极面,来接受现代、重造现代。以沈从文与黄永玉的人生道路为喻,"出走"也便成为了一个现实性与象征性并存的动作,也是重造这一现代主体的第一步。"向现代出走",正是沈从文找到的一条打破历史循环的现实之路。值得注意的是,沈从文理想中的"重造"与"现代化"目标,携带着对现代历史和地方经验的双重反思,因而既不是单纯线性的"进步"概念,也不是回望式的文化守成,而是一种集结了现代经验、文化传统与地方知识,能够粘合"各方面的情感,愿望,能力"的"新的综合"[2]。在沈从文的理想中,这一新的秩序既能够取代武力调和历史与现实中的政治冲突,又具有自我反思、检查与更新的能力。也正是在对内战现实的批判与地方历史的回顾中,1940年代后期的沈从文逐渐获得了某种整体性的现代想象。

―――――――――
[1] 沈从文:《一个传奇的本事》,《沈从文全集》第12卷,第230页。
[2] 沈从文:《一种新希望》,《沈从文全集》第14卷,第280页。

五、艺术如何重造政治

自《巧秀和冬生》一篇开始,叙事者渐渐从有所介入的限知视角转换为理性客观的全知叙事,或许正是希望借助一种超越性的视点位置与抒情姿态,传达出某种外在于历史循环的可能。然而这种超越性的姿态似乎也决定了沈从文的"综合"理想注定是一种"不及物"的美学。沈从文既无法在文本内部给出想象性的解决,又不能提供有效的历史远景,《雪晴》系列的"未完成"几乎是一种必然。但在小说形式之外,沈从文却并没有放弃构建某种历史远景的努力。与《长河》时期地方自治的思路不同,《雪晴》时期的沈从文开始直接在"国家"层面上思考政治实践的可能。

1947年10月,沈从文在杂文《一种新希望》中为"国家重造"的理想提出了三种新思路:"一是政治上第三方面的尝试,二是学术独立的重呼,三是文化思想运动更新的综合。"[1]在对内战历史的考察与批判中,沈从文针对以党争、武力和分赃为主要特点的现代政治,提出了一种"专家政治"[2]的思路。但在自由主义的民主政治和专家政治之外,沈从文对文学艺术的"综合"作用显然抱有更大的期待,并在"政治—学术—文化"的三元结构中,赋予文学艺术以统摄性的地位:

……它将在政治学术以外作更广泛的粘合与吸收,且能于更

---

[1] 沈从文:《一种新希望》,《沈从文全集》第14卷,第279页。
[2] 沈从文在写于1946至1947年的一系列文章如《致子平》《致昌期先生》《苏格拉底谈北平所需》等杂文中都在提倡这一"专家执政"的构想。

新的世界局势中作有效适应。这个新的综合有个根本不同起点，即重在给予而不重在获得，重在未来而不重在当前，要第一种理想抬头需要培养些优秀政治家，要第二种理想起作用需要培养优秀科学家或哲学家，此外优秀伟大文学、艺术、音乐、戏剧的创造，体育竞技和工业管理技术人才的训练，举凡一切增加上层组织弹性和效率，而又能沟通、中和多方面对立、矛盾，以及病态的集权与残忍的势能，都必然是从这个新的综合所形成的培养液中寄托希望，……[1]

在这里，文学形式上的"综合"已经从一种美学追求投射到了社会制度和政治治理的层面。如前所述，沈从文的"综合"理想蕴含着对一种新的社会秩序与团结形式的期待，即以艺术的调和思维取代武力，协调社会矛盾与利益分配，从而以"爱与合作"取代仇恨与争斗，"重新建设一个公平合理的民主国家"[2]。

这一总体上的政治理念后来又进一步具体化为一种"艺术重造政治"的设想，即"用'美育'与'诗教'重造政治头脑之真正进步理想政治"[3]。1946年10月，沈从文就已经提出以"美育"重塑现代教育的思路，重在通过对"美术，音乐，文学，哲学，知识与兴趣的普遍提倡"将青年询唤为拒绝战争的现代主体与未来十年的社会中坚，为"新的中层负责者"[4]做准备。沈从文将自己和黄永玉的人生道路作为标本，

---

[1] 沈从文:《一种新希望》，《沈从文全集》第14卷，第280页。
[2] 沈从文:《"中国往何处去"》，《沈从文全集》第14卷，第323页。
[3] 沈从文:《试谈艺术与文化——北平通信之四》，《沈从文全集》第14卷，第389,384页。
[4] 沈从文:《从开发头脑说起》，《沈从文全集》第14卷，第250页。

也是意在形塑一种具备现代知识与艺术素养的历史主体。在1948年的一组以"北平通信"为总题的杂文中,这一"美育"理想甚至直接上升为一种政治理想与社会规划。在《苏格拉底谈北平所需》一文中,沈从文将未来的北平规划成为一个"大花园":"此大城市市政管理技术亦宜从管理有条理之小花园借镜"[1],不仅设计出一个具备高度艺术修养的官僚系统、以艺术鉴赏与传播为主要功能的市政建设,甚至是一整套艺术化的管理方式乃至外交方式。这一理想中的政治规划,已经不仅是以艺术重造政治,而根本是以艺术取代政治;"美"的原则也不仅落实为"美育",而是被树立为唯一的制度与标准。沈从文理想中的执政者是一种"哲人王"与"诗人王"的结合,而其对整个社会组织与政治制度的构想,则近于一个"文化城"或"艺术之国"的乌托邦。这组杂文在行文上虽不无谐谑夸张,但在很大程度上仍能反映出:沈从文此时政治理念的空想色彩显然已经超出了现实思考的范围。

如果说1945年之后的沈从文已经开始试图勾勒《长河》中那个缺席的历史远景,那么事实证明,这一远景即使存在,也只能作为一个空中楼阁式的乌托邦想象,支撑一些类似于《一个理想的美术馆》[2]这

---

[1] 沈从文:《苏格拉底谈北平所需》,《沈从文全集》第14卷,第372页。小说构想中的北平,警察局长应为戏剧导演、音乐指挥、园艺专家,保甲应为医生、传教士,工务局长应为美术设计家,教育局长应为工艺美术家;市政府招待所由文物陈列室、工艺美术陈列室、边疆美术陈列室构成;市政会议皆为以世界美术文化主题的名人演讲、展览会、学术集会、音乐戏剧竞赛等艺术活动。
[2] 《一个理想的美术馆》刊载于1946年7月21日上海《世界晨报》第二版,署名沈从文,属《全集》中未收佚文,见解志熙辑佚:《沈从文佚文辑补》,《长沙理工大学学报(社会科学版)》2011年第2期。《一个理想的美术馆》想象了五年后设计优美而先进的云南美术馆落成时,专家聚首畅谈政治问题与治国方略的场景,虽看似有"我说的都好像一个梦,一个虽然美丽可不大切合实际的荒唐梦"之自觉,但最终还是转入了"观念重造"的空想。言论色彩与行文风格皆近于《苏格拉底谈北平所需》。

样的空想式写作,而无法解决如《雪晴》系列中的形式问题,更无法落实为现实中的政治实践。沈从文对于"专家政治"或"美育政治"的构想,皆以知识分子的精英阶层为对象和主体,这也就使得其理想中的国家形态只能停留在对一个"文化/城"的想象之中,而不能解决乡土与地方的现实问题。换言之,这一政治理想恰恰悬置了沈从文1940年代以来一直在思考的农村社会与地方现实。与沈从文失败的形式理想相类,这也同样是一种"不及物"的政治理念。而沈从文1940年代以来的现实题材写作往往呈现为一种碎片化与未完成的状态,或许也与其政治思考脉络内部的分裂有关。1948年9月,沈从文在一篇题为《迎接秋天》的杂文中这样写道:

> 此时诚需要一种崭新人生哲学,来好好使此多数得重新分工合作,各就地位,各执乐器,各按曲谱,合奏一新中国进行曲。……惟音乐虽能使人类情感谐和,必乐曲、乐队、乐人、三者齐备而又合作方可期望见出效果。余私意诚深深盼望此乐队之组织,能包罗广大。[1]

这一次,沈从文以"交响乐"为喻,勾勒出的是一幅人(乐人)、事(乐器)、理(乐谱)三者协调合一的政治图景,却不禁令人联想起《雪晴》中那个"虽重叠却并不混淆,正如同一支在演奏中的乐曲,兼有细腻和壮丽,每件乐器所发出的各个声响,即再低微也异常清晰,且若各有位

---

[1] 沈从文:《迎接秋天——北平通信》,《沈从文全集》第14卷,第397页。

置,独立存在,——可以摄取"[1]的美丽印象。也许在抽象思考的层面上,从美学设想跨越到政治理念只有一步之遥,然而若想跨越这二者与现实之间的距离却是遥不可及的。沈从文对"文学"位置的过高安放,不仅高估了文学介入现实的能力,甚至也超出了文学本身所能承载的限度。

正如《雪晴》系列中那个想做画家的"我"感到"动"的内容之难以描画,在更大的历史变局即将到来之时,沈从文也缺乏真正把握历史之"动"的能力。1948年11月28日在给姚清明的复信中,沈从文已经意识到:"一部分现实既已如此,很明显,我即用笔,也得从头学起,方能把握'动'的一面。如依然只能处理'静'的农村分解过程,稍稍注入一点理想(即社会尚未大变的区域,读者所能接受的启发),自然不能与目下文运作一致发展。"[2]同年12月7日,沈从文在给一个青年写作者的信中写道:"一切历史的成因,本来就是由一些抽象观念和时间中的人事发展相互修正而成。书生易于把握抽象,却常常忽略现实。然在一切发展中,有远见深思知识分子,却能于正视现实过程中,得到修正现实的种种经验。"[3]可见此时,沈从文也已经开始意识到"从现实修正现实"的必要性。在1951年的《我的学习》一文中,沈从文称其"文学重造政治"的理想为"对于社会国家的白日梦",并坦陈新的现实"让我明白人的重造在过去不过是一些哲学家,一些文学家的单纯空想,理想虽美永无现实性。必到这种理想原则和政治实际结合,才有

---

[1] 沈从文:《雪晴》,《沈从文全集》第10卷,第408页。
[2] 沈从文:《复姚清明信》,《沈从文全集》第17卷,第487页。
[3] 沈从文:《19481207 致吉六——给一个写文章的青年》,《沈从文全集》第18卷,第521页。

可能"[1]。虽是向新政权输诚之作,不无妥协,但这里对其40年代文学理想的省思也并非完全被动的违心之举,而可能包含有其实际写作中的困境带来的启示与教训。直到1952年,《雪晴》系列仍然是一个令他念念不忘的故事。在给张兆和的信中,沈从文将赵树理写于1945年12月的长篇小说《李家庄变迁》作为"竞争"的对象,表达出一种希望以"区域史"折射"现代史"、以一地一事的命运反映整个中国社会现代变迁的抱负:

> 新的工作重要是叙事,必充分用到这点长处,方可节制到用笔本来弱点。其实只要能忠忠实实来叙述封建土地制度下的多数和少数人事变迁及斗争发展,就必然可以将现代史一部分重现到文字中。即或所能重视的不过是一个小区域一小部分人事,但是,这种种人事也即将成为历史。从一个脆弱生命中所反映出的一部分现代社会的动荡。[2]

向"人民立场"以及以"多数"与"少数"的斗争为中心的阶级视角的靠拢,反映出1950年代的沈从文对马克思主义历史分析方法艰难的"学习"。此时,曾经那个带有现代主义色彩"综合"理想,已经被一种朝向现实主义的设想所取代。然而直到1980年重刊《雪晴》旧稿,这部计划中的"新《雪晴》"也终究未能写出,而这一"迟到"的阶级视角与历史观也终究没有到来。

---

[1] 沈从文:《我的学习》,《沈从文全集》第12卷,第369,372页。
[2] 沈从文:《19520124 致张兆和》,《沈从文全集》第19卷,第313页。

1948年12月31日,沈从文在《传奇不奇》的文稿后写下题识:"卅七年末一日重看,这故事想已无希望完成。"[1]而在沈从文整个的文学生涯中,《传奇不奇》也成为了他所发表的最后一篇小说。同日,在赠周定一的条幅落款处,沈从文写下了"三十七年除日封笔试纸"[2],似乎也预示了自己文学事业的终结。而沈从文这一关于"综合"的形式理想当然也在此时宣告破灭。《雪晴》系列小说虽处在沈从文1940年代形式实验序列的终点,寄托了其"综合"的形式理想,却仍然停留在一个未完成的状态。作为沈从文自身思想困境的文学症候,这组小说在美学上也仍是一部充满裂隙之作。在形式实践的意义上,《雪晴》系列浓厚的现代主义倾向及其试图综合现代经验、文化传统与地方知识的诸多面向,都蕴含了某种"本土式现代主义"发生的可能。但其自身的分裂、悖论与未完成,及其在此后的漫长岁月中终究未能完成的命运,也宣示了沈从文这一文学与政治上的"现代化"思路的"不合时宜"与非现实性。其实从1930年代开始,沈从文的历史认知就一直保持着某种一贯性,这与1940年代末现实中的历史条件,以及一个即将到来的历史远景之间,始终存在着巨大的错位。正如美丽印象与残酷故事终究无法相融,理想与现实的错位也总是令人怅惘的。

---

[1] 沈从文:《传奇不奇》,《从文散文选》,香港时代出版公司,1980年,第365页。
[2] 沈从文:《题〈出师颂〉条幅》,《沈从文全集》第14卷,第498页。据《全集》注释,周定一1988年在《沈从文先生琐记》中推测:"民国三十七年除日是1949年初,即北平解放的时刻。我想,这里的'封笔'也许意义双关;岁末年终,官府封印,戏班封箱,文人封笔,这是社会习俗;另一面也暗含要封笔不写小说了。"

"抒情"与"事功":从王德威"革命有情"说谈起

一、从"抒情传统"到"革命有情"

近十余年来,以王德威为代表的海外学人关于中国文学"抒情传统"的一系列阐发相继问世,使这一命题成为了海内外中文学界不断关注与反思的学术热点与问题场域。从20世纪70年代的陈世骧、高友工到新世纪以来的陈国球、王德威,"抒情传统"论所关注的对象、批评的范畴乃至提问的方式都已经有所更新和演变。作为一种现代学术视域下的"传统之发明","抒情传统"论在21世纪主要的发展面向,在于一个"抒情"如何"现代"的命题。王德威"抒情现代性"的提出,作为其中最具代表性和影响力的理论创见，无疑具有某种非凡意义。自2004年王德威在北大所做的八次演讲辑成的《抒情传统与中国现代性》到2011年出版的《现代"抒情传统"四论》，王德威将此前见于陈世骧、高友工等人论述中的、本是依托于中国古典文学的"抒情传统"阐论，与中国现代文学、文化进行了跨时代与跨文类的对接，以发掘和呈现抒情传统的现代形态，同时也试图以"抒情"重构现代中国的情感结构、历史认知与文学脉络。2014年，王德威与陈国球合作主编《抒情之现代性："抒情传统"论述与中国文学研究》一书，可谓集这一研究路径之大成。所选论说不仅遍及1949年后的北美汉学界以及深受其影响的台湾中文学界，还加入了朱自清、闻一多、朱光潜、鲁迅、沈从文、宗白华等现代学人的相关言说，甚至也容纳了对这一"传统之发明"的解构性论述。通过对"传统"以及围绕这一"传统"展开的学术论说进行自觉的谱系构建，王德威、陈国球将"抒情传统"不断推演为一个更为广泛和深远的知识谱系，同时也在试图构建某种具有开放性和自反性的空间。

自"抒情传统"与"抒情现代性"论述进入大陆学界以来，也持续接受着来自不同文化政治立场与学术传统的质疑与批评之声。针对其中文学与政治、中国与西方等二元对立的知识框架以及"传统"的本质化、抒情主体等核心问题的批判[1]，从理论和历史的双重维度对王德威的抒情论述构成挑战。2015年，王德威的新著 *The Lyrical in Epic Time: Modern Chinese Intellectuals and Artists through the 1949*

---

[1] 可参见李杨：《"抒情"如何"现代"，"现代"怎样"中国"——"中国抒情现代性"命题谈片》，《天津社会科学》2013年第1期；贺桂梅：《"抒情传统"论述的文化政治及其启示》，《汉语言文学研究》2017年第3期。

Crisis 出版，开始更加强调将"抒情"作为一种"批判的界面"[1]而非某种凝固的、本质化的"传统"，以尝试对这些批评意见进行容纳、回应与转换。伴随该书中文版《史诗时代的抒情声音：二十世纪中期的中国知识分子与艺术家》一书的出版，2017 年 10 月，王德威又一次在北大中文系进行了系列演讲，而这一次的旧事重提，或可视为王德威对其抒情论述的一次"再发动"：除却回应性与自反性的思辨之外，王德威更是有意在一个"全球抒情话语"[2]的版图中，为中国文学的"抒情传统"与"抒情现代性"寻找位置。与陈世骧在中西对比的视野中树立中国文学的差异性、自主性与独立性相比，王德威则更着意建构某种"同"与"通"的可能性。在完成了古典文学"抒情传统"的现代引渡之后，这一次抒情论述的再发动表现出三重新的面向。

第一，试图以中国现代"文论"对话乃至撬动以"理论"和"批评"为代表的西方学术体制。王德威以系列长篇论文的形式，提出以"现代文论"指涉晚清以降的中国文学论述，以使得西学体制下的"理论/批评的二元关系三角化"[3]。这一"文论"概念旨在回到"文"在古典时代多元变异的意义图景中去，涵容的文本类型非常广泛，既包括通常意义上的文学评论与创作，也包括思想文本、政教论述、序跋讲演乃至

---

[1] 在该书中文版的引言中，王德威特别提出："我所谓的传统不是僵化的'伟大的存在之链'（The Great Chain of Being），而是一连串的发明、反发明，和再发明所汇集的洪流。最重要的，我并不把抒情话语看作是解决现当代中国文学、思想问题的灵丹妙药；革命、启蒙的配方显然也未奏全效。相对的，我视抒情为批判的界面，用以呈现中国后革命、后启蒙时代里，另一思辨现代性的方法。"见王德威：《史诗时代的抒情声音：二十世纪中期的中国知识分子与艺术家》，（台北）麦田出版社 2017 年版，第 10—11 页。
[2] 王德威：《史诗时代的抒情声音：二十世纪中期的中国知识分子与艺术家》，第 586 页。
[3] 王德威：《现代中国文论刍议：以"诗"、"兴"、"诗史"为题》，《中国文化研究所学报》第 65 期，2017 年 7 月。

私人书信等，并被视为一种"彰显、介入、诠释现代性的方法"[1]。这一构想一则以"现代文论"作为场域和中介，与中国传统文论和西方理论/批评同时形成对话，以构建一种具有流动性的历史与"传统"；二则是希望重构中西学术对话的关系模式，既要摒弃表面化的中西类比，也要放下动辄批判西方理论话语的戒心，以期生成一种"文论"与"理论"互为宾主（而非敌友）的有情关系。

第二，从文论角度提出"心""情""兴"等中国文学的观念谱系时，有意与以"情动"（affect）为代表的西方当代理论话语形成勾连与对话。王德威既希望在西方的主体性、精神分析、情动理论之外，从中国自身的观念传统中为现代中国的情感结构寻找资源；又着力发掘如柏格森这样曾对现代中国知识分子产生过切实影响的理论中介，从而考察现代中国关于"情"的诸种论述中多种资源相互激发融汇的过程。而"情动"理论中，强调情动作为一种超乎主客关系的能量，在个体生命之间产生关系（relations）与联结（connection），以及强调兼涉情感与理性的情动如何不断向社会传导等面向，更是王德威这一次的抒情论述所着意发挥之处。

第三，在勾勒 20 世纪中期"全球抒情话语"的谱系时，有意兼容不同阵营的知识分子，尤其表现出沟通"革命中国"历史经验的努力。从海德格尔到阿多诺，从克林斯·布鲁克斯到保罗·德曼，王德威借此阐明，无论左翼还是右翼，"抒情"都构成了其批判时代症候的重要资源。更重要的是，不同阵营的理论家关于"情"的多元论述进一步打开

---

[1] 王德威：《现代中国文论刍议：以"诗"、"兴"、"诗史"为题》，《中国文化研究所学报》第 65 期，2017 年 7 月。

了"抒情"的繁复内涵:"既意味现代主义的病症,也代表社会主义的美德;既投射小资感伤情怀,也呈显形上哲学隐喻;既是形式主义的产物,也是革命想象的结晶。"[1]面对一直被"有情的历史"所放逐的左翼话语,王德威也开始发掘其中与"情"相沟通的部分,引入了启蒙/革命对抒情的需求性而非排斥性的层面。这一关于"革命有情"的论述也意味着,"抒情"也开始成为王德威试图理解启蒙和革命的历史经验与动力机制的一条尝试性的管道。

在这三重新面向之下,作为一种批评界面的"抒情"与之前的"抒情传统"论述相比,也被寄望面向更广阔的历史情境、观念和行动敞开,在更大程度上打开与重建自我与世界、个人与历史、感性与理性、诗教传统与现代革命之间的复杂关联。如果说王德威的"抒情"论述此前总是在囿于个人、感性、审美的意义上遭到批评,那么这一次对于一个批判性的"抒情"概念的重申,则似乎有望拓展"情"的涵容能力以及"抒情"与现实之间的能动关联。这可能也是这一"抒情"新论最令人期待的理论突破所在。然而,在理论主张的自反与新创之外,王德威对于具体对象的选择与论述却显得缺乏惊喜。这不禁使人发问:这些新面向的加入只是为了巩固"抒情传统"论说的合理性,还是真正提供了一种更为自觉的历史反省与更为有效的思想方法?在面对具体的历史情境和文学经验时,作为一种批评界面的"抒情"能否被真正打开,又存在怎样的能量与限度?想要回答这些问题,仍有赖于对王德威抒情论述中的核心对象进行历史与理论的双重检视。

---

[1] 王德威:《史诗时代的抒情声音:二十世纪中期的中国知识分子与艺术家》,第8页。

二、沈从文的"抒情"阈值

从"抒情传统"到"批判的抒情",沈从文一直是王德威"抒情"谱系中的重要枢纽。应当说,沈从文与陈世骧、普实克共同构成了王德威"抒情"论述的三大资源,也成为王德威构建其现代"抒情史观"的核心依托。在《史诗时代的抒情声音》中,沈从文的"抒情考古学"甚至被与福柯的"知识考古学"并举[1],在中国本土理论资源和文化政治实践的层面被赋予了相当重大的意义。因此,如要考察王德威的抒情论述在话语和历史之间的见与不见,在"批评界面"的意义上开掘"抒情"的涵容力,我们可以也有必要从沈从文的抒情话语入手,重新进行历史化的辨析。与其早年对沈从文小说中的"抒情"与"反讽"等问题所做的诗学分析不同,王德威对于沈从文之"抒情现代性"的挖掘与立论,主要倚重的是沈从文写于1960年代的一篇未刊稿《抽象的抒情》。借此他提出,沈从文将"抒情"作为一种远离现实"事功"的追求,正是对"历史的暴虐"的抵抗,"以情辞、以抽象保存文明于劫毁之万一"[2]。并以此作为沈从文"抒情"话语的核心要义,上溯至沈从文1940年代的文学理念,并下启其建国后的文物研究。由此,在王德威的阐发下,"抽象的抒情"也就成为了贯穿沈从文1940年代以来的一种主体想象、审美理想与价值立场。但相较于这一将"抒情"与"事功"相对立的二元论述,《抽象的抒情》的内涵或许并不像王德威所阐发的那样显明。

---

[1] 王德威:《史诗时代的抒情声音:二十世纪中期的中国知识分子与艺术家》,第19页。
[2] 王德威:《"有情"的历史——抒情传统与中国文学现代性》,《抒情传统与中国现代型:在北大的八堂课》,生活·读书·新知三联书店2010年版,第54页。

在写作此文的1961年[1],沈从文在给亲友的书信中曾屡屡表现出写作的愿望和计划,而当时文联对其工作安排的调整,也提供了相对宽松的客观条件。而此时对于托尔斯泰、屠格涅夫、契诃夫等俄国作家的阅读,也激发了他想以"近四十年家乡子弟兵"的抗战事迹做题材,"写一本有历史价值的历史小说"[2](1961年1月11日致沈云麓),以及"用契诃夫作个假对象,竞赛下去,也许还会写个十来本本"[3](1961年2月2日复汪曾祺)的抱负。与这一积极情绪相对的,则是其"不愿写"的顾虑,对于批评家与政治批判的忌惮,使他格外渴望一种从容自由的写作环境。从沈从文给沈云麓的复信中可以看出,此时文联对于沈从文的写作也给予了相当的空间,从题材到写法乃至写作地点都不设限:"还是让我写小说,且不一定写什么新题材,即写五四以来种种,照自己所习惯方法也成。且不拘到什么地方去写也可为设法"[4](1961年6月23日致沈云麓)。然而此后在作协的安排下,沈从文赴青岛休养写作期间,除了写出一部《青岛游记》外,写作小说与烈士张鼎和传记的计划仍付之阙如。而这篇《抽象的抒情》,正是沈从文在此次青岛之行其间或其后的7月或8月间写下的。

在某种程度上,这种"想要写"又"不愿写",客观上"允许写",主观上却"写不出"的复杂状态,投射在《抽象的抒情》一文的写作中,造成了沈从文"抒情"话语中的游移。在文学与政治的关系、文学与时代的关系、文学的社会功用等问题上,沈从文表现出一种在"常态"与"变

---

[1] 写作时间不确,此处据《沈从文全集》编者推测为1961年夏。
[2] 沈从文:《1961年1月11日　致沈云麓》,《沈从文全集》第21卷,第5页。
[3] 沈从文:《1961年2月2日　复汪曾祺》,《沈从文全集》第21卷,第21页。
[4] 沈从文:《1961年6月23日　致沈云麓》,《沈从文全集》第21卷,第60页。

态"、"有用"与"无用"之间的彷徨与矛盾。尤其是当论及"抒情"时,沈从文时而将"情绪"比作现代科学家手中的"稀有元素",只要"明白它蕴蓄的力量"并加以合理地使用,便可以"用不同方法,解放出那个力量",激发出其中"为人类社会生活服务"的潜能;又时而将"情绪"仅视为一种"待排泄、待梳理"的"社会过渡期必然的产物",而"抒情"也只是知识分子生理与心理上的"一种自我调整,和梦呓差不多少,对外实起不了什么作用的"[1]。在这些交错的观点和迂回的措辞中,既有以文学把握现实乃至作用于现实的期待,又有个人主体无法投身于集体政治的无力感。或许是出于对一种自由写作环境的消极争取和退守姿态,沈从文还是从文学与政治的互动关系,退到了文学"无用"的观点上。而这个或许只是沈从文暂时抵达的"结论",却正是被王德威目为"定论"的"抒情"说,并被标举为一种与政治相对抗的主体位置。然而在这个看似结论的"结论"之后,还有一段未完待续的余绪,似乎又有为文学之"用"尤其是小说之"用"申辩的嫌疑。或许正是这种在"有用"与"无用"之间的自我辩难和最终无解,导致了《抽象的抒情》的未完成性。

如果像王德威一样,将《抽象的抒情》视为一份"抽屉里的文学",那么在1960年代的文化语境中,文学与政治、个人与集体的对抗既然合乎沈从文作为一个自由主义知识分子的应有逻辑,也就近于一个不证自明的命题。但问题是,这却无法解释上述话语中的游移之感与矛盾之处。事实上,在沈从文1960年代的"抒情"话语中,隐现着某种遗留自其1940年代"抒情"话语的思想底色,而这些矛盾与游移或可视为1960年代的沈从文在其1940年代的"抒情"话语所打开的阈值范围

---

[1] 沈从文:《抽象的抒情》,《沈从文全集》第16卷,第532,536,535页。

内滑动的结果。纵观沈从文自1940年代以来的文学思考,"抽象的抒情"一语的确不失为一个凝练有效的概括。但若仅以《抽象的抒情》一篇作为沈从文"抒情"话语的核心,则怕是有某种"超历史"的嫌疑。值得注意的是,沈从文在这篇遗文中还未及详述的"抽象",正是其1940年代文学表述中的关键词。

从1938年以来到1949年之前,沈从文正面论及其文艺理念的文章大抵有两类:一类是有潜在受众的公开表述,如用作西南联大"各体文写作"课程讲义的"习作举例"(包含《从徐志摩作品学习"抒情"》《从周作人鲁迅作品学习抒情》等),在西南联大国文学会所做的演讲如《小说的作者与读者》《短篇小说》,以及《白话文问题》《文运的重建》《新的文学运动与新的文学观》等议论性文章;另一类则近于思想探索式的个人独白,如《烛虚》《潜渊》《七色魇》,以及长篇自传性散文《水云》等。从这些各有侧重又相互呼应的文字中我们可以辨认出,沈从文这一时期的"抒情"话语包含着某种鲜明的现实针对性。一方面是在反思"五四"新文化运动的基础上,提出的"重建新文运"的设想,另一方面则是基于对抗日战争与国共内战的观察,所坚持的"民族重造"的理想。这两重现实语境共同的焦点,则在于沈从文赋予"文学"的一种新的位置与功能。

对作为"现代"之起点的新文化运动的思考,一直是沈从文文学批评中的重要命题。在反思新文化运动"主张多,结论少,纠纷多,成就少,破坏多,建设少"的基础上,沈从文赋予了文学一种"重造新经典"的期许。[1] 这里的"经典",并非是一般意义上的文学经典,而是指以

---

[1] 参见沈从文:《谈进步》,《沈从文全集》第16卷,第487页。

儒家典籍为代表的哲学经典、道德经典这些塑造民族性格与道德文化体系的、具有规范性和权威性的文化典籍及其所蕴含的价值典范。而沈从文希望以文学的方式重塑的"新经典",则应包含"一种引人'向善'力量"[1],这里的"善"也并不简单囿于社会道德的范畴,而是上升到一种更为崇高的"人生形式"与"抽象观念"的层次,应具有前瞻性和理想性,最终要达到的还是一种道德教化与"民族重造"的目的。沈从文直言,"我们需要的倒是一种'哲学',一种表现这个优美理想的人生哲学"[2],从而将文学上升到了哲学的高度,而他心目中理想的文学家同时也应当是一个思想家、"智者"或"哲人"。而沈从文1940年代的思想探索与创作转型,也表明了一种从文学者向思想者转型的自我定位。

如果说在公开表述式的写作中,沈从文对文学赋予了"民族品德重造"的社会功能与伦理承担,那么其个人独白式的写作则容纳了他在文学形式与社会功用之间建立关联的具体思考。应当说,1940年代的沈从文虽然对文学介入现实的能力相当乐观,但他所设想的文学介入现实的方式却带有某种抽象色彩。沈从文在文学与现实之间搭建了一个由"现象(人事、现实、欲望、本性)—文字(文字技巧、文学形式)—意义(人生形式、抽象原则、神性)"构成的层次结构。文字与形式作为突破现象的束缚,抵达抽象、重造意义的工具,正是文学介入现实的中介;而最终所要抵达的"抽象原则"则近于一个柏拉图式的、形而上学的"理念"。这一时期的沈从文对"抽象"的追求,已经达到了近

---

[1] 沈从文:《小说作者和读者》,《沈从文全集》第12卷,第66页。
[2] 沈从文:《烛虚》,《沈从文全集》第12卷,第13页。

乎痴迷的程度,"我正在发疯。为抽象而发疯。我看到一些符号,一片形,一把线,一种无声的音乐,无文字的诗歌。我看到生命一种最完整的形式,这一切都在抽象中好好存在,在事实前反而消灭"[1],并试图构建一种从个体生命到宇宙万物的抽象形式。可以说,"抽象"既是其"民族重造"理想所仰赖的最高原则,也是其希望以文学形式处理现实人事的具体方式。因而在这一时期沈从文自身的文学实践中,我们看到的是一种将"抒情"客观化、抽象化的努力,以及将具象语言与超验命题相结合的尝试。而此时沈从文在其文学批评中涉及的"抒情"概念,也已由一般的情感抒发扩大到了一个兼容人情与物理、感性与智性的宽阔范畴。沈从文此时对文学的抒情性与诗性的追求,更近于"一种情绪和思想的综合,一种出于思想情绪重铸重范原则的表现"[2]。这一"抒情"话语对于"抽象"这一思想性的重视,已经超过了一般意义上的抒情性。

值得注意的是,沈从文通过强化文学抒情的思想性追求,并将其与"民族重造"的理想相关联,已经在价值和功能上重新安排了文学的位置,以及文学与政治的关系。沈从文的"文学"概念,从来不是将艺术或文学束之高阁,或以某种"纯文学"式的姿态对政治敬而远之,而是一直都很看重文学的社会功用,尤其是在战争中,"当前的挣扎求生,和明日的建国,文字所能尽的力,实在占据一个极重要的位置"[3]。在沈从文那里,文学与政治的对立关系,也并不是"为艺术而艺术"与"文学为政治服务"这种意义上的对立。沈从文所批判的只是

---

[1] 沈从文:《生命》,《沈从文全集》第12卷,第43页。
[2] 沈从文:《致灼人先生二函》,《沈从文全集》第17卷,第436页。
[3] 沈从文:《谈进步》,《沈从文全集》第16卷,第485页。

文学对政治的附庸,即一种"文以载道"式的"文学—政治"关系。而他所期待的文学正是要以抽象观念"凝固现实,分解现实,否定现实,并可以重造现实的","用人生的光和热所蓄聚综合所作成的种种优美原则,用各种材料加以表现处理,彼此相黏合,相融汇,相传染,慢慢形成一种新的势能、新的秩序的憧憬来代替"[1],因而这恰恰是一种蕴含着新的社会秩序与团结形式、具有政治潜能的文学形态。沈从文所批判的"政治"也并非广义上的"政治",而是以强权与争夺为特征的暴力统治。沈从文将文学的社会功能概括为"艺术重造政治",正是要"从'争夺'以外接受一种教育,用爱与合作来重新解释'政治'二字的含义"[2],而这一理想的政治形式,"决非当前办党作官人标语口号工作之所谓政治,亦非当前伟人情绪凝固,动作激烈,杀人如刈草菅之所谓政治,实为用'美育'与'诗教'重造政治头脑之真正进步理想政治"[3]。因而在这里,沈从文的"抒情"是指向"事功"的,甚至有能力重塑政治主体及其政治理念,其承载着某种"抽象观念"的文学理想恰恰是在一个高度政治性的意义上重新安排文学的位置。

1940年代的沈从文自诩要"在'神'之解体的时代,重新给神做一种光明赞颂。在充满古典庄雅的诗歌失去价值和意义时,来谨谨慎慎写最后一首抒情诗"[4]。在他看来,中国的现代性过程恰恰是从一个初衷良好的开端,逐渐堕落为一种唯利唯实的人生观的过程。而沈从文所探求的正是:在这种状况下,"抒情"如何可能? 但与王德威的抒

---

[1] 沈从文:《从现实学习》,《沈从文全集》第13卷,第392页。
[2] 同上,第390页。
[3] 沈从文:《试谈艺术与文化——北平通信之四》,《沈从文全集》第14卷,第384页。
[4] 沈从文:《水云》,《沈从文全集》第12卷,第128页。

情论述不同的是,在处理情感与理性、经验与观念、自我与世界、文学与政治、抒情与事功的关系问题上,沈从文的"抒情"并未仅仅停留在其中一端,而是希望以一种具有综合性的抒情形式,向具有现时性、功利性与公共性的领域打开。尽管带有很强的空想性质,但在沈从文的设想中,这种能够"彼此相黏合,相融汇,相传染"的"情",的确是一种可以在现实和群体中流动的能量,从而形成一种"新的势能、新的秩序"[1]。这种对于"情"的能动想象,对于"抒情"所可能具有的历史能量的期许,既不是向某种伟大传统的回归,也超出了王德威所谓"保存文明于劫毁之万一"的凝固性与超历史性。质言之,正视沈从文的"抒情"话语所提供的这一可大可小、可进可退的阈值空间,恰恰是丰富了"抒情何为"的可能性。

三、作为文化政治实践的"抒情"

如果用一种历史化的眼光,从沈从文 1940 年代以来的文学思考与实践中去考察他的"抒情"表述,我们会发现,与王德威在其"抒情传统"中所称引的另外两个资源陈世骧与普实克不同,作为一个身在其中的写作者而不是隔岸观火的研究者,沈从文对于"抽象"与"抒情"的思考一直是一个近身搏斗的过程。其"抒情"话语之复杂,既包含着鲜明的个人思想语境与现实语境,又纠缠着试图统和众多芜杂的思想资源而不得的焦灼与痛苦。但总体上,自 1940 年代以来,沈从文的"抒情"一直都与现实和政治保持着某种互动关系,包含着自我向世界、向

---

[1] **沈从文**:《从现实学习》,《沈从文全集》第 13 卷,第 392 页。

历史打开与介入的努力。1950年代的沈从文,虽已经历了政治上的打击和精神上的崩溃,而有意将"抒情"与"事功"相区分,但仍没有放弃将二者相结合的信心。在1952年1月29日写给张兆和的信中,沈从文虽已认识到"把有功和有情结合而为一,不是一种简单事情",却仍然相信总有一天"有情的长处与事功的好处,将一致成为促进社会向前发展的动力,再无丝毫龃龉"[1]。对于1960年代的沈从文而言,这种以"文学重造政治"的信心显然有所退缩,而在其消极的退守姿态中,正是上述不甘放弃的文学理想的遗存,造成了《抽象的抒情》中的游移与矛盾之处。

沈从文1960年代的"抒情"概念,存在某种退避式的、内缩化的倾向,这即使不是沈从文"抒情"话语的最小值,也绝非最大值。如果一定要如王德威所言,借助沈从文的"抒情"观念抵达一种文化政治实践的方式,显然不能仅仅停留于此,而应当返身回到沈从文1940年代的表述与实践中去寻找"抒情"的最大值。对沈从文的抒情话语做出历史化的具体分析,并不是要在史料的完备性或论断的周延性层面对王德威的"抒情"论述加以指摘。王德威的"抒情"论述带有极强的理论化诉求,这与历史化的研究本就存在方法上的分歧。但值得追问的是,如果"抒情传统"论说试图以此构建一种新的史观,或至少是对已有的历史叙述构成协商,就不得不面对具体历史情境的拷问。实际上,具体历史情境的引入也有助于充分打开每一种"抒情"话语内部的张力空间,显影其在历史中的主体、位置与功能的实质。只有如此,"抒情"作为一种批评界面,才有可能真正获得理论上的涵容力或历史

---

[1]《沈从文全集》第19卷,第335,336页。

阐释上的有效性。

仍以沈从文为例。在其 1940 年代后期的诸多表述中,"抒情"的确被赋予了某种沟通人情与物理,重新感召、凝聚分散的个人,并由此向秩序构想和现实行动转化的预期,但其"不及物"的一面亦值得深究。这一"抒情"构想朝向历史现实时的空洞性,为"情"或"抒情"的能量限度打上了一个问号,也暴露出沈从文自身在"抽象"与"抒情"之间的裂隙。恰恰是这种高度抽象的努力,抽空了抒情主体的多元构成及其历史实质,使"抒情"这个在理想中饱含历史动能的动作,最终只能塌缩为一个抽象而单一的符号,而无法转化为某种真正能够与理性相联动、作用于现实的政治行动。"美育政治"或"有情"政治的构想,皆以城市知识分子的精英阶层为主体和对象,反而悬置了沈从文 1940 年代以来以湘西为中心,一直在思考和实践的农村社会与地方现实。由此可见,开启一种真正具有涵容性和现实感的"抒情"视野着实并非易事。

王德威的抒情论述或可视为对沈从文的二次抽象。虽然王德威对于"审美想象何尝不能干预政治"[1]的诘问,于 1940 年代的沈从文的确有所会心,但他所做更多的是去撑开其话语层面的谱系学内涵(如"我""思""信"在观念史脉络中蕴含的能量),而未对其话语的现实感做出历史化的评估,亦没有深究其文学话语和政治实践之间的互动以及话语内部的复杂性。因此,尽管"抒情传统"已被演绎为一个从文类、美学、文化到政治、历史、哲学无所不包的"超级能指"[2],但"情"

---

[1] 王德威:《史诗时代的抒情声音:二十世纪中期的中国知识分子与艺术家》,第 604 页。
[2] 李杨:《"抒情"如何"现代","现代"怎样"中国"——"中国抒情现代性"命题谈片》,《天津社会科学》2013 年第 1 期。

的内涵实际上是被抽象了和缩小了，其内部的差异性以及向外的生长性与联动性并未真正得到扩大。

或是对此早已有所自觉，又或是出于对大陆学界针对"抒情传统"论说之批评声音的听取与回应，王德威在其新著《史诗时代的抒情声音》以及2017年的北大系列演讲中，开始有意在一种联动结构中重新考察"抒情"与启蒙、革命的关系。一方面，王德威在勾勒晚清近代知识分子论述中"心"的概念谱系时，引入了毛泽东、刘少奇对孔孟之学有关"心"之论述的借用；并将闻一多从社会心理学角度对"兴"所做的阐发，与梁宗岱将"兴"与西方象征主义所做的嫁接，以及胡兰成始于新儒家观念的"革命是兴"之表述相并举。对毛泽东、闻一多这些对象与个案的补充，既试图补足"有情的历史"中曾经空白的左翼图景，又显示出将左翼话语与抒情传统相勾连的努力。另一方面，王德威从"情"的角度，强调了启蒙或革命的能动主体面对政治行动和历史意识时"感知"与"感召"的过程。[1]以鲁迅的小说、胡风的文艺理论、艾青的诗歌、孙犁的农村革命小说、徐迟的政治抒情诗，以及毛泽东诗词为举隅，抒情主体有望从"小我"拓展为"大我"，"情"的内涵也从个人之情、浪漫之情、家国情怀，延伸至一种能够感召人心的、"集体的，解放自我的抒情渴望"[2]。用王德威极富抒情魅力的表述来讲，即"知识启蒙无论如何诉诸理性，需要想象力驱动；革命如果没有撼人心弦的感召，无以让千万人生死相与"[3]。然而，与这一慷慨论断形成对比的是，王德威在聚焦于具体对象时仍是有所别择的。在承认革命之

---

[1] 王德威：《史诗时代的抒情声音：二十世纪中期的中国知识分子与艺术家》，第11页。
[2] 同上，第10页。
[3] 同上，第586页。

"有情"的同时,王德威还是更关注革命对个人之情的"清除"与"戒备"[1],而不讨论革命如何创生了新的情感形式与情感联结。"情"的内涵看似得到了扩大,实际上却隐含着价值上的区分:在王德威那里,只有那些被革命压抑的抒情方式才更具有本源性和永恒性,甚至也更具有政治想象力。因此,当王德威强调启蒙与革命对抒情的压抑时,也就回避了另一种具有时代性和功利性的抒情对于启蒙和革命的拥抱与介入;而当其强调启蒙与革命对抒情的征用时,抒情自身在观念与日常生活之间进行桥接与沟通过程中,所生产出的那些细腻而丰盛的剩余物及其反作用于革命实践的效果也被忽略了。事实上,如果我们说抒情与启蒙或革命发生了某种内在联动,这种相互作用一定不是简单的拮抗或协同,即所谓谁压抑了谁,又或是谁服务了谁。既然我们愿意相信"情"在历史结构中具有其能动性,就应正视不同主体的情感实践是如何调动具有差异性的历史经验,具体而微地进入到革命的内部,与革命相互发明,甚至是参与塑造了革命的日常形式与感觉结构。在这个意义上,王德威对于"革命有情"的补充,甚至包括裴宜理关于革命动员中的"情感提升"[2]的论述,则多少都存在将革命主体的情感实践视为一种被动性、工具性抒情的倾向。

王德威的问题意识及其理论抱负,在根本上是指向当代中国的。对王德威而言,"抒情"不仅仅是作为一种批评界面,而是要最终作为一种文化政治实践,"投射,甚至干预,我们当下的生存状态"[3]。而

---

[1] 王德威:《史诗时代的抒情声音:二十世纪中期的中国知识分子与艺术家》,第13页。
[2] 裴宜理:《重访中国革命:以情感为模式》,《观察与交流》第60期,2010年7月31日。
[3] 王德威:《史诗时代的抒情声音:二十世纪中期的中国知识分子与艺术家》,第587页。

1990年代以来不同阵营的中国知识分子,无论是对"去政治化的政治"的批判,还是对市民社会和启蒙图景的勾勒,又或是"通三统"式的复古主张,在王德威看来,皆仍囿于一种"史诗"式的思维模式,而未在"启蒙"与"革命"之外贡献出新的理论范式。[1] 在这个意义上,王德威的"抒情"实际上是要在已有的现代性范式之外提供一种新的思想方案。然而一方面,王德威的"抒情"其实也在一定程度上分享了旧有范式背后共同的问题意识,即构建某种连续性的历史,寻找传统中国、现代中国与革命中国之间的整体性。这一次抒情论述的"再发动"带出的三个新面向,无一不显示某种双向沟通的努力。在如今"大国崛起"的意识在大陆学界已成为一种普遍的文化自觉的情境之下,中国的文化主体也更迫切地期待着以一种强劲的姿态挺进"世界文化"的话语版图。而对于王德威这样的海外学人而言,"抒情话语"的再发动或许不得不做出格局与策略上的调整,以尝试对冷战与后冷战时代无法处理的革命历史经验做出新的回应。因此我们会发现,王德威身处的地缘政治格局也为其带来一种中间性的问学位置:一则试图以"抒情"在中国文学经验与西方学术建制之间搭建一个对话与沟通的平台;二则,抒情话语也成为了海外学人试图重新思考和理解启蒙与革命时尝试构筑的一条曲径。这也的确难能可贵地反映出王德威对自身文化政治局限的反思。然而遗憾的是,这条曲径并不好走。对王德威而言,"有情的历史"背后更重要的还是建构一个在时代上具有连续性、在离散的政治地缘上具有文化整体性的"有情的中国",一个未曾被"启蒙"和"革命"打断与割裂的"情"的谱系与图景。这恰恰说明另

---

[1] 王德威:《史诗时代的抒情声音:二十世纪中期的中国知识分子与艺术家》,第587页。

一方面，这个所谓的新范式尚未被真正打开。尽管在理论诉求上，王德威希望打破个人主义与浪漫主义"抒情"话语的局限，也尝试将抒情主体从"个"拓展到"群"，尽可能地释放"抒情"在面对"如何塑造公共议题中的理性和行为"[1]时所可能具有的政治能力；但其矛盾性在于，对"抒情如何干预政治"的可能性的讨论，却往往被对于那些与革命或启蒙构成对抗性悲剧的对象所进行的抒情缅怀所取代。也就是说，抒情与启蒙/革命仍然呈现为一种被收编、相对抗或被放逐的关系，而那些内在于启蒙/革命、对现实结构有所行动和介入的情感实践，尚未得到足够的呈现与理解。

在《史诗时代的抒情声音》一书中，王德威援引刘勰《文心雕龙·物色》中的一句为其新著作结，再再强调"会通"的意义。[2] 借由"现代文论"概念的创生，王德威提出一种"宾主的诗学"，其中对于一种有情的、"互为宾主"的关系模式的构想[3]，其实也为处在不同的地缘政治格局与时代语境之中，拥有不同历史经验的主体提供了一种理想的沟通可能。因为在真正的"会通"到来之前，最为首要的或许正是对差异化的历史经验给予一种历史化的正视与理解。缘此，传统、历史或情感才能真正成为一些具有流动性的场域，"抒情"作为一种批评界面，才有可能真正向更广阔的历史情境、观念和行动敞开，进而生长为一种融通而有效的文化政治实践。

---

[1] 王德威：《史诗时代的抒情声音：二十世纪中期的中国知识分子与艺术家》，第592—593页。
[2] 同上，第611页。
[3] 王德威：《现代中国文论刍议：以"诗"、"兴"、"诗史"为题》，《中国文化研究所学报》第65期，2017年7月。

第三编

都市及其景观

借镜威廉斯:现代性叙事与中国城乡

詹姆逊在谈到如何定义"现代性"时说,他宁可对现代性进行描述,而反对五花八门的现代性定义。非概念性的"现代性",不过是各种各样的叙事类型。[1]正如"传统"问题只能作为"现代性"问题的副产品而无法被单独提出一样,乡村与城市的对位关系,也是内涵于某种有关"断裂"的现代性叙事之中的。在这一类起源叙事中,乡村与城市这两种人类居住模式,被虚构出一种突变的、断裂式的变化。时间轴的加入,将二者在生活方式、人际交往、社会组织乃至道德伦理上的空间差异,转化为了历时性层面上的二元对立。接踵而至的则是一系

---

[1] 参见詹姆逊:《现代性、后现代性和全球化》,中国人民大学出版社2004年版,第74页。

列关于"传统"与"现代"、"过去"与"未来"、"愚昧"与"文明"抑或"纯真"与"罪恶"的对位式言说,及其各自所携带的某种不言自明的价值色彩。

如果说在一个广阔而悠久的文学视域中,乡村与城市的修辞对比其来有自,源头甚至可追溯至古典时期,那么伴随着现代性的"断裂"叙事,这一二元结构的最初建立则可从西美尔的现代性体验中找到端倪。他从城市纵横的街道、经济、职业和社会生活发展的速度和多样性中,发现了城市在精神生活的感性基础上与小镇和乡村生活之间的深刻对比。西美尔对大都市的精神生活中这种危险而瞬即的体验所进行的现象学描述,在本雅明那里发展为一种"震惊"式的现代性经验。而受到西美尔的影响,路易·沃斯则将现代的"城市—工业"社会同传统的"乡村—民俗"社会进行对比。如果说西美尔只是发现了现代生活个性化与非个性化的两相结合,沃斯则更强调其中非个性化的一端。喧嚣、纷乱乃至恐怖的现代都市生活被言说成摧毁人性的罪恶渊薮,而田园诗般的乡村生活则承载着某种隐秘的眷恋。

当一切坚固的东西都烟消云散了,出于对失去了整体性与确定感的现代体验的心理防御,对于某种有机社会的向往,则成为了现代人情感寄托的归宿与理论探求的起点。长久以来,社会学分析的一项基本法则就是在地方性的"共同体"(Gemeinschaft)与非个人的"社会"(Gesellchaft)之间做出区分。在滕尼斯以乡村为代表的"礼俗社会"和以城市为代表的"法理社会"的区分中,乡村与城市便被抽象化为两种观念范畴,而真正的社会生活运动于两种类型之间。乡村承担了城市所不具备的共同体功能,而在威尔逊所描述的世俗化过程中,现代化同时也是一个"社会化"(societalization)的过程,而现代城市作为社会化的结果,则被放在了有机社会的对立面。在这些现代性言说中,正是现代城市的碎片化特征,使它与传统乡村的总体化形式发生了断裂。而一个已然"逝去的"、前现代的乡村形象也正生成于这种"断裂"叙事之中。

这种二元结构投射在理查德·利罕的文学史观察中,则被组织成为"启蒙辩证法"的两端,衍生出一个更为纷繁却未必多义的意象网络。在鲁滨逊故事、哥特式小说、狄更斯的伦敦、巴尔扎克与左拉的巴黎、乔伊斯的都柏林、艾略特的荒原、爱伦坡的纽约、海明威的美国西部、菲茨杰拉德与韦斯特的洛杉矶那里,城市与乡村的二元结构包含着工商业与农业、世俗与宗教、物质与精神、机械与自然、理性与非理性、秩序控制与原始野性之间的对峙与交锋。城市作为"启蒙的遗产"占据了利罕论述的起点与中心,而同时可以看到的是,作为城市对立面的乡村是如何被发明的。在利罕对城市进行"概念化"的过程中,乡村形象的抽象化也在被不断加强。

追溯有关"乡村与城市"的观念形式,是为了从这些社会现象的分析中发掘某种心理学问题的底色。正是在人们对都市日益深切的现代性体验中,乡村才被持续建构为某种情感与价值的载体。在上述这些言说方式中,我们屡屡见到作为经验方式、精神生活或心灵状态的城与乡。在这个意义上,雷蒙·威廉斯的《乡村与城市》注意到了这种心理学式的前提,而他提醒我们的则是文学中某些已被固化的、习焉不察的城乡形象与这些观念形式之间的互文关系。无论是威廉斯所处理的田园诗、回忆录或小说文本,还是我们所追溯的这些二元表述,作为有关乡村与城市的观念形态,都可被视为对于某种历史性和整体性的社会过程的反应。而威廉斯首先致力于破除的就是某种乡村与城市二元对立的表面谎言，试图发掘真实历史进程中城与乡，并将其与有关城乡的文化想象区隔开来，从而寻找乡村与城市之间的真正对立。又或者说，威廉斯发现的对立冲突，恰恰在于城乡之间的"延续性"而非"断裂性"。

这种对于"历史真实"的兴趣，决定了威廉斯观照文学的方式。与一般马克思主义文学批评不同，威廉斯提出了"情感结构"这一新的分析范畴。作为一种具有连续性和实践性的意识结构，情感结构既能以其对感性经验的容纳能力，将文学的虚构性层面纳入其中，同时又以其对社会历史因素的直接关涉，成为意识形态理论脉络中不可或缺的一环。因而威廉斯虽以 18 世纪以来的英国文学为对象，却并不以文学审美为旨归，甚至也拒绝将这些城乡表述简单地视为某种"心灵形式"。他在小说、诗歌、回忆录乃至博物学著作等不同类别的文本之间自由穿梭与对比，所关心的是乡村与城市的历史现实，而文学虚构的现实性正在于其所承担的意识形态功能。威廉斯对于"消逝的农村经济"这一主导观念的批驳，从"怀旧的田园主义传统"和"城市进步主义观念"两方面找到了其历史来源。前者通过田园诗写作掩盖了农业资本主义在 18 世纪英国乡村的真实图景，而将封建秩序美化成一种"有机社会"的形象；后者则站在另一个极端宣扬工业的优先权，进一步将农业的经济位置边缘化，而只能成为文学怀旧的对象。城与乡的对立，也就在现代与传统的断裂叙事中被时间化同时价值化了。由此，威廉斯指出了文学是如何参与到"消逝的往昔"这一意识形态神话的建构中去的。文学作品通过编织与虚构，最终形成的实则是某种观念产物，并反过来持续不断地影响着人们对于"历史真实"的认识。在这个意义上，文学作品的"虚构性"反而是最需要被加以质询的：它与"历史真实"之间的关系,它对于某种"历史真实"的想象与构建,它和记录着各种别样的"历史真实"的文本之间的对比,就变成了可行的甚至是必须的分析方法与环节。

威廉斯对于"城乡对比"这种二元论观点的反驳和取消,一方面在于其对城市与乡村各自深刻的复杂性的挖掘,反对类似"乡村纯真"与"城市邪恶"这类单向度与抽象化的界定;另一方面则反对以"表面的对比遮蔽实际的对立",从而关注农业资本主义在18世纪英国乡村的建立与发展是如何将乡村与城市纳入到资本主义这一总体性的社会结构之中的。因而现代化进程中的城市与乡村,也就不能被抽象为一种断裂,而恰恰是在"农业资本主义"这样的历史现实中保持着某种广泛的联系与延续性——"资本主义作为一种生产模式是乡村和城市的大部分历史的一个基本过程"[1]。威廉斯对于英国城乡观念的考察,无疑为我们提供了对某种"原发的现代性"经验的反思,正如他反复强调的那样,英国经验之所以重要,是因为"这个社会很早就十分彻底地经历了一个历史发展过程——先是乡村经济和社群,然后变成了工业和城市经济和社群;这仍是一段特别的历史,但从某些重要方面来看,它在世界很多地方都成了占据主导地位的发展模式"[2]。而在其论述接近尾声时,威廉斯已经观察到这一西欧与北美发达国家内部的职能划分与权力结构,已由帝国主义的殖民扩张拓展到了整个世界。在"城市—乡村"与"宗主国—殖民地"的类比之下,"欠发达"国家的现代化进程正是被裹挟在"大都会"国家的殖民进程当中的。如果说19世

---

[1] 雷蒙·威廉斯:《乡村与城市》,韩子满、刘戈、徐珊珊译,商务印书馆2013年版,第407页。
[2] 同上,第396页。

纪的英国文学保存了人类第一次遭遇现代性时的第一手经验,那么近代以来的中国文学则处在另一重继发的社会进程的历史现场。这种历史位置的相似与权力结构的嵌套,赋予了我们在文学视野中借镜威廉斯,反思中国城乡问题的可能,而我们所获得的启发又必然是反思性与差异性并存的。

威廉斯的论著虽命名为"乡村与城市",但其重点还是在于乡村,并首先在于破除关于乡村的种种虚假观念。由此带来最为直接的问题是:乡村在任何国别的文学中都很容易被抽象化,而成为某种普遍的人性、道德、生活态度、历史态度或民族寓言等。这种抽象化首先真切地发生在作家那里:通过童年记忆、回溯视角、田园牧歌或文化挽歌之类的叙事装置,或是通过"在而不属于""出走与返乡""原乡神话"之类在社会现实层面或文学叙事层面上发生的社会流动过程,"乡村"被抽象化了。例如沈从文在1934年返回湘西老家的途中,便从"故乡的河"这样的意象中顿悟般地获得了某种带着"原人意味"的"生活形式生活态度","智慧同品德"[1],乃至"真的历史却是一条河"[2]这样朴素而超拔的历史观念。又如20世纪80、90年代盛行的"民间风土小说"所树立起的某种"乡土中国"的形象,则将乡村置于了某种传统文化、地域文化或差异文化与现代文化构成的二元框架之中。[3] 乡村图景作为传统中国的符号,往往被选择性地抽象化为一系列视觉意象、时间形式或民俗奇观,凝定为某种即将消逝的文化的象征物。同样的抽象化还发生在批评家和研究者那里,即对于文学文本的二次抽

---

[1] 沈从文:《滩上挣扎》,《沈从文全集》第11卷,第172页。
[2] 沈从文:《历史是一条河》,《沈从文全集》第11卷,第188页。
[3] 贺桂梅:《20世纪八九十年代的京味小说》,《北京社会科学》,2004年第3期。

象。例如鲁迅和沈从文的乡土叙事便往往被视为两种不同的"中国形象"的代表,一方面是黑暗的、愚昧的国民性,而一方面则是浪漫的田园牧歌。与此相应的则是一般文学史研究对于乡土文学的平滑叙述与简单切割。也就是说,这种抽象化又往往走向了某种"两极化"的面貌。但问题却在于抽象化与两极化以外的文本世界与现实世界。值得注意的是,无论是"封建愚昧"还是"田园牧歌",在这样带有价值判断色彩的两极化叙事背后,总是隐含着一个掌握某种现代性视点的叙事者或阐释者。无论是作为一个鲜明的对立面,还是一个模糊的历史远景,都市现代性都在以各种形式对乡村形象施以压力。"五四"以来的启蒙叙事所内涵的某种追求"现代"的知识结构,往往以一个"离去—归来—再离去"的知识分子叙事者为载体,对乡村的封闭性和落后性加以回看式的观照。而与这类追求写实主义品格的叙事相对,沈从文早年的都市创伤体验,与初登文坛时对一个精英知识分子群体对于地方性传奇的阅读趣味的迎合,都不可避免地塑造了沈从文最初看待乡村的视点位置与方式,及其1930年代小说创作中对城乡道德图景的二元建构。然而赵树理笔下的农村、张爱玲的《秧歌》,或是余华的《活着》里面的乡村,却恐怕无法被这样的二元视点所收容。

威廉斯提示我们的是,乡村与城市并非两个区隔性的存在,而是在现代化进程中分享这一总体性的历史过程。而在这一互动框架而非对立框架之下,威廉斯所探究的一系列概念及其文学表现,对于20世纪中国文学中的乡村与城市同样具有重要的启示作用。有些概念和范畴的意义不仅在于其补充性,即弥补我们曾经观察视野中的漏洞,更在于其差异性。质言之,在这些概念形成的问题视野中，中国的问题恰恰得到了凸显而不是遮蔽或置换。考察这些概念在中国现代文学的乡村书写与城市书写时，也就并不是对一个英国问题或西方问题的移植，而反倒能够透视出中国经验的特殊性。其中，"社会流动性"与"劳动"，正是威廉斯拆除城乡对立时所涉及的两个重要范畴。

在某种程度上，中国近代以来的城乡结构变动，可以视为西方资本主义社会内部的城乡流动性在世界范围内发生的强制性传递。中国现代社会组织的变动与流动性的形成，并不是从英国经验推演到西方世界的普遍性经验，而恰恰是在对这一普遍化过程的抵抗中完成的。因此，作为某种被动的现代化进程，来自于资本主义国家的侵略战争也就不仅是一个现代性的事件，甚至同时就是中国的现代化过程本身。如果说"前工业时代的城市是农业海洋里的岛屿"[1]，城市并非中心性地主宰着乡村，反而是被广阔无际的乡村生活所包围，并寄生在乡村的农业劳动之上，那么工业主义催生出的现代大都市则颠倒了农业乡村的主宰地位，使乡村边缘化为都市的依附者。威廉斯指出的是，当"欠发达"国家沦为殖民地时，其社会发展为满足"大都市"国家的需要，只能从自给自足的农业经济被强制性地转变为"种植园经济、矿区和单一作物市场"[2]。换言之，殖民地经济复制了资本主义国家在乡村建立的农业资本主义道路。然而帝国主义侵略在中国所引发的显然并非这种整体性的经济转型，而是某种半封建半殖民地式的畸变。资本主义的入侵当然打破了古代中国的农业性城市与乡村

---

[1] 克瑞珊·库玛：《现代化和工业化》，《现代性基本读本》下册，河南大学出版社2005年版，第499页。
[2] 雷蒙·威廉斯：《乡村与城市》，第387页。

所共享的自然基础与二者之间所缔结的"生产—消费"的联合体,然而这种外来的暴力干预却并没有带来西方式的城乡分离结果。一方面如茅盾在《子夜》中试图剖析的那样,中国城市无法发展出独立的工业资本主义体系,以上海为代表的大都市只能建立在金融资本主义的基础上。另一方面,农村依然停留在封建经济的旧有框架中,并没有以农业资本主义的方式被纳入到一个总体性的资本主义格局之中。因而大都市的畸形发展只能建立在对农村的掠夺性经济之上,以广大农村的衰败为基础和代价。与19世纪英国发生在上层阶级(城市资产阶级与乡村贵族)的城乡流动不同,中国式的社会流动还大规模地发生在社会底层人口之中。一方面农村的破产与祸患使大量农民涌入城市谋求生路,然而都市消费的物质欲望、资本主义的生产方式与小生产者伦理之间的错位,却加速将其变为城市贫民的组成部分。正如老舍在《骆驼祥子》中所洞悉的那样:"资本有大小,主义是一样,因为这是资本主义的社会,像一个极细极大的筛子,一点一点的从上面往下筛钱,越往下钱越少;同时,也往下筛主义,可是上下一边儿多,因为主义不像钱那样怕筛眼小,它是无形体的,随便由什么极小的孔中也能溜下来。"[1]《骆驼祥子》或《阿毛姑娘》的悲剧,否定了城市作为乡村远景的可能。乡村中的游离人口不能为城市所充分吸收,导致了向乡村的大量回流,社会流动主体的彷徨失所造成了中国式的城市化过程的曲折性与复杂性。而另一方面,对帝国主义侵略的战争抵抗也推动了由城市向乡村的大规模的社会流动。战时工业向大后方的迁徙,打破了之前相对稳定的社会结构,西南地区涌入大批的新工人,主要

---

[1] 老舍:《骆驼祥子》,《老舍全集》第3卷,人民文学出版社2013年版,第64页。

来自当地的破产农民和城市小生产者，还有从沦陷区逃亡而出的难民，以及因躲避兵役而涌进城市的乡村人口。战争带来的流徙以一种暴力方式将农民强行地卷入了现代进程中去。流亡难民和失地农民的工人化带来的是中国式的"农工"经验，而对于这种中国式的社会流动性的观察在中国现代文学的写作中是先天缺席的，还是被后天遮蔽了？对这些"农工"经验的书写，无法被划归为乡村文学还是都市文学，它更像是一片广阔的灰色地带，而中国现代城乡之间的边界与危机或许正潜藏其中。

在威廉斯那里，被城乡之间虚假的二元对立所掩盖的真正对立，发生在劳动阶级与统治阶级之间。因而"劳动"与"真实的劳作乡村社会"也就成为了威廉斯考察乡村文学时的重要参数。这里引发的问题是，"劳动"在中国 20 世纪文学的乡村书写与城市书写中的同时"缺席"。但在这种缺席中，又有一些"在场"的例外：例如茅盾在《春蚕》中对于养蚕劳作教科书式的详尽描写，又例如路翎小说对于如何表现"劳动"、如何展现一个"劳动世界"、如何书写"工人"尤其是现代产业工人的劳动形象和劳动场面，以及上述在社会结构变动中产生的"农工"经验，都有其重要的甚至是独一无二的贡献。在茅盾和路翎笔下，这些"劳动"同时也是放在某种社会流动性的视野下展开的：《春蚕》提供的几乎是一副被世界经济市场摧毁的中国传统纺织农业的微缩图，而路翎的一系列小说处理的则是在帝国主义侵略战争中发生的工业化进程、产业结构的转型、社会性质的转型中的微观经验；而新阶级的出现、作为个体的工人的身份认同和对于阶级的归属感、工人运动的自觉或苗头都是在一个劳动世界的内部展开的，工人（群体）自身的自我觉醒和自发反抗及其反抗能量的来源，又都蕴藏在"劳动"的本质当中。然而在以往的乡土文学研究或都市文学研究中得到更多关注的对象反而大多没有书写"劳动"。相比之下,赵树理就很少直接状写田间陌上劳动繁忙的场景,以蒋光慈为代表的一批左翼小说则往往着重落墨于工人运动,而缺乏对工人劳动的正面表现。在对于劳动阶级的书写中,当"革命"被推上前景时,"劳动"只能隐没在后景中,对这种内在关联的切断或遮蔽,是被动的盲视与不见,还是主动的筛选与建构,都是值得进一步推究的。

在《乡村与城市》的最后一章,威廉斯以"多样的城市与多样的乡村"为题,希望强调的是"乡村和城市自身以及它们之间的关系都是不断变化的历史现实"。各种各样的现代性叙事证明了威廉斯的忧虑:"有关乡村和城市的观点和意象仍然保持着强大的力量",而能够与之匹敌的"只有这些观点本身实际具有的千差万别的社会性和历史性变体了"。威廉斯的反思在于我们总是"倾向于简化历史上各种不同的阐释形式,笼统地称作象征或是原型,甚至把那些最明显的社会形式抽象化,赋予它们一个基本上是心理学的或形而上的地位"[1]。而威廉斯的努力,正是试图恢复与揭示这些观念形态背后的"历史性"。在这个意义上,以历史化对抗抽象化,或许正是我们借镜威廉斯所获得的反思现代性叙事与中国现代城乡问题的思想方法与具体方式。

---

[1] 雷蒙·威廉斯,《乡村与城市》,第393—394页。

从梦珂到"神女":都市空间中的穿行与放逐

一、摩登都会的女性象喻

这是一个热闹的都市,一块半殖民地,一个为一些帝国主义国家,许多人种所共同管辖,共同生活的地方,所以在东方的海面上刚吐出第一线白光的时候,迥然不同的在一个青白的天空之下,放映出各种异彩。[1]

---

[1] 丁玲:《日》,《丁玲全集》第3卷,河北人民出版社2001年版,第241页。

1929年4月,丁玲在其短篇小说《日》的开篇花费大量笔墨,勾勒出一幅"造在地狱上的天堂"的上海都市图景。对于彼时正处在思想和创作转折期的丁玲而言,这也是她第一次尝试从一种总体性的理论视野中观察和状写上海。丁玲先后将上海放置在国际、资本、阶级与城乡等多元结构之中,对彼此区隔与分化的都市空间进行了对比鲜明又不乏微观感性的刻写。而在林立的高楼、奢华的酒店、忙乱的工厂与肮脏的贫民窟之后,我们看到的是一个匿身于市民空间中的知识女性百无聊赖的一天,在都市中如困兽一般找不到自己的位置。这一形象延续了《莎菲女士的日记》(1927)与《自杀日记》(1928)中的女主人公在公寓中的"幽闭"状态,面对上海这个"放映出各种异彩"的大都会,进不去也出不来。

小说《日》中的这种"失位感"之强烈,既表现在女主人公伊赛对个人空间的困守,与无法介入和参与到公共空间中去的境遇与感受,又表现为小说结构上的断裂:前文对于都市的描述和对于女主人公生活的状写,无论是在故事情节还是心理推进上,都缺乏有效的交集。在空间上,女主人公完全没有涉足此前铺陈出的都市空间,而在其所身处的市民空间中,又充满了格格不入的冲突感与阻碍感;在形象上,她也被设定为缺乏行动力的幽闭者,甚至连莎菲在情欲驱动下的都市漫步都被取消了。就这样,上海的一日与新女性的一日便以一种彼此疏隔的方式叠合在一起。然而饶有意味的是,这"上海的一日"又是以"站街的少女"这一晨昏照应的女性意象作为象喻的:

在这又宽,又长,为高楼遮掩得很暗的马路那端,却彳亍着找不到生意的少女,边喟着长气,边摇摆着两股,天亮后在灯光昏暗的马路上,丧气的走回她们的小房子去。[1]

直到黄昏来了,一个灿烂的黄昏。……马路上奔走着少女,在晚霞与电灯光交映的光辉中,浮着会意的微笑。一切都变样了,与日出时成了相反的对照。惟有河下的扰攘,及车声的轧轧,始终不变的显出这不停顿的宇宙。[2]

与不见容于都市的女主人公相对,"妓女"不仅在都市空间中游走出没,甚至已化为都市景观的一部分。新女性无法在这以"妓女"为象喻的都市中找到一个位置,大都会则以其包罗万有、藏污纳垢的巨大存在裹挟着个人——现代女性与都市空间之间的纠缠、避让、冲突、妥协与暧昧关系,由此成为问题。

在丁玲此前的创作中,其笔下的都市女性并非一直处在这种失位困守的状态中。相反,在其小说处女作《梦珂》中,女性甚至还保有在都市空间中穿行与选择的能力。而与《日》中的新女性与"妓女"构成的相对静态的对位结构不同,在《梦珂》中,"妓女"变成了女主人公空间转移与身份转换过程中如影随形的参照物,更是女性表述其都市体验时常用的修辞方式。梦珂以美术学校这一现代教育空间为起点,退避到匀珍家这一羁绊着乡土记忆的普通市民空间;之后又在姑母家的花园洋房与客厅沙龙这一上流社会的交际空间中,结识了一众摩登青年,并随之出入于百货公司、电影院、舞场与旅馆等消费娱乐空间;甚

---

[1] 丁玲:《日》,《丁玲全集》第3卷,第241页。
[2] 同上,第247页。

至在一个革命青年的带领下见识到了都市里黑暗污浊的底层世界。在上述空间转移中,面对一个"看与被看"的欲望结构,梦珂从抗拒到被引诱,再到被动的习得,最终竟返身利用这套"凝视"[1]机制成功地进入电影公司成为了一名女演员。从女学生到摩登女郎,再到电影明星,梦珂从观影者摇身一变为造影者,最终加入到了都市消费空间的内部,参与到凝视机制的再生产当中去。都市将女性身体物化与消费化的外部逻辑,随着空间/身份的转换,被女性自我内在化了。然而作为丁玲那段短暂而不愉快的从影经历的自传性书写,梦珂化名为"林琅"后的隐忍昭示了这一内在化过程背后的受难性体验。当梦珂在不同的都市空间中辗转时,"妓女"不断成为其经验表述中的重要修辞与譬喻方式。在电影院中,梦珂面对银幕上的茶花女发生了强烈的移情作用,"像自己也是陷在同一命运中似的";在姑母家中,为旧式婚姻所苦的表嫂感叹"嫁人也等于卖淫,只不过是贱价而又整个的""一个妓女也比我好"时,梦珂则清醒地认识到:"新式恋爱,如若只为了金钱,名位,不也是一样吗? 并且还是自己出卖自己";在大东旅社撞破表哥及其姘头后,梦珂想起"自己平时所敬爱,所依恋的表哥,竟甘心搂抱那样一个娼妓似的女人时,简直像连自己也受到侮辱"[2]。而这种以"妓女"为镜像的受难性体验,最为强烈而集中的爆发则发生在圆月剧社中,这也正是电影工业将欲望的"凝视"体制化并再生产出来的空间所在。在会客室、办公室、化妆间和拍影场中,梦珂一而再、再而三地感到一种出卖身体的耻辱感:

---

[1] 参见罗岗:《视觉"互文"、身体想象和凝视的政治——丁玲的〈梦珂〉与后五四的都市图景》,《华东师范大学学报(哲学社会科学版)》2005 年 9 月。
[2] 丁玲:《梦珂》,《丁玲全集》第 3 卷,第 18、28、29、31 页。

> 她不知道这是不是应该,当着她的面评论她的容貌,像商议生意一样,……
>
> 只有她惊诧,怀疑,像自己也变成妓女似的在这儿任那些毫不尊重的眼光去观览了。……
>
> ……她走到大镜子面前,看见被人打扮出来的那样儿,简直没有什么不同于那些站在四马路的野鸡。……
>
> ……她不明白为什么她竟这样的去委屈自己,等于卖身卖灵魂似的。[1]

在这些譬喻性的修辞中,"妓女"包含有多个层面的指向:时而是被侮辱与被损害的无助女性,时而又转向摩登而堕落的荡妇,有时又隐约指向获得经济独立与自由的可能[2],并最终指向女性身体的物化与商品化,而这一切又都被女性用来比附其自身。由此可见,"妓女"作为对都市女性总体状况的隐喻,一方面与丁玲对于都市的整体理解相关,即一个由欲望和欲望中"浅薄的快意"构成的"纯肉感的社会"[3];另一方面,作为都市自我形象的隐喻与转喻,"妓女"意象中的意义层累又昭示着都市现代性内部既繁华又堕落,既诱人又黑暗的悖论性与复杂性,"体现了城市的诱惑、不稳定、匿名及晦暗不明"[4]。

---

[1] 丁玲:《梦珂》,《丁玲全集》第3卷,第38,39,40页。
[2] 表嫂在感叹"一个妓女也比我好!"时多少也是在羡慕妓女的"自由",亦有论者指出,丁玲写于1928年的小说《庆云里的一间小房里》也突出了妓女在都市生活中相对拥有更大的自由度。参见童炳月:《男权与丁玲早期小说创作》,《中国现代文学研究丛刊》1993年第4期;秦林芳:《丁玲评传》,南京大学出版社2012年版。
[3] 丁玲:《梦珂》,《丁玲全集》第3卷,第40页。
[4] 米莲姆·布拉图·汉森:《堕落女性,冉升明星,新的视野:试论作为白话现代主义的上海无声电影》,包卫红译,《当代电影》2004年第1期。

值得注意的是,"妓女"不仅在文本内部构成都市女性经验表述中的常用修辞,同时也成为当时的社会舆论评价摩登女性尤其是女性电影明星时的常用话语。据张勉治的研究,在1920年代上海的公共话语中,"女性电影演员被定型地划分为堕落的、腐败的,……像妓女一样在道德和性方面遭到怀疑"[1]。1926年即有短篇小说以《电影明星》为题,书写了一个妓女如何一步步成为电影明星的讽刺故事,揭露女明星的迷惑性与欺骗性,以及电影界的尔虞我诈与虚荣浮华。[2]张勉治指出,这篇小说"清楚地描绘了在20世纪20年代的上海颇为盛行的一种观念,即电影女演员不过是伪装的妓女而已"[3]。1927年,一篇题为《妇女与电影职业》的文章将电影女演员的来路分为四类,其中两类都是妓女:一类是"变相的妓女,平日也靠着卑低的生计,她们见异思迁,便到电影界去混混。她们没有什么宗旨,只要出风头,有钱赚,逞意志,无所不可";一类是"曾经官厅注册过的妓女,她们觉得厌倦这样生活了,便改业电影演员",文章继而严厉地批评这些妇女"她们的人格是怎样?不言可知!她们梦想不到什么是道德,什么是艺术"[4]。值得注意的是,虽然"所有其他对20世纪20年代女演员的最初认识都被电影界之外关于广义上的都市女性的话语所形塑"[5],

---

[1] 张勉治:《善良、堕落、美丽:20世纪二三十年代的电影女明星和上海公共话语》,张英进主编:《民国时期的上海电影与城市文化》,苏涛译,北京大学出版社2011年版,第141页。
[2] 火雪明:《电影明星》,《新上海》第1卷第9期,1926年1月。
[3] 张勉治:《善良、堕落、美丽:20世纪二三十年代的电影女明星和上海公共话语》,张英进主编:《民国时期的上海电影与城市文化》,第147页。
[4] 凤歌:《妇女与电影职业》,《妇女杂志》第13卷第6期,1927年6月。
[5] 张勉治:《善良、堕落、美丽:20世纪二三十年代的电影女明星和上海公共话语》,张英进主编:《民国时期的上海电影与城市文化》,第146页。

但"妓女"仍然是其中最主要也最具多义性与悖论性的修辞。正如张英进指出的那样,"娼妓文化已成为表达现代城市概念化中的内在矛盾的最具吸引力的比喻之一"[1]。

从妓女到电影明星再到都市女性,最终抵达现代都市本身,经过这个多重转喻的过程,有关"妓女"的修辞与形象已经突破其现实界限,而获得一种广义上的象喻功能。在中国20世纪20至30年代的都市文学与电影叙事中,"现代性的矛盾透过女性的形象得到演绎,并常常具体体现在这些女性的身体上。她试图在这些矛盾中过活,却往往失败,……强奸、浪漫爱情的受阻、被抛弃、牺牲、从妓,都成为现代文明危机的隐喻"[2]。在1930年代的中国电影实践中,"娼妓"题材在延续了1920年代文学与电影对于女性问题的关注之外,"妓女"作为现代意义上的个人与现代都市想象之间复杂的错综关系开始显现出来。

二、都市空间的内部裂隙

作为1930年代左翼电影的至高成就,吴永刚执导于1934年的影片《神女》在上述问题上,既显示出对于现代都市空间的一种整体性与悖论性的把握,又在某种程度上质询了以"妓女"为象喻的现代个人在都市空间中获得其独立的文化位置的可能与不能。在某种意义上,

---

[1] 张英进:《娼妓文化与都市想象:20世纪30年代中国电影中公共领域与私人领域的协商》,张英进主编:《民国时期的上海电影与城市文化》,第172页。
[2] 米莲姆·布拉图·汉森:《堕落女性,冉升明星,新的视野:试论作为白话现代主义的上海无声电影》,包卫红译,《当代电影》2004年第1期。

《神女》讲述的是一个现代人独自面对社会暴力的故事。其中，集"妓女"与"母亲"两种身份于一身的女主人公阮嫂显然已经被割断了地缘、亲缘、家庭等一切乡土中国意义上的社会联结，她是作为一个真正现代意义上的孤绝的个人被抛入了现代都市。而在《神女》精当流畅的电影叙事中，阮嫂历尽艰难欲抚育孩子成长而不得的故事正是以在一系列现代都市空间之中穿行的方式展开的。

《神女》中涉及的都市空间之纷繁，大致可以分为五类：一类是全景式的摩登都会空间，如霓虹闪烁的摩天大楼与都会夜景或是烟囱林立的楼群，多是大远景或远景的空镜头；一类则是阮嫂谋生存的都市底层空间，如街头、妓院、赌场、荐头铺、当铺等，多为远景或中景画面；第三类是市民生活空间，包括阮嫂的住处和弄堂等，是阮嫂和她的孩子展开其家庭生活的主要空间；第四类是现代教育空间，即阮嫂的孩子上学的小学校；第五类则是现代社会制度空间，如阮嫂受审的法庭和被关押的监狱。阮嫂辛酸悲苦的命运，正是在这些都市空间中的奔波与穿行中得以展开。其中，第一、二、五类空间与第三、四类空间显然存在一个黑暗与光明的分野。据李道新统计，全片"展示都市面貌的外景镜头大约 60 个，超过所有镜头的 11%；而在所有都市面貌外景镜头中，展示都市夜景的镜头多达 50 多个，是全片镜头数量的 10%；颇有意味的是，除都市夜景外，其他不到 10 个的都市面貌外景镜头，也远非明亮、平和：在影片中，白天的都市，缺少阳光的照耀，充满灰尘和嘈杂"[1]。暗夜与白天不仅是阮嫂"妓女"与"母亲"双重身份的隐

---

[1] 李道新:《中国早期电影里的都市形象及其文化含义》,《首都师范大学学报（社会科学版）》1999 年第 6 期。

喻，影片更是直接以空间呈现的方式表达了这种社会暴力对于一个孤绝的现代个人的倾轧，现代都市空间在大多数情况下都是以一种暗夜般的吞噬性形象围困、裹挟着主人公。除去这类空间表现在整体上的象征意味之外，大量关于都市空间的单个镜头、空镜头和蒙太奇的运用也显示出强烈的隐喻色彩：当阮嫂听到儿子被人斥为"贱种"的流言后，在母亲悲苦心酸的表情演绎中忽然插进了一个大上海霓虹闪烁灯红酒绿的夜景画面，而当母亲从学校领回被勒令退学的孩子后，为母亲所悲愤地注视着的仍旧是这样一个画面，这无一不指向艰难的生存与都市空间之间的某种内在关联。而在阮嫂搬了家准备找一份正当工作的蒙太奇段落中，在空镜头中巨大烟囱的特写、远景、叠化之后，画面被一座庞大的厂房建筑占去了四分之三，且几乎都处在阴暗之中，而与之相比女主人公极为瘦小的身影则从画面右侧窄小的四分之一明亮区域中入画，一步步走进阴影区域以致身影消失，而静止的建筑画面则持续了极为滞重压抑的将近 20 秒时间——现代都市对于个人/女性命运的吞噬与毁灭由此昭然若揭。

在《神女》中，我们看到阮嫂在各种都市空间之中穿行而不见容于都市：街头遭警察巡检，家庭被流氓闯入，市井受邻里非议，孩子被学校赶出，最终容纳她的只有一间黑暗逼仄的囚牢。阮嫂的毁灭显然是这几重都市空间所象征的现代社会制度、旧式伦理准则与小市民习气和一个纯洁的现代教育"乌托邦"的合谋。然而具有悖论性的是：影片提供的想象性解决恰恰来自"共谋者"之一，现代教育再度成为救赎之道。因而如果我们说影片是以女主人公绝望的奔波与穿行见出了都市的整体，那么它同时又以不同空间之间的彼此突入，见出了有关都市现代性的几重不同层次的认知与想象之间的错动与缝隙。在影片中,小学校显然被想象为不同于其他具有威胁性的都市空间的一种现代空间:孩子在开阔校园中的嬉戏,在教室中的认真听讲,在恳亲会上的积极演出,无一不展现出现代教育制度的科学与先进,而学校内的课堂、校长室、会议室等空间也被布置得相当明亮雅洁。一方面,相比于社会制度、民间暴力、旧式伦理和小市民积习以合谋的方式毁灭掉女主人公,现代教育的确拯救了她的孩子;但另一方面,恳亲会家长席上的流言蜚语未尝不显示出一种市井空间对现代教育空间的突入,而现代教育与现代社会制度所分享的也未尝不是同一种都市现代性。事实上,现代教育对于孩子的拯救必须是以母亲的毁灭为前提的——现代教育可以拯救孩子,却不能拯救他不洁的母亲,孩子进入一个新秩序的代价,正是身为妓女的母亲作为一个旧世界的代表的覆灭。充任救赎者的善良校长义正词严地说道:"我们负教育责任的更应该把这母亲的孩子,从不良的环境里拯救出来。"这一启蒙话语并不为"不良的环境"的根源负责,而是潜在地将"作为妓女的母亲"与"不良的环境"之间划上了等号。由此我们可以看到现代都市空间之中的某种不够纯粹的、混杂的、缠绕的状态,以及彼时人们对于都市现代性的一种既迎且拒、多极分裂的想象与认知状况;而妓女则以一种比新女性或职业女性更为暧昧、无所依傍的身份被所有的都市空间排斥在外,除了以作为商品进入商品逻辑的方式进入都市以外,根本无法在都市中获得一个具有合法性的文化位置。因而她必须携带着她为旧式道德与新式制度所不容的不洁与罪恶被吞噬和消化掉,以换取一个关于现代教育的纯粹而无历史负担的"乌托邦"。但与此同时,妓女形象在左翼话语中因被侮辱、被损害而被同情、被拯救的属性,又直接指向了对于商品逻辑乃至资本逻辑的挞伐,这不仅对之前那个现代教育的"乌托邦"构成了某种反讽与拆解,还构成了对于都市现代性本身的质疑,又或者说它指向了另一种"现代性"。也正是在这个意义上,如果说《神女》确如罗岗所言显示出一种"整体性把握城市的眼光",那么则不仅在于它"已具备了从底层的角度把握都市感的能力"[1],而更在于它通过揭示现代都市空间内部彼此分裂又彼此杂糅的含混性,揭示了1930年代关于都市现代性想象的复杂样态。

事实上,早在1920年代的电影理念与实践中,有关都市现代性想象的内部裂隙已经有所显现。以救国新民的社会教化功能作为电影的内在意趣和精神旨归的郑正秋,在关注妇女问题时也多显示出对于现代都市文明的检视与批判。对于1925年出品的同为妓女题材的电影《上海一妇人》,郑正秋关注的重点即在于以下"四端":"(一)人格堕落,大抵由于吃饭难。(二)骄奢淫逸之上海,每能变更人之生活,破坏人之佳偶。(三)多妻制不打破,妇女终必见侮于男性。(四)欲废娼而不徒托空言,极应为妇女开辟生路。"并明确表示:"娼岂生而为娼者,社会造成之也"[2]。电影的说明性字幕里亦提到:"黄二媛,贵全之新人也。本小家女,为上海之恶浊环境所熏陶,乃日渐堕落而不自觉。"[3]在这里,女性的堕落与毁灭显然被归因于现代都市的罪恶。然而颇为有趣的是,郑正秋在影片内部所提供的想象性解决又往往是另一个关于现代的想象。《上海一妇人》中获救的雏妓最终进入职业

---

[1] 罗岗:《左翼思潮与上海电影文化——以〈神女〉为例》,《江西社会科学》2008年第6期。
[2] 郑正秋:《编剧者言》,中国电影资料馆编:《中国无声电影》,中国电影出版社1996年版,第294页。
[3] 周晓明,周易:《上海一妇人》,《现代中国电影文学大系 第一卷(1913—1926)》,华中师范大学出版社2019年版,第259页。

学校学习,而在郑正秋1930年的影片《倡门贤母》中,同样被学校赶出的女儿最终得以在一所现代工厂中跻身,而母女之间得以最终和解的重要契机亦来自于现代报刊传媒。由此可见,郑正秋对于解决方案的设想仍然依托于现代教育、传媒以及现代社会制度。郑正秋关于"现代"的观念与其对现代都市的认识之间呈现出一种既有交叉又有分裂的状态,他所认同的现代性更倾向于一种抽象的、理念化甚至理想化的存在,在他的电影中,现代都市作为现实中的社会形态因无法真正承载这种理想的现代性而遭到批判,而乡村虽然被表现为一个世外桃源却在这一问题上缺位,逃往乡村显然无法构成一种真正的出路与解决。

三、现代女性的文化位置

正是在这种分裂错动的现代想象之中,女性何以进入现代都市便成为一个问题。从《梦珂》到《神女》向我们揭示出的一个至为重要的面向也正在于此:女性只能作为商品进入现代都市的逻辑而无法从中获得一个独立的文化位置。《上海一妇人》在这一问题上则表现为一种电影与现实互为镜像的悖论性关系。影片讲述的是一个农村姑娘因被骗卖到上海妓院而被拆散了姻缘,成为名妓后又一心帮助从前的未婚夫成家立业,最后还从火坑边缘拯救了一个与自己同命运的女孩子,以其私蓄为之赎身,并提供学费送她进职业学校读书的故事。俨然是一个"赵盼儿救风尘"的现代都市版本,女主人公的形象亦带有某种浓厚的"女侠"色彩。然而值得注意的是,被主人公所救的妓女最终诚然将以踏上职业女性的道路获得新生,这无疑是关于现代女性的一种至为重要的想象；但主人公自身的结局却语焉不详，其命运与神怪武侠片中的女侠一样皆处于一种被放逐的状态。然而更饶有意味的是，名妓的扮演者、女明星宣景琳的现实命运与影片叙事之间呈现出一种既呼应又悖反的缠绕关系。宣景琳1925年进入明星公司，首次参与电影拍摄。在1926年丁玲经洪深推荐，怀抱着一个"明星梦"抵沪时，宣景琳已经在洪深导演的电影《早生贵子》中出任主角了。在某种意义上，现实中的宣景琳既是最终没有从影的丁玲命运岔路口上的一种擦肩而过的可能，又极像是丁玲笔下的又一个"梦珂"或"林琅"。

宣景琳原是教会慈善学校的女学生，因不愿忍受学校中有钱同学的歧视而离校，后又因家庭变故沦为娼妓，偶然从影获得导演的赏识，却因为救助一个雏妓而被妓院发现并强抢其积蓄，直到明星公司为其赎身才正式成为一名职业电影演员。[1] 与《上海一妇人》中宣景琳所饰演的那位有情义又有能力的名妓不同，现实中的宣景琳既不能拯救别人也不能拯救自己，就连"宣景琳"的名字都是郑正秋为她重新取的。电影中的女主角拯救妓女谋得新生，而现实中的电影公司则拯救女演员并为之命名。虽然影片中女主人公的自我拯救仍然呈现缺位，但现实中女演员的命运却对这一缺位进行了某种填补——郑正秋关于电影的社会教化功能在戏里戏外都得到了双重的实现。然而，经济独立与正当职业作为女性进入现代都市的可能多少还停留在一种理念化的状态中，《神女》中的母亲谋求正当职业而不得的现实即揭破了这一想象的理想性。一方面，《天明》(1933)、《船家女》(1935)、《新女

---

[1] 关于宣景琳的生平经历可参见宣景琳:《我的银幕生活》，中国电影资料馆编:《中国无声电影》；闫凯蕾:《明星和他的时代：民国电影史新探》，北京大学出版社2010年版。

性》(1935)等影片以从事正当职业的女性沦为妓女的命运转变质疑了作为"职业女性"的可能,叙事的主体往往是"一批批新的女子从贫困的农村和破产的工厂源源不断地涌入,都市卖淫的现实基本上没有改变"[1];而另一方面,即便都市能够为女性提供一种独立持久的职业可能,也并没有为她们提供相应的文化位置,因而职业女性始终是被放逐的。

宣景琳的婚姻在这一问题上颇有代表性:电影演员的职业和电影公司的介入虽使其终于得以建立一个以爱情为基础的现代核心家庭,但以其夫家为代表的父权对她的排斥却始终存在,而一个独立的新女性对于夫权的威胁亦迫使丈夫不断劝说其放弃演艺事业,这都造成了宣景琳婚姻生活的种种困扰和最终失败,其此后飘零一生的命运都显示出作为电影明星的现代职业并不能在一个家庭伦理的文化逻辑内部许给她一个未来。与之形成照应的,是联华公司出品于1930年的影片《野草闲花》中女主人公歌剧明星丽莲的命运:新女性在事业上的成功虽然"赋予了她与父权周旋的能力"[2],但是作为获得一段美满婚姻和一个幸福家庭的代价恰恰是失去她的事业,而新女性在事业上所得到的追捧似乎也还是依赖于欲望化的凝视机制,电影中的男性群像更多地是将其作为一个欲望对象而并非真正认同女性自身的独立价值。在这一点上,以林琅、丽莲或宣景琳为代表的新女性其实并无异于《神女》中出卖身体的阮嫂。从丽莲身上我们看到,想要不被放逐

---

[1] 张英进:《娼妓文化与都市想象:20世纪30年代中国电影中公共领域与私人领域的协商》,张英进主编:《民国时期的上海电影与城市文化》,第186—187页。
[2] 张英进:《娼妓文化、都市想象与中国电影》,《电影的世纪末怀旧——好莱坞·老上海·新台北》,湖南美术出版社2006年版,第108页。

进而在一个传统家庭的归宿中得到某种稳定的文化安置,就必须放弃掉其职业女性的身份——在这里我们或许看到了以宣景琳的命运为寓言的女性在其职业道路上的又一个岔路口之所在。无论是"被命为空前绝后"却"始终隐忍着"的林琅,还是现实中宣景琳的职业生涯与婚姻悲剧,都同《上海一妇人》与《神女》中的妓女最终飘零无依或被囚禁毁灭的命运一样,无一不揭示出:欲进入都市现代性的女性始终都处在某种被放逐的文化位置之上。

丁玲在小说《日》之后,并未放弃对这一问题的思考,但思考的结果却并不乐观。左转后的丁玲在被她称为"加入左联后向读者的献礼"[1]的两部《一九三〇年春上海》中,先是显露出某种新的探索,又似乎马上宣告了这一探索的失败。在《梦珂》中,那个承载着大都会消费主义文化与欲望凝视机制全部秘密的都市空间——电影院,在这两部同题小说中,变成了曾同为小资产阶级知识分子的新青年们思想分道的试验场与岔路口。两部小说中的两对情人都是在电影院里发生了思想上的分歧:子彬希望以消费和娱乐消除进步友人带来的不快与冲击,而美琳却受到这种新思想的吸引而看不进去电影;玛丽进电影院纯粹是为了感官上的享受,而望微却已不能从中获得任何情趣与意义。电影与电影院作为都会消费文化的重要表征与公共空间,折射出的恰恰是都会之中的新青年、新女性在 1920 到 1930 年代更替之际发生的思想分化状况。在写于 1930 年 6 月的《一九三〇年春上海(之一)》中,曾出入于卡尔登、大光明的摩登女郎美琳,最终迈进了一些全新的都市空间中去:出入工厂,走上街头,"到人群中去,了解社会,为

---

[1] 陈明:《丁玲论创作》,上海文艺出版社 1985 年版,第 44 页。

社会劳动"[1]。但在写于同年10月的《一九三〇年春上海(之二)》中,这一"落后男性"与"进步女性"的组合则发生了反转,此前为摩登女郎打开的新空间再次关上了大门——新女性最终还是以玛丽为代表的个人主义者与享乐主义者形象,被丁玲留在了电影院里与百货公司的门口,而那个进步的、革命的、有能力进阶于新的思想境界与社会空间的角色,仍然主要由男性来承担。如果说此时的丁玲对于上海的书写,已经开始企图获得一种茅盾式的、"使一九三〇年动荡的中国得一全面的表现"[2]的野心与能力,那么可能正是以放弃追问"摩登女性在都市中的文化位置"这一无解的命题为代价的。对于丁玲自身而言,这一文本内部的放逐,却恰恰昭示着她即将在现实中展开的新实践。

---

[1] 丁玲:《一九三〇年春上海(之一)》,《丁玲全集》第3卷,第290页。
[2] 茅盾:《我走过的道路(中)》,人民文学出版社1984年版,第109页。

上海的声景:现代作家的都市听觉实践

20世纪上半叶的中国,很多文学创作者都有过寓居上海的经历。在上海的亭子间、弄堂房子、石库门房子或公寓房间里,上海的都市声音曾以种种不同的形式在这些作家的都市想象和文学表达中留有痕迹,并在不同作家的聆听与捕捉之中构建出独特的声音景观。那些众声喧哗的弄堂,叫卖声声的大街,跳舞厅和无线电里的音乐,在作家的听觉体验中呈现出一个更加鲜活生动也更为含混驳杂的上海。与此同时,城市空间与城市声音的聆听者之间也生成了一种相互形塑、相互建构的关系。从"听见什么"到"听出什么"再到"如何听",既构成了文学者聆听、理解与想象现代都市的不同层次,也蕴含了某种具有批判性的听觉实践的可能。

一、"市声":听觉体验与城市声景

无论是如波德莱尔的游荡者一般在拱廊街上闲逛,还是像霍夫曼的表弟一样在街角窗户后面审视人群,视觉似乎都是作家把握都市时头等重要的感官方式。林荫大道,拱廊街,人群,擦肩而过的妇女,眼睛的家族……那些只能发生在城市里的邂逅与瞬间似乎一旦被人们的视觉感官所捕捉便无一例外地泄露着都市的秘密。在都市体验的感官等级系统之中,视觉仿佛一直占据着首要的位置。张爱玲就曾颇有兴致地提起一位朋友的母亲"闲下来的时候常常戴上了眼镜,立在窗前看街。英文大美晚报从前有一栏叫做《生命的橱窗》,零零碎碎的见闻,很有趣,很能代表都市的空气的,像这位老太太就可以每天写上一段"[1]。就连张爱玲自己也喜欢在高楼上据守着一方于这城市可进可退,可介入而又可疏离的阳台,眺望着下面敝旧而苍淡的上海。正如齐美尔所言,相对于其他感官,只有视觉具有占据和拥有的绝对权力。[2] 约翰·厄里亦指出:"视觉使人们不仅拥有他人,还拥有不同环境。它使我们可以远距离地控制世界,将分离与掌握结合起来。通过寻求距离得到从熙熙攘攘的日常城市生活中抽象出来的合适的'视野'。"[3] 看什么,如何看,在哪里看,使视觉具备了某种选择性和

---

[1] 张爱玲:《气短情长及其他》,《流言》,北京十月文艺出版社 2006 年版,第 222 页。
[2] 齐美尔:《社会是如何可能的:齐美尔社会学文选》,林荣远编译,广西师范大学出版社 2002 年版,第 329 页。
[3] 约翰·厄里:《城市生活与感官》,汪民安等编,《城市文化读本》,北京大学出版社 2008 年版,第 157 页。

控制感,"看"对于城市景观拥有一种选择性接受的特权甚至"所有权"。

然而听觉则不同。依齐美尔所言,"耳朵是个非常利己主义的器官,它只索取,但不给予;……它为这种利己主义付出代价:它不能像眼睛那样避开或者合眼,而是因为它只索取,所以凡是来到它附近的东西,它注定要统统都得接受"[1]。与嗅觉一样,听觉不能被打开或关闭,因而声音也便和气味一样因其无形的存在和四处弥漫的状态而难以被自由地选择或绝对地管制。与具有选择与控制特权的视觉相比,听觉与都市环境之间的关系变得更为直接和具体,都市的声音作为一种破碎的、易于捕获但又因其转瞬即逝而无法被长久占有的体验形式,则为感官主体与都市之间提供了一种缺乏规划与预谋的相遇。听觉感官的直接性与具体性取消了"凝视"在采集城市景观的过程中所生成的一种感官对于刺激的宰制关系:一方面,"听是超个体主义的"[2],声音弥散式的传播打通了不同空间之间的区隔,在某种程度上取消了感官主体进行主观选择的可能,同时也为感官环境内种种隐秘的信息提供了流通的媒介;另一方面,听觉又"传授着单一个人的丰富多彩的种种不同的情绪,传授着思想和冲动的长河和瞬间的极度高涨,传授着主观生活和客观生活的整个对立性"[3],"包含着难以计数的听众身体做出有形反应的可能性"[4]。也正是由此,听觉得以将内含着观测距离的景观社会还原为一个亲近的可触性城市,因而与视觉

---

[1] 齐美尔:《社会是如何可能的:齐美尔社会学文选》,第 328—329 页。
[2] 同上,第 329 页。
[3] 同上,第 331 页。
[4] 同上,第 330 页。

体验相比,都市的声音也许更能激发感官主体对城市的直接感觉和真实体验。

或许正是在这个意义上,那个热衷于阳台俯瞰的张爱玲同样喜欢守在房间里听"市声",她在《公寓生活记趣》那个著名的段落中说:"我喜欢听市声。比我较有诗意的人在枕上听松涛,听海啸,我是非得听见电车响才睡得着觉的。在香港山上,只有在冬季里,北风彻夜吹着常青树,还有一点电车的韵味。长年住在闹市里的人大约非得出了城之后才知道他离不了一些什么。城里人的思想,背景是条纹布的幔子,淡淡的白条子便是行驶着的电车——平行的,匀净的,声响的河流,汩汩流入下意识里去。"[1]——单把这样单调安稳的声响从一个鼎沸的上海里拣选出来放在枕边当眠歌,连思想的背景也呈现为电车声的轨迹,可见现代都市人的心理形式甚至也是由现代都市的声音参与塑形的。更饶有意味的是,相比于松涛、海啸这种书写"幽人应未眠"时的传统意象,张爱玲则在电车声中开掘出一种属于现代都市的诗意形式。在《红玫瑰与白玫瑰》中,王娇蕊在公寓里等佟振保回来,听着电梯的声响:

> 每天我坐在这里等你回来,听着电梯工东工东慢慢开上来,开过我们这层楼,一直开上去了,我就像把一颗心提了上去,放不下来。有时候,还没开到这层楼就停住了,我又像是半中间断了气。[2]

---

[1] 张爱玲:《公寓生活记趣》,《流言》,第21页。
[2] 张爱玲:《红玫瑰与白玫瑰》,《倾城之恋》,北京十月文艺出版社2006年版,第62页。

在这里,电梯的声音几乎是对其引发的心理体验直接予以赋形,声音成为了判断自我与他人、与外部空间的关联并结成自我想象的一种方式。这与古代思妇听着达达的马蹄错把过客当作归人的心理体验之间虽存在着某种同构,但在电梯声取代马蹄声的同时,人的情感形式也被赋予了机械的形式与节奏。正是电梯上上下下机械运动的声响为这一古老的情境增添了更为细腻复杂的现代诗意体验。

在这些时刻,声音为感官主体接触现代都市提供了更为亲近的契机。比之于街道或广场,居住空间相对更为固定和封闭,因而与大街上的漫游者相比,处于居住空间之内的感官主体则更少受到视觉优越性与支配性的制约,声音反而成为了诱发视觉感官的先在体验。我们不止一次看到这样的场景:深夜写作的鲁迅"忽然听得路上有人低声的在叫谁",不由地起身"推开楼窗去看去了"[1],不料却撞见女仆与姘头的幽会;张爱玲听见"外面有人响亮地吹起口哨",也"突然站起身来,充满喜悦与同情,奔到窗口去"[2]。居住空间在一定程度上取消了将视觉放在头等位置上的感官等级关系,使听觉和嗅觉更为自觉和自治,成为一种更加鲜明、直接的感官形式。因而对于居室之内的都市人而言,声音便理所当然地成为其把握都市体验的直观媒介。而另一方面,现代都市也改变了人们能够听到的声音内容,甚至是人们聆听的方式。电车声、电梯声、电话声、留声机、无线电……现代技术不仅生产出新的声音,也为声音的传播与感知提供了新的形式与空间。正是在这个意义上,艾米丽·汤普森在其听觉文化研究中提出了"声

---

[1] 鲁迅:《阿金》,《鲁迅全集》第 6 卷,第 206 页。
[2] 张爱玲:《夜营的喇叭》,《流言》,第 27 页。

景"(soundscape)的概念。她将"声景"定义为一种听觉的景观(acoustical or aural landscape),它既是物质环境又是感知这一环境的方式,不仅包括声音本身,同时还包括在听者感知声音的环境中由声音所创造或毁灭的物质对象。因而声景既包含了有关聆听的科学与美学方式,也包含了聆听者与环境的关系及其社会境遇。在更广义的范畴上,所谓"现代性的声景",正是在声音与都市空间的相互生产之中产生的。[1]

在现代作家的都市书写中,城市声景的构建既是物质性的,也是想象性的。相比于直接的声音对象或声音技术,文学文本提供的是现代文学者关于都市声音的体验、感受、想象或记忆。因此,文学想象中的"声音景观"其实是对作为建筑学或生态学范畴的"声景"概念的某种借用和引申——它既在不同的聆听者和记录者那里呈现出多元化的样态,又是一个总体性的概念;它既是城市声音与空间对于聆听者的自我意识的形塑,又是聆听者对于生产声音的城市空间的阐释性重构;它既是私人的,也是公共的,既带有情感性与想象性,又可能触发理性的思辨或批判性的实践。

二、"大上海的呼声":现代性经验的声音形式

自20世纪20年代起,很多出身内地的文学青年都曾在上海有过或长或短的居住经验。许杰、王以仁、丁玲、叶灵凤、周全平、白薇、周

---

[1] Emily Thompson, *The soundscape of modernity: architectural acoustics and the culture of listening in America, 1900 – 1933*, Cambridge, Massachusetts: MIT Press, 2002, p.1 – 4.

立波、谢冰莹、艾芜、徐懋庸、萧军、萧红等众多作家都由于其外来者的边缘地位和经济状况的困窘先后屈居于上海的亭子间,而周围弄堂的嘈杂声响也为很多作家津津乐道。胡也频就曾在小说《往何处去》中写到一个潦倒的青年所饱受的烦扰:

> 亭子间的底下是厨房。一到了早上,中午和傍晚,而其实即在普通安静的下午也是常有的,锅声就杂乱的响着,又夹着许多怪腔的男女的谑笑,这种种声音都非常分明的奔到这亭子间里面来,而且还带来了臭熏熏的茶油在炸的气味。像坐牢一般的无异君,也正因为是孤伶伶的,真不能用一种耐心去习惯这些。所以,只要听见了那声音和嗅见了那气味,无异君就会陡然觉得沉沉地压在心上的,差不多是苦恼和厌恶混合的情绪。[1]

亭子间是在上海特有的民居建筑石库门房子内部临时搭建起来的居住空间,上有供人洗晒、休闲的晒台,下有炒菜做饭的灶披间,北向临街,冬冷夏热,"周年照不到阳光和受不到东南风"[2],空间逼仄阴暗,毫无隔音可言,多用来堆放杂物或居住佣人,因其简陋、低廉而成为外来文学青年租住的首选。在这里,吵闹嘈杂的声音与恶臭污浊的气味所构成的完全是一个摩登都市之外的底层世界,而"无异君"的烦扰体验所呈现的也正是一个城市边缘人观照中的上海。这些初到大都市闯荡的知识青年多少还抱着些理想主义的幻梦,而弄堂里弥漫着卑俗

---

[1] 胡也频:《往何处去》,《胡也频代表作》,河南人民出版社1987年版,第28—29页。
[2] 斯英:《亭子间的生活》,《上海生活》第1卷第1期,1937年3月。

的小市民气息的喧嚣所带来的巨大冲击无疑将加剧其迷惘与孤独的现实体验。在这些声音中,清晨弄堂里伴着臭气倒马桶的声响向来是上海底层市民的"起床号":

> 到第二天早晨醒过来,那您就觉得到了另一个世界了。如跑马的奔驰声音,如庙里的木鱼声动,又如在日本东京清早的木屐响声,您听见弄堂里起不调和的合奏乐。永远是同样的乐器,接接连连地合奏着。那足足持续到一个钟头两个钟头的光景。不细细地去思索,真不晓得是一些什么器乐。您起来,您可以听见有一些山歌般地"咿唔喤哑"的调子喊叫起来了。这时,开始了弄堂中的交响乐,您就越发要觉得神秘了。如果您出去到被称作"老虎灶"的开水铺里去打白开水的话,那就可以,对于您适才听到的合奏乐,用您的联想,作一个答案!从后门口望去,家家都有一个或两个红油漆的马桶,在后门口陈列着。那种罗列成行的样子,又令人想起像是一种大阅兵式,方才的马桶合奏乐,又令人怀疑到是野战的演习了。卖青菜的挑子,在弄堂里巡游着。家家的主妇或女佣,在后门外,同卖菜者争讲着,调情的样子,吵闹着。到处水渍,腥气,那令您不得已要在嘴里含一枝香烟。也许您会因之就坠入沉思,想象着上海的马桶和汽车的文化来了。[1]

穆木天对这扰人的声响不乏戏谑式的调侃,其《弄堂》通篇也是以一种向旅人介绍上海弄堂的口吻所写,然而字里行间仍流露出一种"外来

---

[1] 穆木天:《弄堂》,《良友》第110期,1935年10月。

者"的不解、无奈与自嘲,俨然是对其亲身遭际的叙写。语气中虽带有一种猎奇式的谐趣,但亦不乏对混杂着"马桶和汽车的文化"这样一个新旧雅俗杂糅的上海略带排斥的微讽。在周乐山笔下,在"马桶合奏乐"之后接着上演的则是穷人们"种种生的挣扎的叫喊声":

> 当晨间被倒马桶的声音吵醒以后,再没有方法睡下去了;继续着有种种的声音在窗前叫喊着:"……申报……新闻报……民国日报……时报"。这种的叫喊,至少有四五次;接着有叫卖"……乳腐……乳腐……"的;有叫卖"甜酒酿……"的;有叫卖"菠菜……青菜……黄芽菜……"的……[1]

在《上海之春》中,周乐山用这些声音的碎片勾勒出了一副属于穷人们的"龌龊弄堂"的底层都市图景。而叶圣陶则从深夜的叫卖声中听出了在都市底层谋生的辛酸与苦楚以及穷人们劳碌而疲惫、人命如蚁又不堪重负的卑微形象:

> 这些叫卖声大都是沙哑的;在这样的境界里传送过来,颤颤地,寂寂地,更显出这境界的凄凉与空虚。从这些声音又可以想见发声者的形貌,枯瘦的身躯,耸起的鼻子与颧颊,失神的眼睛,全没有血色的皮肤;他们提着篮子或者挑着担子,举起一步似乎提起一块石头,背脊更显得像弓了。总之,听了这声音就会联想

---

[1] 周乐山:《上海之春》,马逢洋编:《上海:记忆与想象》,文汇出版社1996年版,第72页。

到《黑籍冤魂》里的登场人。[1]

事实上,在这些关于底层都市的经验和想象之外,与背负着恶名的气味一样[2],声音的分殊关联着的实则是现代城市空间格局的分化与生活秩序的社会区隔。因此,在杂乱喧闹的闸北弄堂"再不会瞅见其他任何的自然,大都市的激动的神经强烈的刺激,也更到不了您那里来"[3]。在眼光敏锐的鲁迅那里,声音恰恰是区分都市空间等级的某种标志:

> 天气热得要命,窗门都打开了,装着无线电播音机的人家,便都把音波放到街头,"与民同乐"。咿咿唉唉,唱呀唱呀。外国我不知道,中国的播音,竟是从早到夜,都有戏唱的,它一会儿尖,一会儿沙,只要你愿意,简直能够使你耳根没有一刻清净。同时开了风扇,吃着冰淇淋,不但和"水位大涨""旱象已成"之处毫不相干,就是和窗外流着油汗,整天在挣扎过活的人们的地方,也完全是两个世界。[4]

"咿咿唉唉的曼声高唱"和穷人们的"挣扎过活"所形成的鲜明对照将

---

[1] 郢(叶圣陶):《深夜的食品》,《文学》第137期,1924年9月。
[2] 齐美尔曾指出,嗅觉所引起的"主体的快意或不快"将发展为"对客体的认识",而"前者的发展会大大压倒后者",即引起主体对客体的厌恶而多过吸引,"犹太人和日耳曼人相互之间经常的令人不快的相互厌恶"也常常被人们归咎于此(齐美尔:《社会是如何可能的:齐美尔社会学文选》,第332页)。约翰·厄里也谈到,"气味的恶名一直是阶层形成的基础","现代社会明显贬低了嗅觉",并"明显地厌恶强烈的气味"(《城市文化读本》,第161—162页)。
[3] 穆木天:《弄堂》,《良友》第110期,1935年10月。
[4] 鲁迅:《知了世界》,《鲁迅全集》第5卷,第539页。

听觉体验中所内含的空间政治加以显影。而对于那些经济上颇为困窘又处于社会边缘的青年作家而言,那些隔绝于摩登都市和上层社会的嘈杂声响和烦扰体验无疑将加剧其窘迫、寂寞、艰辛而又百无聊赖的都市生存体验。更重要的是,"市声"如同一道屏障,以其标识着社会区隔的等级感和鲜明的地方性将这些外来者与边缘人挡在了现代都市秩序的另一边。

但即便是对于一些拥有较高社会地位和稳定收入而不用僦居于亭子间的作家而言,这些烦扰的声响也无法称得上一种愉快的体验。于1927年春从南京抵达上海的梁实秋时任《时事新报》副刊《青光》的编辑,月收入100元,租住在爱文义路众福里一幢月租25元的一楼一底房子中,然而其君子式的恬淡追求显然已在这嘈杂声里落为泡影:

"君子远庖厨",住一楼一底的人,简直没有方法可以上跻于君子之伦。厨房里杀鸡,我无论躲在那一个墙角,都可以听得见鸡叫(当然这是极不常有的事),厨房里烹鱼,我可以嗅到鱼腥,厨房里升火,我可以看见一朵一朵乌云似的柴烟在我眼前飞过。自家的庖厨既没法可以远,而隔着半垛墙的人家的庖厨,离我还是差不多的近。人家今天炒什么菜,我先嗅着油味,人家今天淘米,我先听见水声。

……亭子间上面又有所谓晒台者,名义上是做为晾晒衣服之用,但是实际上是人们乘凉的地方,打牌的地方,开演留声机的地方,还有另搭一间做堆杂物的地方。[1]

---

[1] 梁实秋:《住一楼一底房者的悲哀》,徐静波编:《梁实秋散文选集》,百花文艺出版社2009年版,第22—23页。

这些喧闹的声音甚至到深夜也无休止,叶圣陶就曾记述过弄堂市民玩骨牌的恶趣味给一位失眠的朋友带来的困扰:"来了!就在楼底下送来倒出一匣骨牌的声音,接着就是抹牌的声音,碰牌的声音,人的说笑,惊喜,埋怨,随口骂詈,种种的声音……楼下的人兴致不衰,一圈一圈打下去,直到炮车似的粪车动地震耳动地地推进里来了,他们方才歇手。……但是他们断乎料不到楼上的 H 也陪着他们一夜不曾阖眼。"[1]在黄震遐的笔下,由这五花八门的市声混杂起来的吵嚷的街市有时则甚至给人以惊惧的心理冲击:"小贩们的叫喊声,孩子们的哭声,穷人们的叹声,汽车,电车,黄包车的轮盘声,还有,未厘马啦地吹着,那些新开门的商店里的喇叭声,每天,林医生坐在高高的阁楼上,听着这些'大上海的呼声',他的心颤着"[2]。

市井之声虽嘈杂烦扰,但也不乏作家"苦中作乐"而从中听出些趣味或幻想。在穆木天那里便日日上演着由"馄饨担子,骗小孩子的卖玩具的小车,卖油炸豆腐的卖酒酿的,一切的叫卖,一切的喧声"构成的"弄堂交响乐"和"各种不同的滑稽小戏的表演":"东家的主妇,西家的女仆,在那里制造弄堂里的新闻,鼓吹弄堂的舆论。如果您能够懂他们的哝啊哝的话语的话,就可以听到好多好多的珍闻轶事。"[3]在这背后则是一个弄堂"他者"侧耳倾听却不甚了然的好奇心与盎然的兴致。同样来自外乡的苏青对于"楼上开着无线电,唱京戏,有人跟着哼;楼下孩子哭声,妇人詈骂声;而外面弄堂里,喊卖声,呼唤声,争吵声,皮鞋足声,铁轮车推过的声音"这些"各式各样,玻璃隔不住,窗帘

---

[1] 郢(叶圣陶):《骨牌声》,《文学》第 135 期,1924 年 8 月。
[2] 黄震遐:《大上海的毁灭》,大晚报馆 1932 年版,第 26 页。
[3] 穆木天:《弄堂》,《良友》第 110 期,1935 年 10 月。

遮不住的嘈杂声音"似乎也并无懊恼："但是那也没有什么,我只把它们当作田里的群蛙阁阁,帐外的蚊子嗡嗡,事不干己,决不烦躁。有时候高兴起来,还带着几分好奇心侧耳静听,听他们所哼的腔调如何,所骂的语句怎样,喊卖什么,呼唤哪个,争吵何事,皮鞋足声是否太重,铁轮车推进时有否碾伤地上的水门汀等等,一切都可以供给我幻想的资料"[1]。由此可见,从烦乱多样的市声里发掘声音的故事性,或从中采集地方文化的标本,的确构成了相当一部分作家想象都市、理解上海的文学进路。

那些始终难以在"大上海的呼声"中泰然处之的作家,则善于从都市声景中辨认、拣选出某些熟悉而亲切的声音形式。里弄中卖白果的声音就极易勾起叶圣陶妙趣横生的童年记忆：叫卖者"开了镔子的盖,用一爿蚌壳在镔子里拨动,同时不很协调地唱起来了：'新鲜热白果,要买就来数',发音很高,又含有急促的意味。可是影响却不小,左弄右弄里的小孩子陆续奔出来了；他们已经神往于镔子里的小颗粒,大人在后面喊着慢点儿跑的声音,于他们都成微茫的喃喃了"[2]。这样的声音继而引发的是作家对于故乡叫卖声的回忆,尤其是对一种听觉的移情机制以及声音作为纯粹的审美经验的发现：

> 这声音又使我回想到故乡的卖白果的。做这营生的当然不只是一个,但叫卖的声调却大致相似,悠扬而轻清,怡配为新凉的象征；比较这里上海的卖白果的叫卖声有味儿得多了。……

---

[1] 苏青：《自己的房间》,《苏青文集》,上海书店出版社1994年版,第274—275页。
[2] 郢(叶圣陶)：《卖白果》,《文学》第136期,1924年8月。

这真是粗俗通常的话；可是在静寂的夜的深巷中，这样不徐不疾，不刚劲也不太柔软地唱出来，简直可以教人息心静虑，沉入于耽美的境界。本来除开了文艺的方面，单从声音的方面讲，那一切工人所唱的山歌，一切小贩所呼的卖声，以及戏台上红面孔白面孔青衫子长胡子所唱的戏曲，中间均颇有足以移情的地方。我们不必辨认他们所唱的是些什么话，含着什么意思，只就那声调的抑扬徐疾送渡转折等等地方去吟味；也不必如考据家内行家这样地用心，推究某种俚歌源于什么，某样的腔调是从前某老板的新声，特别可贵，只取悦我们的耳的，就多听一会：这样，也可以获得不少的赏美的乐趣。[1]

饶有意味的是，与纯净安谧的乡土记忆相比，城市的叫卖在声调和环境上都似乎有所欠缺："这里上海的卖白果的叫卖声所以不及我们故乡的，声调的不好自然是主因，而里中欠静寂，没有给它一种衬托，也很重要。全里的零零碎碎的杂声，里外马路上的汽车声，工厂里的机器声，搅和在一起，静寂就逃避得没有一丝踪影了。就是有神妙的音乐家，在这境界中演奏他生平的绝艺，那绝艺也要打个折扣；何况卑不足道的卖白果的叫声呢。"[2]这里写出的不仅是记忆与现实的对照，更是一种乡村与城市声景的差别。叫卖声背景里的琐碎与嘈杂，市民生活的日常之声与现代工业的机械之声的交织，既构成了现代都市的整体声景，又使得卖白果这样勾连着前现代时空的声音记忆得以浮

---

[1] 郢(叶圣陶):《卖白果》,《文学》第136期,1924年8月。
[2] 同上。

现。因此,尽管上海的叫卖声打了折扣,叶圣陶仍然承认"它曾引起我片刻的幻想的快感,总是可以感谢而且值得称道的"[1]。由此可见,这样的听觉体验正像普鲁斯特笔下的玛德兰小点心一般,点燃了城市聆听者的非意愿记忆,也为在过剩的感官刺激中倍感烦扰的聆听者提供了某种追忆性的空间,以及一个相对安适的心理缓冲带。

对于这些寓居上海的作家而言,都市喧嚣纷乱的感官刺激除了制造噪音、干扰写作之外,大多没有带来多少诗意的体验。概而论之,这些作家虽然在社会地位与经济状况上有所差异,但在其寓居上海之前,基本上都来自于农村或曾生活在北京、青岛、哈尔滨、南京、武汉等内地城市,即便是来自江浙或广州,其都市化程度也远不及上海。而时已成为国际化大都会的上海人口高度密集,各色人等混杂的都市化面貌和浓重的商业氛围与小市民习气则无疑给予这些作家巨大的冲击。对他们而言,与上海的感官环境形成潜在对比的大概是平和雍容的帝都或开阔平静的乡村,都市空间混乱喧嚷的声音给予作家的是一种前所未有的震惊体验。作家们或将其纳入底层生活经验的书写,或将其作为国民性批判的入口,或是与乡土生活的宁静幻梦形成对照,甚或引以自嘲,皆是以其各自不同的方式建立起一种心理"挡板"式的防御机制。在半殖民地半封建的上海,现代性经验在微观层面上几乎是在一个"被迫"的生成过程中创造着新的日常生活、经验方式和文化认同,而都市的声音作为一种瞬间的、破碎的、易于捕捉又转瞬即逝的存在,既在日常生活经验的层面作为都会经验的补充,又在形式上与这个纷繁杂糅的、碎片化的、在短时间内都难以获得某种统一的历史

---

[1] 郢(叶圣陶):《卖白果》,《文学》第136期,1924年8月。

图景的现代都市本身形成同构。在这个意义上，对于都市听觉体验的书写或许正是对于一种"此时此地"状态的捕捉，或可视为一种为近现代上海"立此存照"的努力。

三、鲁迅：批判性的聆听姿态

文人对于"噪音"的嫌恶，大抵天然地内含着一种书斋世界与市民世界的对垒，但上海的"市声"则不尽如此。街头弄堂的嘈杂之声，既是上海匆忙步入现代性时的紧张感与不确定性的表征，对于现代知识人关于资产阶级优雅、私密、安静的居室世界的想象而言，又构成了某种拖泥带水、名不副实的打扰与反讽。不同于其他作家止步于描述和抱怨，或逃遁于乡土记忆的幻景，鲁迅对于上海的声音抱有一种现象学式的兴趣。自1927年抵沪，鲁迅先后租住在东横浜路景云里的石库门房子与北四川路的拉摩斯公寓，因嫌前两处弄堂太吵，最后迁入山阴路的大陆新村9号一处红砖红瓦的三层建筑。除却为之所苦[1]，鲁迅对于声音并主要是"噪音"的捕捉和研究，也使得"上海"在鲁迅的杂文中开始获得某种具体而微的日常形象。

鲁迅惊讶于闸北弄堂里叫卖零食的"那些口号也真漂亮，不知道

---

[1] 许广平在1962年的回忆文章《景云深处是吾家》中便写道："住在景云里二弄末尾二十三号时，隔邻大兴坊，北面直通宝山路，竟夜行人，有唱京戏的，有吵架的，声喧嘈闹，颇以为苦。加之隔邻住户，平时搓麻将的声音，每每于兴发时，把牌重重敲在红木桌面上。静夜深思，被这意外的惊堂木式的敲击声和高声狂笑所纷扰，辄使鲁迅掷笔长叹，无可奈何。尤其可厌的是夏天，这些高邻要乘凉，而牌兴又大发，于是径直把桌子搬到石库门内，迫使鲁迅竟夜听他们的拍拍之声，真是苦不堪言的了。"见许广平：《景云深处是吾家》，《许广平忆鲁迅》，第571—572页。

他是从《昭明文选》或《晚明小品》里找过词汇的呢,还是怎么的,实在使我似的初到上海的乡下人,一听到就有馋涎欲滴之概,'薏米杏仁'而又'莲心粥',这是新鲜到连先前的梦里也没有想到的",但也表示"对于靠笔墨为生的人们,却有一点害处,假使你还没有练到'心如古井',就可以被闹得整天整夜写不出什么东西来"[1]。他拒斥弄堂这个"苍蝇成群的在飞,孩子成队的在闹,有剧烈的捣乱,有发达的骂詈"的"乱烘烘的小世界"[2],并从中看出小市民习气的可憎:"嚷嚷呢,自然仍旧是嚷嚷的,只要上海市民存在一日,嚷嚷是大约决不会停止的"[3]。在这些听觉体验中,鲁迅最终指向的还是文化剖析与国民性批判的老话题:如精致的叫卖声与消费性的小品文之间形成的"生活伦理与文化伦理相衔接的链条"[4],由弄堂里的孩子顽劣的哭闹声所引发的儿童教育与社会改革的命题等等,但这些老问题在上海这个华洋杂处、新旧交糅的新环境中却以新的经验形式给予鲁迅更为复杂的冲击。在弄堂叫卖声的变迁里,他发现"独唱,对唱,大布置,苦肉计,在上海都已经赚不到大钱"[5],对声音一向敏感、拒绝"无声"誓破"恶声"的鲁迅又一次在声音里破译了这个以商业、市场、实利为核心的十里洋场人心浇薄的隐秘信息。

搬到虹口区大陆新村的新式里弄之后,弄堂里强悍、泼辣而又庸俗的娘姨阿金则成为了鲁迅的"大敌"。在写于1934年底的这篇被鲁

---

[1] 鲁迅:《弄堂生意古今谈》,《鲁迅全集》第6卷,第318页。
[2] 鲁迅:《上海的儿童》,《鲁迅全集》第4卷,第580页。
[3] 鲁迅:《弄堂生意古今谈》,《鲁迅全集》第6卷,第319页。
[4] 丁颖:《日常生活与弄堂叙事——鲁迅都市书写的新维度》,《名作欣赏》2010年第23期。
[5] 鲁迅:《弄堂生意古今谈》,《鲁迅全集》第6卷,第319页。

迅称作"毫无深意"的"随笔"《阿金》中,"阿金"形象最大的特点莫过于其"扰动":

> 她有许多女朋友,天一晚,就陆续到她窗下来,"阿金,阿金!"的大声的叫,这样的一直到半夜。她又好像颇有几个姘头;她曾在后门口宣布她的主张:弗轧姘头,到上海来做啥呢?……
>
> 不过这和我不相干。不幸的是她的主人家的后门,斜对着我的前门,所以"阿金,阿金!"的叫起来,我总受些影响,有时是文章做不下去了,有时竟会在稿子上写一个"金"字。……
>
> ……
>
> 但在阿金,却似乎毫不受什么影响,因为她仍然嘻嘻哈哈。……这时我很感激阿金的大度,但同时又讨厌了她的大声会议,嘻嘻哈哈了。自有阿金以来,四围的空气也变得扰动了,她就有这么大的力量。这种扰动,我的警告是毫无效验的,她们连看也不对我看一看。……
>
> 此后是照常的嚷嚷;而且扰动又廓张了开去,阿金和马路对面一家烟纸店里的老女人开始奋斗了,还有男人相帮。她的声音原是响亮的,这回就更加响亮,我觉得一定可以使二十间门面以外的人们听见。不一会,就聚集了一大批人。[1]

由此可见,阿金的形象并不在于其他,相貌也"平凡"得"很难记住"——"阿金"是一个活在声音形式里的形象。同往常一样,这种吵

---

[1] 鲁迅:《阿金》,《鲁迅全集》第6卷,第205—206页。

嚷引起了鲁迅极大的苦恼，但这声音的扰动中包含的某种指向混乱、恶俗、功利的"都市之熵"的巨大能量却已不再是简单地诉诸国民性便可解决或承当的。可以说，叫卖、哭闹、吵嚷、无线电的乐声以及阿金那具有神秘"伟力"的声音形象，构成了鲁迅笔下上海都市的"声景"世界：这些无序、杂陈、混乱的声音折射出上海复杂、层累又富于生气的文化地貌，其中既有现代性经验的破碎和断裂，也有文化旧质的阴险和顽固。在鲁迅这里，"上海虽烦扰，但也别有生气"[1]，使人"心也静下"[2]的听觉体验已从最直观的生活经验层面生成为一种都市文化经验的隐喻。正如张旭东所言，"鲁迅对上海日常生活的复杂性有着鞭辟入里的观察。这使他超然于北京与上海文人小圈子的敌对，也避开已经形成的叙述形式（如茅盾所尝试的那样）所描摹的上海图像。他的杂文是对日常世界的勾勒，而不是知识的概括"[3]。通过对这些声音形式的捕捉，鲁迅杂文中的上海显露出一种具有批判性的诗学形象。

与那些只是单纯记录下自己的私人聆听经验的写作者不同，鲁迅的意义在于对城市声音有意识的聆听、书写与剖析，这使得聆听变成了一种主动而独立的实践行为，是听觉主体重建声音对象与自我之关联的自反性努力。在鲁迅那里，我们可以发现一种批判性的聆听姿态：既指向声音对象与城市空间，同时也返身指向聆听者自身的听觉

---

[1] 鲁迅：《两地书》，《鲁迅全集》第11卷，第302页。
[2] 鲁迅：《280224 致台静农》，《鲁迅全集》第12卷，第104页。
[3] 张旭东：《上海的意象——城市偶像批判、非主流写作与现代神话的消解》，《批评的踪迹：文化理论与文化批评 1985—2022》，生活・读书・新知三联书店2003年版，第341页。

体验;不仅指向声音自身所表征的空间政治、文化等级以及各种价值体系与思想资源,同时还要反思自身的听觉习惯中隐含的权力秩序与想象性认知。在《阿金》一文的结尾鲁迅写道,他讨厌阿金的"扰动",根本上是因为"不消几日,她就动摇了我三十年来的信念和主张",从而见出了"阿金的伟力,和我的满不行";"我不想将我的文章的退步,归罪于阿金的嚷嚷,而且以上的一通议论,也很近于迁怒,但是,近几时我最讨厌阿金,仿佛她塞住了我的一条路,却是的确的"[1]。正如李国华所洞悉的那样:"这信念和主张是什么呢? 大约就是鲁迅对于奴役结构的认知。而被塞住的路呢? 大约就是通往新兴无产者的未来的路。"[2]如果说,鲁迅曾将对于"无声的中国"的打破寄望于某种"有声的中国"的建立,那么极具声音性的"阿金"却反过来构成了对于如何"有声"以及谁来"发声"的质疑和否定。鲁迅曾经设想过的那种"大胆地说话,勇敢地进行,忘掉了一切利害"的"真的声音"[3],与阿金这样"急不可待地宣告他的自身利益"[4]的"嚷嚷"之间,显然存在着深刻的隔阂。在这里,鲁迅表现出一种朝向自身的反讽与质询,他对于阿金及其所象征的弄堂世界乃至近现代上海的聆听,就不仅是一种将"市声"高度对象化的文明批评与社会批评,并且深刻地指向现代知识人面对真实的底层世界与极端功利化的都市现代性时所暴露出的孱弱、空洞与无所适从。在这个意义上,"聆听"成为了一种批判性

---

[1] 鲁迅:《阿金》,《鲁迅全集》第 6 卷,第 208—209 页。
[2] 李国华:《生产者的诗学——鲁迅杂文一解》,《中国现代文学研究丛刊》2015 年第 1 期。
[3] 鲁迅:《无声的中国》,《鲁迅全集》第 4 卷,第 15 页。
[4] 本雅明:《发达资本主义时代的抒情诗人》,张旭东、魏文生译,生活·读书·新知三联书店 2007 年版,第 59 页。

四、张爱玲：战时都市的听觉漫游

与那些寓居上海的作家相比，张爱玲拥有的是几乎从小便在上海长大的生活经历和中产阶级的经济条件与社会地位。她的城市生活经验更为熟络长久，但其实也更为单纯，并没有多少真正的弄堂生活经验，更从来与亭子间无缘。但即便是住在那"站在窗前换衣服也不妨事"的公寓中，这"最合理想的逃世的地方"[1]也逃不过都市声音的流动与弥漫。声音自由地打破着公寓内的空间区隔，泄露着每个房间里家常又可爱的秘密："清晨躺在床上，听见隔壁房里嗤嗤嗤拉窗帘的声音，后门口，不知哪一家的男佣人在同我们阿妈说话，只听见嗡嗡的高声，不知说些什么"[2]；楼上的新夫妇在下雨的夜里"訇訇响"地吵闹着，"也不知是蹬脚，还是被人推撞着跌到橱柜或是玻璃窗上"，"女人带着哭声唎唎啰啰讲话"[3]；夜深人静时"厨房里还有哗啦啦放水洗碗的声音"，不知是谁家千金"做寿的余波"[4]；屋顶花园上的孩子从早到晚地溜冰，"在我们头上咕滋咕滋锉过来又锉过去，像磁器的摩擦，又像睡熟的人在那里磨牙，听得我们一粒粒牙齿在牙仁里发酸如

---

[1] 张爱玲:《公寓生活记趣》，《流言》，第 25 页。
[2] 张爱玲:《我看苏青》，《流言》，第 250 页。
[3] 张爱玲:《桂花蒸 阿小悲秋》，《倾城之恋》，第 123 页。
[4] 张爱玲:《心经》，《流言》，第 374 页。

同青石榴的子,剔一剔便会掉下来"[1],异国绅士那颇具有戏剧效果的"干涉未果"带着几分暧昧可爱的幽默气氛。张爱玲用富有创造性的象声词、比喻和通感记录着这些从公寓内部传来的各种声响,而在一场"声音的狂欢"中,张爱玲则调动听觉与嗅觉完成了一次近于在街道上的漫游与巡览:

> 然而一年一度,日常生活的秘密总得公布一下。夏天家家户户都大敞着门,搬一把藤椅坐在风口里。这边的人在打电话,对过一家的仆欧一面熨衣裳,一面便将电话上的对白译成德文说给他的小主人听。楼底下有个俄国人在那里响亮地教日文。二楼的那位女太太和贝多芬有着不共戴天的仇恨,一捶十八敲,咬牙切齿打了他一上午;钢琴上倚着一辆脚踏车。不知道哪一家在煨牛肉汤,又有哪一家泡了焦三仙。[2]

这情景多少使人想起在《道路以目》和《中国的日夜》中,我们曾看到一个女性都市漫游者在人行道上的小风炉那"香而暖"的呛人烟雾中走过,肉店老板娘向一个乡下亲戚大声宣讲小姑的劣迹,邻店的无线电娓娓地唱着昆曲,封锁时发生了一场不甚传奇的追捕,买菜归来女佣篮里露出银白的粉丝,煮着南瓜的小饭铺里热腾腾的瓜气和"暖老温贫"的炉火,西洋茶食店里有烘焙糕点的焦香,橱窗里的木制模特旋身向里,"香又香来糯又糯"的炒白果的歌。伴随着行走的过程,大

---

[1] 张爱玲:《公寓生活记趣》,《流言》,第25页。
[2] 同上。

街调动了作家的视觉、听觉、嗅觉、温觉几乎全部的感官去捕捉和认知着这样一种市井空间体验。与之相类似的是，公寓中这些家常的声音和气味也将原本彼此区隔的空间打开，作家把从不同楼层听到的声音内容并置在一起，反而将声音和气味传达出的各个空间中的生活场景组合成了一幅公寓纵剖面式的视觉画面，又以场景的线性罗列虚拟出一个"行走"的过程或镜头的摇动，就如同打开了一条供人巡游"观览"的街道，营造出的也是这样一种嘈杂、琐屑、家常而热闹、丰富而杂陈的市井生活风致。但更富意味的是，这种听觉的"漫游"与"窥探"所打开并不是一个传统的、同质化的都市生活场景。张爱玲听到的每一个声音，都混杂着来自不同种族、不同语言乃至不同文化传统与生活方式之间的交集、转换与翻译。只需稍加辨认一下这些声音的质地、肤色与位置，一种突兀感便会从这种看似家常的市井气息中渐渐浮现出来，某种略带荒诞的喜剧感也随之产生。于是，德文翻译着上海话，俄国人讲着日本语，钢琴曲掺杂着中药香——大都会的匿名性、洋场租界的族群政治、异质文化的高度混杂，乃至新旧文化的交叠扭曲，都在"飞地"上海这一所独有的内在声景中透露出来。

　　然而与居住空间内部的声音相比，外部的那个摩登都会便多少显得有些疏离。在高层公寓里听都市的声音，即便是闹市，也总显得有些虚浮而飘忽。张爱玲记述自己"对于声色犬马最初的一个印象，是小时候有一次，在姑姑家里借宿，她晚上有宴会，出去了，剩我一个人在公寓里，对门的逸园跑狗场，红灯绿灯，数不尽的一点一点，黑夜里，狗的吠声似沸，听得人心里乱乱地。街上过去一辆汽车，雪亮的车灯照到楼窗里来，黑房里家具的影子满房跳舞，直飞到房顶上"；直到多年后一次空袭，在停电的黑房里，她还是会记起这"红绿灯的繁华，云里雾里的狗的狂吠"[1]。那个纸醉金迷的上海在张爱玲笔下似乎只剩下这一点点关于光影与声音的感觉,那被听觉记住的繁华也不过只有寂寞的撩乱和云雾里的虚无。在张爱玲的听觉里,新感觉派作家热衷于讲述的那个消费性的"魔都"上海即使不是被选择性的"过滤"掉了,也往往失去了它的热闹和鼎沸,反而呈现出一种旷野式的荒凉。

张爱玲不止一次"听"到这样的上海:清晨后阳台"下面浮起许多声音,各样的车,拍拍打地毯,学校噌噌摇铃,工匠捶着锯着,马达嗡嗡响,但都恍惚得很,似乎都不在上帝心上,只是耳旁风"[2],黄昏时"车灯,脚踏车的铃声,都收敛着,异常轻微,仿佛上海也是个紫禁城"[3],"远远近近有许多汽车喇叭仓皇地叫着"[4],入夜时分的城市"沉淀在底下,黑漆漆,亮闪闪,烟烘烘,闹嚷嚷的一片——那就是上海"[5]。它的确是繁华而喧嚣的,然而在张爱玲的听觉里,却总显示出几分张皇、渺远与空旷。处于半高空中的感官位置使听者与都市始终隔着这样一段空间距离,喧闹的车声市声被拉远、被搁置,在听觉中或浮上来或沉下去,都显得不那么踏实切近了。都市空间里那些混杂在一起的、本来就难以像视觉影像一样被具体分辨出来的声音,在类似于俯瞰一般的观察点上又更易显出恍惚旷远之感。在这种疏离的听觉体验之中,作家似乎更愿意将都市视为一个外在于自我的,遥远虚浮的背景,而不是那个贴身的、随时可以感知、可以把握、触手可及的生活

---

[1] 张爱玲:《我看苏青》,《流言》,第248—249页。
[2] 张爱玲:《桂花蒸 阿小悲秋》,《倾城之恋》,第103页。
[3] 同上,第121页。
[4] 张爱玲:《〈太太万岁〉题记》,《流言》,第268页。
[5] 张爱玲:《心经》,《倾城之恋》,第361页。

本身。从这样的声音里,她听到的是一种"不在上帝心上"的不真实与不确切,是远远近近的零落和"紫禁城"式的神秘与辽远,而喧嚣热闹的夜上海对于观察者而言,只是一个不断下沉的、被同质化的所在。在"那就是上海"的口吻中,观察者表现出的是一副遗世独立、置身其外的姿态。

但"市声"毕竟是听者与都市之间一种始终不可能被切断的联结,只是张爱玲更乐于从中辨识出一些日常贴身的细节或踏实亲切的意味。作家曾记述她在一个深夜听到的歌声:

> 有一天深夜,远处飘来跳舞厅的音乐,女人尖细的喉咙唱着:"蔷薇蔷薇处处开!"偌大的上海,没有几家人家点着灯,更显得夜的空旷。我房间里倒还没熄灯,一长排窗户,拉上了暗蓝的旧丝绒帘子,像文艺滥调里的"沉沉夜幕"。丝绒败了色的边缘被灯光喷上了灰扑扑的淡金色,帘子在大风里蓬飘。街上急急驶过一辆奇异的车,不知是不是捉强盗,"哗!哗!"锐叫,像轮船的汽笛,凄长地,"哗!哗……哗!哗!"大海就在窗外,海船上的别离,命运性的决裂,冷到人心里去。"哗!哗!"渐渐远了。在这样凶残的、大而破的夜晚,给它到处开起蔷薇花来,是不能想像的事,然而这女人还是细声细气很乐观地说是开着的。即使不过是绸绢的蔷薇,缀在帐顶、灯罩、帽沿、袖口、鞋尖,阳伞上,那幼小的圆满也有它的可爱可亲。[1]

---

[1] 张爱玲:《谈音乐》,《流言》,第186页。

作者用海难的比喻将警笛划破夜空的听觉体验构成一种阔大而恐怖的情景:偌大黑暗的都市的夜晚有着大海一般不可知的狂躁与凶险,警笛尖利而凶残的呼啸则成了这海上一出生死离别的戏剧;而听者却在"蔷薇蔷薇处处开"的歌声里找到了一种近乎不可信的亲近与依靠。上海在沦陷时空中给人的那种未知的、毁灭性的预感与在乱世里"急于攀住一点踏实的东西"[1]的渴求正在这两种极不协调的听觉体验所构成的心理张力之中得以恰切的呈现。

在现代作家中,像张爱玲这样听觉发达敏锐,而又极喜欢描写乃至分析声音的作家大概也很少见。她对于描绘声音有着丰富而罕见的能力。在文明批评的意义上,张爱玲听到的或许并不比鲁迅少。上文引述的那段夜半歌声,正来自于张爱玲1944年的一篇题为《谈音乐》的散文,从西方的交响乐到中国的锣鼓,从苏格兰民歌到弹词申曲,她听的不是技巧、旋律或主题,而恰恰是那些属于人的声音的质地与形式,是声音中的内在景观。《蔷薇处处开》是女明星龚秋霞1942年在其主演的同名影片中演唱的主题曲。这首歌由陈歌辛作词曲,在电影上映后很快传唱于上海的大街小巷,脍炙人口。周璇在一次访谈中被问及最喜欢的歌曲时,也称秋姐的《蔷薇处处开》"是很好的,我最喜欢听"[2]。与以周璇为代表的"黎派小调"[3]中那种细扁、拔尖的

---

[1] 张爱玲:《烬余录》,《流言》,第39页。
[2] 《歌唱影星座谈会》,《上海影坛》第1卷第4期,1944年1月。
[3] 梅文:《周璇歌唱会》,《上海影坛》第2卷第5期,1945年5月。该乐评认为周璇的嗓音固然"清越","但音调不高这是她最大的缺点;以致她不能唱高音的古典乐曲,而转向非正统的'黎派小调'这条路上发展,使她成为'黎派'的第一个红人"。其中"黎派小调"指的是黎锦晖20世纪30到40年代创作的一系列儿童歌舞曲和成人时代曲,其1927年创作的《毛毛雨》成为中国流行歌曲的滥觞。

音色不同,龚秋霞的嗓音则以"圆润甜美"[1]著称。张爱玲在《谈音乐》里不留情面地批评由黎锦晖作曲、严华与周璇对唱的《桃花江》,一方面固然是不喜欢国人"'小妹妹'狂"的恶俗趣味对于周璇式的嗓音的欲求与塑造,另一方面则是反感带有杂音、混音和信号干扰的无线电这样的现代声音技术对人的自然声音的挤压、变形与嘈杂化:"无线电扩音机里的《桃花江》听上去只是'价啊价,叽价价叽家啊价……'外国人常常骇异地问中国女人的声音怎么是这样的。"[2]在新感觉派小说的都市空间中,留声机与无线电里的流行歌几乎是永恒的背景,而张爱玲却尖锐地指出:"中国的流行歌到底还是没有底子,仿佛是决定了新时代应当有新的歌,硬给凑了出来的。"[3]鲁迅形容上海"高跟鞋的摩登女郎在马路边的电光灯下,阁阁的走得很起劲,但鼻尖也闪烁着一点油汗,在证明她是初学的时髦,假如长在明晃晃的照耀中,将使她碰着'没落'的命运"[4],读之有异曲同工之妙。这种吃力的"初学的时髦",以及"硬凑"出来的现代感,恰恰道破了上海的都市现代性不均衡、不稳定的本质,及其对于人的日常经验的干扰与异化。上海流行歌那单薄的、"尖而扁"的、"没有底子"的质感,正是城市自身的声音镜像。

与周璇、姚莉的流行歌相比,张爱玲更爱"蔷薇蔷薇处处开"这样平易温厚的"悦耳的调子",就如同与"犬声似沸"的声色犬马相比,那

---

[1] 参见《首席歌星龚秋霞》,《明星画报》1942 年第 1 期;《龚秋霞歌声甜润》,《华影周刊》1943 年第 8 期。
[2] 张爱玲:《谈音乐》,《流言》,第 186 页。
[3] 同上。
[4] 鲁迅:《夜颂》,《鲁迅全集》第 5 卷,第 203—204 页。

些世俗日常的市井之声反而更能引起她心理上的亲近,使她自己也"常常觉得不可解"[1]。在电车进场的嘈杂声中,张爱玲听到的是"一辆衔接一辆,像排了队的小孩,嘈杂,叫嚣,愉快地打着哑嗓子的铃:'克林,克赖,克赖,克赖!'吵闹之中又带着一点由疲乏而生的驯服,是快上床的孩子,等着母亲来刷洗他们"[2]这样"情感洋溢"的场面,背后则是作者被这声音逗引到阳台上去张望"电车回家",并被遗弃在街心的那一辆电车神秘的姿态所吸引的自我形象。夜营的喇叭声只有"几个简单的音阶,缓缓的上去又下来",张爱玲所珍惜的是"在这鼎沸的大城市里难得有这样的简单的心",然而声音的低回与断续却使人"于凄凉之外还感到恐惧",幸而"这时候,外面有人响亮地吹起口哨,信手拾起了喇叭的调子",使听者"突然站起身来,充满喜悦与同情,奔到窗口去,但也并不想知道那是谁,是公寓楼上或是楼下的住客,还是街上过路的"[3]——口哨声里有俏皮的生的欢畅与使人依赖的安稳。公寓外街道上小贩卖吃食的吆喝也是其兴致所在,"卖饼的歌喉嘹亮,'马'字拖得极长,下一个字拔高,末了'炉饼'二字清脆迸跳,然后突然噎住。是一个年轻健壮的声音,与卖臭豆腐干的苍老沙哑的喉咙遥遥相对,都是好嗓子。卖馄饨的就一声不出,只敲梆子"[4],而"无论如何,听见门口卖臭豆腐干的过来了,便抓起一只碗来,蹬蹬奔下六层楼梯,跟踪前往,在远远的一条街上访到了臭豆腐干担子的下落,买到了

---

[1] 张爱玲:《公寓生活记趣》,《流言》,第 21 页。
[2] 同上,第 21—22 页。
[3] 张爱玲:《夜营的喇叭》,《流言》,第 27 页。
[4] 张爱玲:《草炉饼》,《张爱玲散文全编》,浙江文艺出版社 1992 年版,第 477 页。

之后，再乘电梯上来，似乎总有点可笑"[1]。面对这样的声音，听者仿佛不再是那个置身其外不甚信任的观察者，而总是被吸引着迈出公寓，走上大街。从这样的叫卖声中，张爱玲听到的甚至不仅是家常的、琐碎的快乐和"此中有人，呼之欲出"的"人的成分"[2]，还有一种悠长的忧伤和旷远的诗意："街下有人慢悠悠叫卖食物，四个字一句，不知道卖点什么，只听得出极长极长的忧伤"[3]，"古代的夜里有更鼓，现在有卖馄饨的梆子，千年来无数人的梦的拍板：'托，托，托，托'——可爱又可哀的年月呵！"[4]高楼上的感官位置给单调的声音形式增添了一种空间中的回荡与距离上的飘忽，在这样的听觉体验中，流逝的时间丧失了矢量性，回溯性的时间总量被浓缩、凝滞在一种恒常而切近的节奏之中，听者从中获得的是一种有根底有来历，可信任可把握的完满的过去，是内在于自身的生命容量。相比之下，"一群酒醉的男女唱着外国歌，一路滑跌，嘻嘻哈哈走过去了；沉沉的夜的重压下，他们的歌是一种顶撞，轻薄，薄弱的，一下子就没有了。小贩的歌，却唱彻了一条街，一世界的烦忧都挑在他担子上"[5]。在沦陷时空"惘惘的威胁"的重压之下，那些"硬凑"出来的现代感不过是无意义的碎片，市井之声却以时间形式的绵延与恒久容纳着无限的空间，获得有如地老天荒、断瓦颓垣一般的时空容量。张爱玲说，"至少就我而言，这是那时代的'上海之音'，周璇、姚莉的流行歌只是邻家无线电的嘈音，背景

---

[1] 张爱玲：《公寓生活记趣》，《流言》，第 22 页。
[2] 张爱玲：《道路以目》，《流言》，第 55 页。
[3] 张爱玲：《桂花蒸 阿小悲秋》，《倾城之恋》，第 124 页。
[4] 张爱玲：《私语》，《流言》，第 141 页。
[5] 张爱玲：《桂花蒸 阿小悲秋》，《倾城之恋》，第 125 页。

音乐,不是主题歌"[1]。

在外部世界随时都可能崩毁的战争氛围之中,日常生活反而加深了个人对于都市现代性的感知——这便是沦陷时期的上海在张爱玲的听觉中展开的内在声景。张爱玲听到的每一个声音,都在她的笔下获得了一种具象化的、富于时空上的延展性以及丰沛的生命质感的情境。张爱玲对于都市大街的关照,除了她惯有的阳台俯瞰和《道路以目》《中国的日夜》中那少有的漫游姿态,大概正是一种在居住空间内以听觉捕捉声音的方式进行的听觉漫游(auditory walking)[2],即通过对于城市声音有意识的拣选、对比和情境化,重新建立起个体、城市和历史之间的有效关联。由这样的听觉实践营造的感官环境和想象性的情境,架空了摩登上海的繁华声色,放大了沦陷时期由种种或寂静或凄厉的声音形式触发的个体心理危机,却强化了市井之声的亲切感与烟火气里的尊严感,同时又为那些日常而又古老的声音赋予了一种辽阔旷远的空间形式。在这里,不同形式的都市听觉体验与听者的心理空间与时空意识中的不同区域相遇合,相撞击,将表现为各种声音形态的都市空间投射在听者的心理空间之上,以种种别致的声音隐喻绘就出张爱玲在上海沦陷时期复杂的心理地貌。

---

[1] 张爱玲:《草炉饼》,《张爱玲散文全编》,第 479—480 页。
[2] "听觉漫游"(auditory walking)这一概念是对于张安定的"声音漫步"(soundwalking)概念的借用和引申。"声音漫游"强调的是使聆听成为批判性工具,"重绘私人声响地图,重续声音——文化——族群——城市的藕断丝连",一方面"尊重和理解城市现有声响环境",另一方面致力于对"听觉上美学意识形态霸权的破除"。(张安定:《城市声响的政治学聆听》,颜峻、路易斯·格蕾编:《都市发声:城市·声音环境》,上海人民出版社 2007 年版,第 30 页)以"听觉"(auditory)置换这一概念中的"声音"(sound),主要是希望在声音的物理存之外,强调人作为听觉主体的感官接受与想象性参与。

结语

约翰·厄里曾引述罗德威"感官地理"的概念指出,"每种感官都在对人们进行空间定位、感受他们与空间的关系,以及鉴赏他们对特定微观和宏观环境的性质等方面起到一定作用"[1]。如前所述,在众多现代作家面貌各异的都市想象中,听觉确实承当着这样的重任。在日常生活经验的幽微细节里,听觉直接而真实地触摸着都市的纷繁与变动,丈量着个体与时代之间宏阔又切近的距离。在 20 世纪上半叶的上海,那些斑斓而驳杂的"市声"既昭示着这个"地狱上的天堂"里两极分化的社会区隔与空间政治,又呈现着现代性经验生成时的淋漓与破碎,甚至还承载着沦陷时空中的个体心理危机与历史重负。因此,在探讨现代作家的都市经验时引入"声景"(soundscape)的概念,不仅是为了打破视觉中心主义的宰制,更在于"声音"这一瞬息之物所凝结的听觉文化与都市现代性之间的天然联结。随着声音复制技术的发展以及复原工作的展开,越来越多近于湮没的声音制品得以重见天日,然而"市声"却因其低微、琐碎、日常而难以被收录和保存。因此,现代作家笔下关于"市声"的记述,便得以成为一份特殊的城市史料,将一个多元声景之中的上海保存下来。以鲁迅和张爱玲为代表,现代作家的都市听觉实践则以一种具有想象性和批判性的聆听方式展开,重构了现代主体与都市、战争之间的关联方式。在视景之外,听觉就

---

[1] 约翰·厄里:《城市生活与感官》,汪民安等编:《城市文化读本》,第 155 页。

像无数只隐秘而敏感的触角,抚摸着这个神秘莫测的城市,使我们得以在"市声"中辨认着想象的入口与自身的位置,即所谓"我们活在这样的地方,我们活在这样的时代"[1]。

---

[1] 鲁迅:《鲁迅全集》第6卷,第221页。

第四编

传统及其形变

形式与表意的悖谬:想象萧红与她的时代

1936年,萧红在东京给萧军的信中写下一种悖谬的身心感受:"自由和舒适,平静和安闲,经济一点也不压迫,这真是黄金时代,是在笼子里过的。从此我又想到了别的,什么事来到我这里就不对了,也不是时候了。对于自己的平安,显然是有些不惯,所以又爱这平安,又怕这平安。"[1]2014年,许鞍华导演的电影《黄金时代》上映,正是借用了这个充满张力的说法,试图勾勒一生都在漂泊与流亡中的女作家萧红和她的时代。从声势浩荡的前期宣传,到质地扎实的影片制作,《黄

---

[1] 萧红:《第二十九信 日本东京——上海》,萧军:《萧红书简辑存注释录》,哈尔滨:黑龙江人民出版社,1981年,第92页。

金时代》可谓是经历了一场美学与商业的双重冒险。所谓"文艺大片"的奇特组合,电影既选择了相对小众的"文艺片"设定,又选择了商业"大片"式的明星阵容与市场定位。然而与同时收获柏林双熊、海外口碑与过亿票房的《白日焰火》不同,《黄金时代》在形式上的异质性甚至无法兼容受众对于一般文艺片的主流想象。与票房上的滑铁卢相对,《黄金时代》引发的批评声音却很热闹。上至专家学者下至文艺青年,有人认可其制作的诚意与艺术上的"野心",有人则质疑这种创新与实验背后的"空洞"和"矫情"。这一评价的"两极化"现象,既是电影在形式上打开的接受分化与话题空间,也与其在多种叙事风格之间的游移与分裂有关。这种在形式和表意之间的裂隙,在根本上涉及的是电影如何想象历史与人的问题,这也将为我们提供某种美学批评乃至文化批评的入口。

一、时代图景的缺失:多视点叙事与整体性失焦

作为一部以萧红为主角、并以其命运为叙事线索的电影,《黄金时代》具有浓厚的"传记片"色彩。事实上,正是由于有 2013 年霍建起执导的电影《萧红》在先,许鞍华等人才不得不另觅片名。从"萧红"到"穿过爱情的漫长旅程"再到"黄金时代",片名的转换带来的同时是影片定位的转换:"黄金时代"的命名,显现出编创者在一定程度上洗白其"传记片"元素与"爱情故事片"类型的努力,但显然并不成功。大多数接受者还是会首先将其作为一部萧红的传记片来看待,而由此呼唤而出的批评倾向在于:对影片"图解"其传主方式的评价必然多于对影片本身的阐释。可能是出于对这一问题的自觉,《黄金时代》以一种非

常学究气的、"文献片"的方式,规避了电影《萧红》在史实层面上遭到的诟病,但其对史料的过度依赖却造成了影片叙事的巨大负担。

《黄金时代》中所使用的"间离"手法,是令其中的角色纷纷看向镜头,进行"预言式讲述",以不同人物的视点结构萧红的故事,形成了一种纪录片式的观影体验。关锦鹏在《阮玲玉》中也曾温和地使用过这一手法,但发生在演员张曼玉与角色阮玲玉之间的"间离",只是营造了双重幻觉,而非直接打破幻觉。相比之下,《黄金时代》的确要大胆得多,直接在历史时空中跳进跳出,作为讲述者的角色从影片开头那张遗像一样的萧红开始,就已经具有了某种"超现实"的色彩。

"故事片"的内在规定性在于隐藏起摄影机,以剪辑的方式达成一种"故事自己呈现"的拟真效果。一旦演员望向了观众,这种现实主义幻觉就会被打破,观众也就会意识到叙事行为的存在。《黄金时代》打破了这一形式规定性,将叙事变成了某种虚构的"口述史"。故事中的人物纷纷出场充当叙事者,以期构建出一种视点的多样性。例如在编剧李樯的构想中,梅志承担的是非常私人化的视角,而白朗则代表着一个小群体的视点。但这种多视点结构对于叙事者身份的选择和视点位置的赋予,无疑是有所倾斜和分化的。值得注意的是,除了萧红本人,所有能够对镜讲述的叙事人,都是处在萧红情感故事边缘的人物。而位于故事核心的人物,只能在不同程度上作为"被讲述的人"。或许实在是出于对鲁迅的敬畏之心与想象乏力,编创者没有让鲁迅对镜讲述。此外,在所有关于萧红的讲述中,只有萧军在影像的层面保持了叙事者与人物的区隔,设置了一个"老年萧军"的回忆者形象与"青年萧军"的现在时形象。而骆宾基也从未转向过镜头,其讲述都是以画外音的形式进行的。质言之,在所有"超现实性"的对镜讲述者之外，萧军和骆宾基保持了他们"现实性"的叙事人形象，而在这种"超现实"与"现实"的分野之中，已经暗含了一种"看与被看"的关系。比他们待遇更低的则是端木蕻良，作为一个彻彻底底的"被讲述者"，整部影片从来没有出现过端木的声音。即使是在那场"二萧分手"的"罗生门"中三位当事人的不同说法，也是通过一个带着"说书人"腔调的聂绀弩的转述呈现的，而并非由三位当事人自己讲述出来。

在这样的视点分配格局之下，影片也就无法生成编创者所许诺的某种"多声部"或"复调性"，正是由于这些处于事件核心的人物，被以各种不同的方式放置在了"被讲述者"的位置上，被或多或少剥夺了发声的权限。而作为旁观者的讲述者再多，也只是在相互补充的意义上，拼凑出萧红的故事，而不是在相互参照、对话甚至争议的意义上，打开历史想象的多义性空间。因而多视点并没有构建出萧红形象的复杂与厚度，为众人所注目的也只是一个特立独行、命运乖蹇的女人（及其情史）而已。讲述人自身的功能性又总是压过其作为人物的形象性，除了罗烽、白朗对"被捕"一段的讲述，大多数讲述人因无法用镜头语言带出自身的历史，而只能作为萧红"个人社交史"中的单元或节点。这样的"纪录片"也就只能停留在"个人史"的意义上，而洗脱了群体性时代的底色。

与多视点对叙事的切割相伴随的是细节的过剩。丰富的细节，诚然是喜欢捕捉人间烟火的许鞍华的拿手好戏，也吻合萧红本人的创作对细微体验的敏感。二萧在逃离东北之际卖掉的家什中那个掉落的脸盆，或战乱的废墟上嬉闹的孩童，这样的细节也诚然不乏动人之处。然而当这些细节亦步亦趋地跟在作家作品和回忆录的后面，无法填充的则是叙事性的空白。仅靠细节能否撑得起历史或表达对于时代的感受是十分可疑的。那个跌落的搪瓷盆及其之前的讯问、被捕与逃亡,或许是电影中最富于时代感的段落之一。但这些动作性的事件总是被讲述、对话或仓促的掠影所取代,作为个人感受的细节则被放大,似乎显示出导演无法用镜头语言完成叙事的无力感。对于细节的迷恋,只能更加凸显出叙事镜头的失败。

叙事结构的碎片化与叙事镜头的匮乏带来的必然是某种"整体性"图景的缺失。从片名的选择到形式的实验性,本都显现出创作者把握历史时代的野心。正如编剧李樯所说,"说它是写萧红,它又不是,它写了一个时代和一群人。萧红是一个穿针引线的人,但同时这些人组成萧红的历史,没有他们萧红也不叫作萧红。"[1]历史人物的还原、多视点的设置、生活细节的钩沉,也可视为影片为营造某种"时代感"或者"历史感"所做的努力。但在史料的铺排之外,真正需要建构与提供的是对于历史的理解。"史识"的匮乏,使史料的堆砌带来的并非开放性的意义空间,而是对意义的放逐。而叙事性的缺失无疑是要为历史感的缺失负责的。

叙事行为的自我暴露也就意味着一个凌驾于各位讲述者之上的叙事者的存在,但问题正在于,影片中的人物望向了谁的摄影机呢?《黄金时代》有纪录片的结构,却缺乏一个控制大局的叙事者——人物望向的是一个"无主"的镜头。需要指出的是,纪录片所追求的"真实"不仅是风格意义上的,它所遵循的前提是一种"我们能够通过摄影机记录真实"的历史观。但《黄金时代》借用了纪录片的外壳,却反过来

---

[1]《〈黄金时代〉:一锤定音是某种狭隘》,https://www.sohu.com/a/335539_100578,2022年2月1日访问。

拆解了这一前提，因而它营造的只是一种"伪纪录片"风格。但实际上这样的结构未必不能负担起更复杂的表意。多视点的讲述或许也更易于表现萧红作为"这一个"在她所处群体之中的特殊性与边缘感。可惜的是，电影只停留在史料的表层去复原一个复杂的社交网络，而没有下功夫去探究促使这群人"聚合"与"分化"背后更大的动因。因而群像的失焦不止是令作为主人公的萧红失焦，而是整体性的失焦——登场的人物再多，也无法提供一种整体性的历史图景。

二、萧红："生活者"与"写作者"的分裂与失衡

在叙事性的匮乏之外，《黄金时代》还表现出一种"行动"的匮乏。由于缺乏叙事上的推动力与戏剧性，又放弃了用镜头记录行动，萧红的人生就变成了片段与空间的拼贴，而每一段经历内部的时间性也被大大空间化了，呈现出一种苍白凝滞之感，人物则表现出某种强烈的被动性，而萧红与其时代之间的关联就这样被抽离掉了。

在《黄金时代》中，时代之于萧红更多只是作为一个纷乱的布景，而没有形成内在的推动力，个人与历史表现为某种两相分离的状态。例如在萧红与家庭的决裂、与文坛的疏离、在左翼作家群中的边缘化这些与时代摩擦力最大的地方，电影基本上只将其处理成了一系列个人选择或者个性问题。离家出走或劳燕分飞，仅被归结为父亲的冷漠性格或萧军的个性使然，而未能带出更深层的历史困境。例如萧红逃婚得来的恋爱自由为什么反过来又束缚乃至戕害了她？为什么夫妻关系对于萧军没有一点点法理、伦理乃至情感上的约束？影片并没有呈现出这些根植于历史情境中的悖谬性，而是用一种个人命运悲剧的

方式将其合理化了。而"生活者"萧红的形象，正是被一种类于"宿命"式的东西笼罩着，而遮没了其个人选择中的那些必然性和历史性的因素。

与"生活者"萧红相对的是"写作者"萧红的缺失。而如何用影像表现"写作"则是《黄金时代》面临的另一个大问题。影片在人物语言和讲述性语言上过度依赖作家的文字，例如让讲述人搬演出他们回忆录中的场景，用女演员的画外音复述萧红作品中的段落，或是让躺椅上的鲁迅背出他杂文中那些佶屈聱牙的句子。而随之产生的问题是书面语与口语的不调和，以及文学语言与镜头语言的错位。这当然表现出创作者历史想象力的匮乏与笨拙，更重要的是，作品本身不能代替对"写作"的表现。

电影所表现的"写作者"萧红，是仅限于性别结构之中的。电影中的确反复出现过萧红写作的镜头，但在这些镜头中除了萧红，总是有一个让人不省心的男性形象。哈尔滨时期的镜头总是以写作中的萧军占据画框的中心位置，萧红只能缩在他背后的床上，因为恐惧萧军对她的轻视才拿起纸笔，写下《弃儿》。而在文坛上声名鹊起之后，写作中的萧红终于占据了画框的中心位置时，却被突然闯入画框、翻找东西要去约会情人的萧军打断了写作。即使是独居日本时期的萧红所被表现的也不是其文学创作的场景，而是写给萧军的书信。与萧军分开之后，写作《回忆鲁迅先生》的萧红再一次处在画框中心时，背景则是跷着二郎腿优哉游哉的端木蕻良。

这些表现写作的镜头，诚然体现了萧红如何用"写作"与"第一性"对抗、争取女性位置的努力，在女性生活的意义上，"写作"也是作为其排遣情绪、保存自我意识的方式。但伴随画外音对萧红文学世界的选择性切割,这种置于性别结构中的"写作"镜头,失去的是对萧红作品中更广阔的历史对象的呈现。《生死场》中的乡村动物性的生存与死亡,生命的愚昧与坚韧,正是萧红对时代和历史的独特体认与关怀,这既是萧红见容于左翼文艺阵营之处,又包含了她区别于其他左翼作家在写作与道路选择上的特殊性。值得注意的是,萧红的写作对细节的捕捉只是一个切口,提供的是某种时代观感而非小情小绪。对于40年代迁徙途中的萧红而言,《马伯乐》的写作更是显现出一个自觉的写作者不断拓展其写作疆域的抱负。然而愈到影片后段,萧红这种在写作意识上的"打开",却被对悲剧命运的呈现不断拖拽到一个封闭的空间之中,只余下一个自我回看的怨艾姿态。在这个问题上,影片反映出来的正是一贯的对于一个"写作者"萧红的无法驾驭。又或者说,只有当萧红的人生与写作不存在界限时,她的写作才能够被表现,正如编剧李樯所理解的那样:"她的作品跟她真实的经历是重合的"[1]。而在这种"自叙传"式的前提下,作为"写作者"的萧红也就被抽空了与她所关切的历史图景之间更广阔的关联。

由此,"生活者"萧红所追寻的自由,就变成了一个远离时代命题和历史远景、纯粹个人主义或自由主义意义上的"自由",而不是"写作者"萧红所感知和把握到的那种为乡村、为东北、为整个民族所渴求的"自由"。失掉了一个为此而抗争的"写作者"萧红,"生活者"萧红也就只能处于一个不断被拖进命运悲剧的被动状态。在影片中,作为"生活者"的萧红除了不断伸手去抓住一根又一根的"救命稻草"之外,行

---

[1]《〈黄金时代〉编剧李樯:演员对镜头说话,打破了虚构的真实》,http://edu.1905.com/archives/view/1411/,2022年2月1日访问。

动力是非常匮乏的,也正是因此,作为"写作者"的萧红才尤为重要。"写作"才是萧红的行动,是她触摸历史、介入历史的主动方式,而不是仅在命运的意义上一味被动的承受者。有了"写作者"萧红,编剧李樯在民国作家身上隐约感受到的那种"压迫倒使每个人反弹""被动地追求自由"[1]所可能产生的张力感才可能实现。而缺乏对"写作者"萧红的表现,"生活者"萧红就变成了一个浮泛的表象,缺乏精神性的坚实内里,其命运的乖蹇也就丧失了普遍性与历史性。又或者说,影片缺乏的是一个能让"生活者"萧红在命运的泥潭和历史的洪流中"立住"的支撑,这个支撑既能在萧红的个人命运内部解释,是什么支持着她在如此踉跄的人生中仍能写出优秀的作品,也能够回答银幕外的观众,这个看起来"脑子不太好"又"有些神经质"的女人,为什么值得被书写与被表现。但遗憾的是,电影并没有为我们提供这种情理上的依据与价值上的支撑。

结语

即使除去票房的考量,在历史呈现和文化表述的意义上,《黄金时代》的形式实验恐怕也是失败的。这一失败的背后是对于个人史与时代之间有机关系的盲视所导致的一个有机的叙事整体的阙如。因而影片对于形式感的过分追求就只能造成表意上的混乱或对意义的放逐。这种在形式感与意义上的不对等,既是两极化评价的根源,又是

---

[1]《〈黄金时代〉李樯专访:创作源于萧红是一个浓缩一生精华的人》,https://www.dianyingjie.com/2014/0923/924.shtml,2022年2月1日访问。

电影自身未完成性的体现。毕竟对于形式感的追求既不能作为某种"风格化"的托词,也不能代替表意本身。在电影宣传掀起的新一轮"民国热"中,《黄金时代》的实际影片既表现出将流行的"民国想象"复杂化的努力,却又不免陷入一种精神性的共谋。除去消费性的怀旧、犬儒式的考古兴趣、理想主义的启蒙神话或某种去政治性的民国形象,电影似乎也并未提供对于历史的新理解。在这一问题上,《黄金时代》或许有反省当下这一"讲故事的年代"的自觉,却缺乏通过"讲故事"来真正实现这一自反性思考的能力。作为一种时代症候,解构的姿态本身就代表了对历史的拒绝。因而归根结底,在这一形式与表意的悖谬背后,还是"历史化"与"去历史化"之间的悖谬。

英雄的位置:"革命中国"的想象与重写

2014年底,徐克执导的3D版电影《智取威虎山》引发了话题性的反响。徐克式的武侠元素、好莱坞式的场面制作与痛快淋漓的观影体验,杂糅在对一个经典文本的再创造之中,显示出某种新的文化症候。从1960年八一电影制片厂拍摄的黑白电影《林海雪原》,到1970年的彩色革命样板戏电影《智取威虎山》,再到1999年的纪实电影《杨子荣》,这一题材拥有着过于丰富的形式与政治的"前史"。经过了20世纪50至70年代的社会主义文化"实验"与80年代以来的文化意识形态变迁,徐克的重新传奇化与有意怀旧化的处理,都是在文本与历史的多重互文中展开的。因而这一英雄叙事中的风格资源、逻辑悖谬以及对某种政治修辞学的转换方式,也就不仅是当下时代想象"革命中国"的方法,更是历史语境与文化逻辑在时间纵轴上的断裂与绵延。

一、其来有自的"孤胆英雄"

对于"智取威虎山"的故事题材而言,徐克多年来拍摄武侠片与商业片的成功经验,当然不难使其巧妙地发扬原作经典中"间谍片"与"动作片"的元素,并以好莱坞式的场面制作带来一场劲爆爽快的视觉盛宴。对于3D版《智取威虎山》之"商业化"与"好莱坞化"的批评者众,然而如果将其放置在上述同题材电影的序列之中稍加对比便可看出,深为批评者所诟病的"孤胆英雄"形象本就其来有自,而非一句所谓的"好莱坞化"便可为之负责。

事实上,比之于曲波的小说原著,1960年的电影《林海雪原》便已经完成了中心人物的转移,取消了"儒将"少剑波在小说中的中心地位,又将杨子荣的形象从小说"五虎上将"式的战士群像中提炼出来,正式推上了"英雄人物"甚至是"主要英雄人物"的位置与高度。故事情节的核心也表现为杨子荣的个人行动,小分队的集体形象不仅显得被动无力,其放走道士与小炉匠的失误还直接造成了杨子荣的困境,可见电影对"英雄"胆识与谋略的强化,恰恰是建立在对"集体"能力的质疑与削弱之上的。1964年,毛泽东做出了"不要把杨子荣搞成孤胆英雄"[1]的指示,正是从中看出了个人英雄表述与集体文化要求之间的悖谬。然而直到1970年的样板戏电影,这一问题不仅没有得到解

---

[1] 文化部批判组:《还历史以本来面目——揭露江青掠夺革命样板戏成果的罪行》,《人民日报》1977年2月13日。

决,反而在"三突出"原则下越发放大了"英雄"身上的"个人主义"色彩,而返身阻抑了"集体主义"的话语实践。

另一方面,3D版《智取威虎山》中的杨子荣身上令人大呼过瘾的十足"匪气",也并非徐克的原创。早在20世纪60年代,电影《林海雪原》中的杨子荣形象就遭到了"比土匪还像土匪"的批评。[1]然而作为一个以"扮演"为核心的卧底任务,杨子荣必须以冒犯秩序的"匪气"作伪装,才能完成其法外执法的"侠义"。如果说在20世纪50至70年代的文化实践中,这一"侠/匪"不分的悖论带来的是政治修辞学的两难,那么在新时期之后,经过了80年代的"告别革命"与90年代的"红色怀旧",在新历史小说的影响下,"匪气""黑话""草莽气"早已不再成为问题。以2005年《亮剑》中的李云龙为代表,新的英雄叙事已经走向了一条"激情燃烧"却去神圣化的道路,一个带着"匪气"的"孤胆英雄"也开始获得其合法性位置。换言之,对于《智取威虎山》而言,正是根植于这一英雄叙事脉络之中的"侠风"与"匪气"的杂糅、"个人"与"集体"的悖论,为徐克的武侠情怀和好莱坞式叙事提供了可植入的空间。

然而需要辨析的是,在3D版《智取威虎山》中,这一"孤胆英雄"却不仅其来有自,还很似是而非。事实上,张涵予扮演的杨子荣很难称得上是一个典型意义上的好莱坞式的"孤胆英雄"。在这样一个卧底故事的设定中,杨子荣既没有表现出必要的心理深度,又缺乏在人性

---

[1] 参见姚丹:《"革命中国"的通俗表征与主体建构——〈林海雪原〉及其衍生文本考察》,北京大学出版社2011年版,第135页。姚丹指出:杨子荣身上的侠风"有时候很难和'匪'气相区别,因为土匪恰恰也是靠'血酬'谋生的亡命徒,也具有生死不惧的特点,杨子荣能与他们如鱼得水般地相处,即得益于'侠风'或者说'匪气'。"

与任务之间的张力时刻,这里的英雄仍然是被抹消了生命前史与心理空间的、非个人化的扁平形象。与此同时,小分队的战斗形象则得到了前所未有的凸显,这使得所谓的"智取",也就不只是杨子荣在山上的见机行事与斗智斗勇,而且是小分队在山下的战略部署与具体战斗,如改装武器(令敌人误以为有坦克大炮)、"动起来打"以隐藏实力(令敌人误以为我方有一个团的兵力)、用棉被夹击敌人、设计索道飞过鹰嘴峰等战术。更重要的是,电影延续了原作中"英雄获救"而非"英雄拯救"的结尾:正是在小分队以坦克轰下巨石砸塌威虎厅以争取时间、203及时击毙暗算杨子荣的土匪之前提下,杨子荣才可能在身份暴露后顺利逃脱并完成对座山雕的追击。与20世纪50至70年代的同题材电影相比,小分队不再只是被动等待而是主动出击,杨子荣与小分队表现出一种平分秋色的合作关系。相比之下,这一版杨子荣的"孤胆英雄"色彩反而是最弱的,取而代之的则是某种"群像"式的英雄呈现。

二、"被拯救者"的私人记忆

将小分队作为一个"战斗团队"进行浓墨重彩的表现,所承担的是电影"动作大片"的自我定位。因而这里的"英雄群像",虽是一个战斗的"集体",却有别于20世纪50至70年代社会主义文化建设语境下"集体文化"意义上的"集体"。事实上,电影对"英雄群像"的塑造仍然以某种"孤军奋战"的叙事抹消了原作经典中的集体话语,问题就在于影片对原作中"革命战斗"与"群众动员"之双线叙事的改写。徐克保留了威虎山上杨子荣的故事脉络,却将夹皮沟的群众动员替换为了小分队的日常生活与战斗场面。50至70年代电影中的土改背景已被抹去，夹皮沟工农修整机车、生产自救以及小分队组织、训练民兵的情节都宣告缺席，李勇奇的民兵形象被代之以普通农人，而夹皮沟一役也由小分队与民兵的联合作战改为小分队的单独行动。伴随这一替换的乃是对"群众"形象的暧昧化处理。3D版《智取威虎山》中的"群众"是以村长为代表，认定"土匪不能打"而拒绝自我武装，只能在恐惧中躲在谷仓里瑟瑟发抖、求神拜佛的群氓形象。与之相应的则是杨子荣上山前对203"武装村民"战略的反对。在电影中，群众虽然逐渐表现出对革命队伍的亲近，却始终拒绝被召唤为革命主体的一员。这多少延续了徐克在其武侠电影中对"侠客与大众"关系的设定，这里的群众更近于一种远祸全身、但求自保的庸众形象。因而影片虽然采用了某种"复数"的英雄叙事，缺乏的却是一个可动员、可组织的群众基础。英雄与群众之间也就被简单地定位为一种拯救与被拯救的关系。

更重要的是，3D版《智取威虎山》的故事呈现本就是一份"被拯救者"的怀旧与追忆。革命英雄的故事是嵌套在一个以韩庚扮演的姜磊为代表的年轻一代对红色经典的想象性怀旧之中的。姜磊通过手机视频对样板戏的观看，从影片一开始就规定了某种"怀旧"的观看方式，而从纽约都会的灯红酒绿到中国东北的冰天雪地，姜磊的画外音作为旁白也决定了其叙事者/想象者的结构性位置。而姜磊在高铁上翻看的那本发黄的速写簿，则以近于"老照片"的方式，将样板戏的公众记忆引渡到了一个以家庭历史为载体的私人记忆当中。经过这一重私人记忆的转换，3D版《智取威虎山》与其说是一个英雄杨子荣的故事，倒不如说更像是一个"小栓子的故事"。

作为"被拯救者"的代表，栓子在影片中的形象其实并不讨喜。从开始不信任小分队时的逃跑造成的高波受伤，到后来在战斗中乱跑而间接导致了砖头与高波的牺牲，栓子的个人仇恨与无组织、无纪律性，一直在给小分队带来拖累与牺牲。更重要的是，英雄的付出与牺牲换来的并不是栓子的启蒙与成长，而只是栓子的安全，正如小分队的奋战也并没有带来村民自我武装的觉悟。换言之，栓子虽然被放置在20世纪50至70年代的英雄叙事中常见的"英雄成长"故事的起点之上，并逐渐表现出对革命队伍的情感融入，却始终没有获得真正的成长。当栓子目睹了高波的受伤和砖头的死，产生的也只是简单的感恩之情与复仇冲动，而没有上升为一种追随革命的主体认同。在每一个可能成长的时刻，栓子都始终被定格在一个被保护者的位置上，而被取消了成为主动的行动者/革命者的可能。相反，栓子一直表现出对革命队伍的能力与意义的怀疑，直到203告知他攻打威虎山也是为了解救其母亲时，才表现出跟随与合作的态度，他的目的明确而单纯："我是去接我娘的"。因而在故事的终点，栓子不仅只能作为小分队行动的旁观者，也终于没有迎来《董存瑞》或《红色娘子军》式的以入伍或入党为象征的"成人礼"，而只是迎来了与母亲的团聚。

这一在"拯救者"与"被拯救者"之间的截然二分，以及对"被拯救者"转化为"自救者"之可能的阻断，实则是将栓子定格在了一个"拒绝革命"的位置上。而姜磊这一想象性怀旧的叙事者作为一个"被拯救者"的后代，他与"革命"之间的距离也就不只是代际之间的鸿沟，而是主体认同的差异。

三、"家庭"的政治修辞学

在某种程度上，3D版《智取威虎山》中英雄与群众的关联，正是以栓子为黏合点完成的。栓子与小分队在情感上的亲近过程,也代表了村民对革命队伍由恐惧到怀疑再到信任的关系变化。"军民鱼水情"的表述套路也被具体化为"家庭"与"亲人"的修辞。当栓子冲着小分队大喊"我没有家"时,203对他说:"你有家,我们这帮人,都是你家人啊。所以我们去打土匪的时候,你要把家看好,我们一定会帮你把你娘给找回来。"在这里,徐克不得不借用20世纪50至70年代的革命历史叙事中常见的"革命军队大家庭"的修辞。但问题在于,"革命军队大家庭"作为一种集体表述,实际上已经被置换为了一个人道主义意义上的、负载着人性价值的"小家",而"革命"的意义也由此得到了某种"人性化"的诠释。

在抹消了"群众"产生政治觉悟与革命认同的可能性之后,电影便只能将军民之间的阶级认同与政治认同弱化为一个"家庭"的隐喻。因而在小分队上山发起总攻之前,村民们只是前来邀请战士们吃一顿团圆饭,却无人表示要加入武装队伍。饶有意味的是,唯一表现出参与意愿的竟然是那个一直被胆小的村长搂在怀里的女孩小娟。对于这个一直没有台词的小女孩,摄像机反复赋予她的都是一个睁大眼睛凝视栓子的特写,因而她想参加战斗的动力与其说是来自于对革命的认同,倒不如说是对于栓子的一种无逻辑的好奇心与亲近感。而恰恰是这一点,在总攻胜利之后,很快便被架在回忆与现实之间的一张黑白合影证明为一种爱情关系的萌生,以及一个核心家庭的重建。由此,"革命"的目的与价值便以一种"家庭"的修辞,指向了以栓子的未来命运为代表的个人幸福与私人记忆。

影片故事的终点在革命胜利的大团圆内部嵌套了一个母子重逢的小团圆,显现出这一版《智取威虎山》真正的价值旨归,即在革命斗争与个人家庭的幸福生活之间建立起价值上的因果关系,而不是指向新的革命主体的询唤与生成。因而正如203望着团圆的母子所说的那样:"希望栓子他们这一代不再有战争",革命的最终目的,正是革命的终结。影片以母子的团圆、栓子与村长孙女的结合,及其子孙姜磊在美国成功的个人奋斗所构成的这一幸福家庭的重建与延续,为革命时代画上了一个人性化价值的句点。影片结尾在一个年夜饭的家庭场景中借奶奶之口说道:"啥客人呐,这都是自个儿的家人。过年了,吃个团圆饭。"再一次在20世纪50至70年代"革命军队大家庭"的修辞内部植入了一个"现代个人家庭"的价值旨归。在一个后冷战与后革命时代,借用影片中杨子荣的话,这种"还是得过太平日子"的向往所造成的价值耦合,正与中国共产党从"革命党"转型为"执政党"这一历史定位的自我调整有关。

  根据有关部门的审查意见,原版电影中杨子荣与座山雕"飞机大战"的结尾因不符合现实而被建议改掉。或许是因为舍不得这个大场面,徐克最终还是借用了姜磊的想象将之保留了下来。然而这个以"想象"为名的权宜之计却刚好为全片做了一个症候式的注脚。纵观整部电影,栓子的成长时刻与群众的启蒙时刻迟迟没有到来,并且只能以私人记忆与好莱坞的想象方式诉说革命的价值,正是一个后革命时代想象"革命中国"的方式。拒绝这样的时刻,便保证了将革命者的历史与获救者的未来,在时间的轴线上截然分开,前者虽以后者为目的,其自身却将被永久地安放在一个过去时的叙事当中,只能以"想象"的方式召唤英雄的历史。质言之,对"革命英雄"的追认,完成的恰恰是对革命历史的重写。这也就能够解释,为什么在片尾的年夜饭上,杨子荣与203只能像配角一样位列于栓子夫妇的两侧,而只有栓子和坐在他对面的姜磊才能占据画面的中心位置。因为事实上,这一不再被询唤为革命主体的一代才是掌握着想象性话语、重构英雄的形象与位置的历史主体,而3D版《智取威虎山》所完成的,正是一个现代主体对革命中国的告别与纪念。

寓"独语"于"闲话":李娟与现代散文的传统

面对李娟的写作,很多批评家似乎产生了某种共识:为李娟写批评,近于一种徒劳。就如同面对一样天然灵动的美好事物,无论是闪亮的溪水、林间的小兽,无边的旷野或七月的巧云,遇到它的刹那即仿佛灵魂相契的时刻,除了能轻轻张口低低赞叹一声,其他语言总未免显得苍白而多余。但李娟偏偏就有这个本事。她不仅能在那个时刻撷取最浑然天成的语词,还能借此把那个时刻完整而丰盛地带到读者的眼前。我们面对这样的文字,似乎也只能在静默中会心一笑,或是不由自主地轻轻喊出一声:啊。

平易清新与高远阔大,在李娟的散文中达成了某种奇妙的融通与平衡。优美与崇高,酣畅与节制,劳作与休憩,甚至苦辛与安乐,在风格与意义的层面都不再是相互悖反的两极,而构成了某种浑融的意趣。这是李娟散文难以破解的秘密。事实上,在具有整体性的经验内里与文字的隐微之处,我们仍然可以辨认某些微妙的缝隙,以及几副不同笔墨之间的碰撞与交融。在中国现代散文的两大文体风格的脉络之间,在作家安放自身的位置与姿态上,李娟的选择与尝试为我们同时带来惊喜与困惑。因此即使要冒着徒劳无功的风险,这一秘密仍然值得深究。

一、"闲话"的情境

一直以来,李娟的"阿勒泰"系列和"羊道"系列散文都是围绕其在新疆阿勒泰地区的乡居生活展开的。用李娟自己的话说,"到目前为止,我的写作只与我的个人生活有关"[1],其中的"羊道三部曲"更是李娟在江南一带打工时,用了三年多的时间,对跟随哈萨克牧民人家"转场"生活的回忆性讲述。从《我的阿勒泰》和《阿勒泰的角落》开始,李娟的散文就充满一种亲切自然、娓娓道来的对话感,以及一种朝花夕拾式的、经过节制的深情回看与省思姿态。而阅读李娟的散文,有时亦着实会产生一种与从边疆牧场远道而来的好友对坐窗下,开怀闲谈的情境感与谐趣味道。

在文体类型上,自五四时期的小品文创作开始,"闲话风"就构成了现代散文中的一条重要的文体脉络。[2] 厨川白村在《出了象牙之

---

[1] 李娟:《新版自序》,《阿勒泰的角落》,新星出版社 2013 年版,第 1 页。
[2] 从"语境"入手,吴晓东将中国现代散文概括为"闲话"和"独语"两大流向。参见余凌(吴晓东):《论中国现代散文的"闲话"和"独语"》,《文学评论》1992 年第 1 期。

塔》中就将英国的 essay 描述为一种"随随便便,和好友任心闲话"[1]的话语情境,并通过鲁迅的译介,参与到中国现代散文的创生过程之中。在鲁迅的《朝花夕拾》尤其是周作人的小品文写作中,这一情境进一步发展成为一种文本语境和语体风格,"用平淡的谈话,包藏着深刻的意味"[2]。无论是周作人的《山中杂信》还是沈从文的《湘行散记》,都是以书信的形式或以书信为底稿,讲述自己的山居生活或回乡旅程,皆内涵着某种与潜在的阅读对象分享自身认识与感受的可沟通性、亲切感与日常风味。这种"闲话风"的文体风格发展到当代,在汪曾祺的散文里更是将日常生活与平凡人事之中蕴含的情理与趣味赋予了某种凝练而醇厚的形式。

李娟的写作或许并未直接汲取过这些文学资源,却凭借其独异的天赋和灵动素朴的笔力深刻地延续了这一文学基因。在那些关于阿勒泰生活的可爱短文中,三只狗、一只猫、一群兔子、鸡鸭和牛,与率真而强悍的"我妈"和外婆在广阔寂寥的荒野之中,共同构成了一个熙熙攘攘、妙趣横生的世界。无论是艰苦的劳动,还是无中生有的乐趣,在李娟笔下都带着一种活泼泼的生命力,左奔右突地闯到你眼前。李娟特别善于写人物的语言,或者说,特别善于在日常对话中撷取最鲜活生动的三言两语,构建出一种富于生活气息与强烈个性的话语情境。母亲开杂货铺时在汉语和哈萨克语之间发明的那些匪夷所思却方便易懂的"翻译"[3],外婆搬到阿勒泰市后跟着李娟逛街,看到人行道边

---

[1] 厨川白村:《出了象牙之塔》,鲁迅译,《鲁迅全集》第 13 卷,同心出版社 2014 年版,第 78 页。
[2] 胡适:《五十年来中国之文学》,《胡适经典》,当代世界出版社 2016 年版,第 216 页。
[3] 李娟:《"小鸟"牌香烟》,《我的阿勒泰》,云南人民出版社 2010 年版,第 11 页。

的花喜笑颜开地说:"长得极好！老子今天晚上要来偷……"[1],在杂货铺排着队打电话的内地民工在珍贵的三分钟里向家人报喜不报忧,一个给孩子打电话的母亲琐琐碎碎的"千叮咛万嘱咐"[2](《打电话》),跟随扎克拜妈妈一家在羊道上"转场"时,一家老小一天到晚不时迸发出的一句或笑或闹的"豁切"(哈萨克语中的"去！走开！滚开！"之意)[3]——这些关于语言的细腻记录实可谓"此中有人,呼之欲出"。更重要的是,正是通过这一两个精准的语词和场景,李娟构筑出的是一种由生活的常态和朴素的人情生成的氛围。这氛围特别具有感染力。正因其发生在少有人烟的边疆旷野,则更能催生出人类对人群与交流的渴望。而李娟作为一个书写主体对于这种情感氛围的珍视与热爱,则在文体和语言的层面将这种渴望落实为一种作者与读者共同分享同一个经验世界的美好感受。在《遥远的向日葵地》的后记中,李娟几乎是饱含深情地剖白,现在的自己和过去并无不同,"永远心怀强烈渴望,非要把这一切分享给所有我想要倾诉的人们不可"[4]。换言之,对李娟而言,这种娓娓而谈、亲切俏皮的"闲话风"不仅是文体或风格层面的呈现,更与其精神深处的写作动力内在相关。

二、"独语"的颠倒

"闲话"显然不是李娟散文的全部。

---

[1] 李娟:《外婆的世界》,《遥远的向日葵地》,花城出版社2017年版,第60页。
[2] 李娟:《打电话》,《我的阿勒泰》,第14页。
[3] 李娟:《羊道·春牧场》,上海文艺出版社2012年版,第66页。
[4] 李娟:《后记》,《遥远的向日葵地》,第257页。

之所以被誉为"阿勒泰的精灵",可能是因为李娟的文字还具有一种举重若轻的魔力,可以在不同的空间尺度、审美向度和精神维度之间飞翔跳跃,翻山越岭。闲话风的写作固然是俗常可喜的,李娟又特别善于发现荒野与牧场生活中那些极其细小可爱的生机,但更为可贵的是,她不仅并未耽溺于此,而且反倒以更宽容坚韧的乐观与信心,苦哈哈又笑呵呵地抵挡乃至拥抱着艰难粗粝的现实。即使是在笔调轻松的《我的阿勒泰》中,我们也能清晰而频繁地看到李娟毫不回避地写下寒冷、贫穷、劳累、奔波、无助、分离与悲伤,也从不掩饰自己在艰难生活面前的痛苦与脆弱。这使得李娟笔下的乡居生活,早已突破了某种悠久的文学传统之中"归园田居"式的闲适与浪漫,甚至与汪曾祺笔下那种平实老到的野趣亦有所不同。对于荒野生活中这些很难"闲适"得起来的部分,李娟的眼光和笔调既非美化亦非猎奇,而是像琥珀保留昆虫、化石保留鱼骨一般,将它们一笔一笔镌刻在文字的整体之中。因此,李娟散文的"闲话风"看似诙谐趣致,却在内里潜藏着坚韧的质地甚至沉重的面影,在最出其不意的时刻,显影出生命在强悍的伟力与微弱渺小之间不可避免的悲剧性。

这种时隐时现的悲剧感,构成了李娟散文在审美情调上的厚味,而使其避免落入某种轻倩浅薄的境地。在李娟笔下,与人和动物的亲近可触相并峙的,永远是戈壁荒野的坦阔无边与空荡微茫。因为喜欢在旷野中散步,这也成为李娟散文中一个特别常见的情境。在大年初一的早晨和母亲一起带着三条狗走进荒原:

天空明净地向前方的地平线倾斜。远远的积雪的沙丘上,牛群缓缓向沙漠腹心移动,红色衣裙的放牛人孤独地走在回村的途中。

　　除此之外,视野中空空荡荡,大地微微起伏。

　　……

　　……我们又走上一处高地,这里满地都是被晒得焦黑的拳头大小的扁形卵石,一块一块平整地排列在脚下,放眼望去黑压压一大片。而大约两百米处,又有一个铺满白色花岗岩碎片的沙丘。两块隆出大地的高地就这样一黑一白地紧挨在大地上,相连处截然分明。天空光滑湛蓝,太阳像是突然降临的发光体一般,每当抬头看到它,都好像是有生以来第一次看到一样——心里微微一动,惊奇感转瞬即逝,但记起现实后的那种猛然而至的空洞感却难以愈合。[1]

在这样的时刻,我们看到的已不再是一个津津乐道的闲谈者,而是一个在广袤荒凉的天地之间茕茕孑立、孤独而静默的人。而这样的写作,也开始从开放性的闲话转向内敛的独语,向外拉开了与阅读者的距离,向内则转入了深致的个人体验。一个孤独的主体与一个没有边际、难以把握的世界的突然相遇,也使得散文的审美维度从诙谐或优美转向了崇高。

　　事实上,从鲁迅的《野草》到何其芳的《画梦录》,再到冯至的《山水》与沈从文的《烛虚》《七色魇》,"独语"也恰恰构成了中国现代散文中的另一脉重要的文体风格。叙述者孤寂荒凉的内心、文本语境自身的"拟想性"与自足性,往往构筑出一种超越于日常闲话的"辽远的国

---

[1] 李娟:《过年三记·散步》,《我的阿勒泰》,第26,28页。

土",所遵循的也不再是现实的逻辑而是一种"想象的逻辑"[1]。然而有意思的是,在李娟的"独语"中,这一"辽远的国土"却同时兼具现实性与拟想性,它的神秘、旷远与深邃,既是写作者切身体味到的此情此景,又是置身于某种超越性情境中的精神领悟。因此在李娟的笔下,我们也常常会看到种种诡谲绮丽的梦境,现实甚至也倒退或发展出某种不真实的梦幻感:"但我常常有幻觉,觉得自己和这片葵花地正渐渐退向梦境和虚构之中。越来越多的访客都拉不住我们了。连沉甸甸的收获和真实的姻缘都拉不住我们了。又想起被我们放弃的南面荒野中那块地,它已经完全失陷梦境。我好几次催促我妈抽时间去那边看看。她那犹豫的样子,像是在思索是否真的存在着这样一块地。"[2]值得指出的是,李娟的独语其实构成了现代散文之"独语"结构的某种颠倒:这种独语不再是写作者抽身于现实世界之外,对一个封闭内敛的幻象世界的主观构造,而是一个更为阔大深远的自然世界本身在人的主观体验之中落下的精神投影。

三、文体的变异与贯通

从任何值得称道的写作中发掘一两种文学传统,当然都并非难事。但李娟的独异之处在于,她的写作恰恰构成了中国现代散文中的两类具有起源意味的文体脉络之间的碰撞、桥接与汇通。在李娟笔下,正如劳作与休憩不可分离,人与自然休戚与共,闲话与独语、优美

---

[1] 余凌(吴晓东):《论中国现代散文的"闲话"和"独语"》,《文学评论》1992年第1期。
[2] 李娟:《人间》,《遥远的向日葵地》,第251页。

与崇高、小趣味与大气象并不是彼此分隔的两幅笔墨,而是一个相对融通、流转自如的整体。在很多闲话风的主题与语境之下,李娟也能忽然用飞跃的想象截断家常的细流,高高筑起幻想的堤坝。譬如写澡堂里的人间百态,写身体与水的相遇,写洗澡时总忘带一样东西的窘境,却忽然就转了个弯:

> 去澡堂洗澡,带必备的用品——这是很简单很简单的事情。我却总是做不好。当我侧着身子,又一次绕过水池子走向我经常使用的一个龙头时,便拼命想:这一次忘记了什么呢?这一次又是什么在意识中消失了呢?我还有什么不曾感觉到、不曾触及到呢?我侧着身子,在拥挤的森林中行进,草丛深厚,灌木浓密,树木参天。我发现一只静静伏在布满翠绿色字母图案的蛛网上的、背部生有红色塑料纽扣般明亮的奇特器官的六脚蜘蛛……我轻轻地扒开枝叶,俯身在那里长久地看着。这时有人从我背后悄悄走开,永远走开……而在此之前,我在这森林里已独自穿行千百年,没有出口,没有遇到任何人。[1]

在这些地方,依靠着奇异的联想或哲理性的思辨,李娟常常能够从现实性的日常逻辑之中积聚起一种诗性或智性的势能。

她能在隆冬深夜的火炉与烙饼中看到"手心中这团食物的白与万物对立。它的香美与无边的寒冷的对立……双手的力量不能改天换日,却恰好能维持个体的生命。恰好能令粮食从大地中产出,食物从

---

[1] 李娟:《我们这里的澡堂》,《我的阿勒泰》,第44页。

火炉上诞生"[1];她会想象一百年前的农人因无路可走而不得不第一次闯入这片荒野时"世界改变了"[2]的那个时刻,万物的惊惶与迷惑。从劳动的人,到人与土地、动物、粮食之间相互依赖的关联感,李娟最终写出的是生产者与自然、食物以及生命之间的关系,是人与自然的对立或并峙,是人的无限渺小与无限伟大,是生命和宇宙的对立与同一,是瞬间与永恒的辩证,是个体行动与人类命运的相互蕴藉。在最小和最大的尺度上,李娟将世界理解为无数重彼此息息相关的同构体,并把人还原为其中最平凡无奇又最伟岸卓绝且最自不量力的一环,剖开其中的罪恶与洁白、无辜、无奈与无可宽恕。尤其是在《遥远的向日葵地》中,"阿勒泰系列"中为我们所熟习的闲话开始高密度地转入独语的世界,在文体的大开大合之中,不断向内纵深又不断向外扩展,在现实、历史与想象的多重维度都显示出更激进的文体变异。

　　在周氏兄弟开启的中国现代散文的两大风格传统之间,寓"独语"于"闲话",可以视为李娟散文的某种别具一格的尝试与创获。由此,李娟的写作兼具了亲昵和婉的韵味与独白式的倾诉语调,显示出一种从容而孤独的气质,同时也构成了对于传统的变异与新的融合。值得深究的是,这样的文体选择或许与其特殊的写作位置不无关联。尽管批评家总是喜欢在西部、边地、少数民族写作、"非虚构"这样的名词之下谈论李娟,但实际上,荒野与城市、哈萨克与汉族、恒常与变动,恰恰构成的是李娟写作位置的游移而非确定。李娟的可亲近之处,在于她深刻地经历了荒野的一切,却像我们这样的都市读者一样并不真正属

---

[1] 李娟:《火炉》,《遥远的向日葵地》,第147页。
[2] 李娟:《繁盛》,《遥远的向日葵地》,第33页。

于荒野。在《阿泰勒的角落》一书的"新版自序"和《走夜路请放声歌唱》中,李娟都坦陈自己对城市生活的依赖,以及由此生成对于乡村生活的反观视角。荒野之中的写作者一直保持着一种疏离于荒野之外的敏感和惊慌。这抚慰了我们面对荒野时的不安,使我们获得了某种共情,并分享给我们一些隔岸观火式的安全视点。实际上,她也很明了读者的期待:在都市生活中一样喘不上气来的文艺青年们等待着从李娟的书里收获天高地远、风雨流星,再从中撷取妙语一二粘贴在微博或朋友圈中。李娟懂得这样的懦弱与虚荣,并照顾这样的懦弱与虚荣,而她的笔力在于,那些没有写出的残酷未来,早已无数次隐伏在欢乐时刻的背后,像一头窥伺已久的饿兽,等待着故事的收梢。但李娟的不安则更加深刻痛苦。因为她注定要亲历所有诙谐背后的苦辛,并更敏感于荒野与牧场将如何被慢慢席卷进一个外部世界的巨变之中。她的无法抽身而退,是无法用单纯的优美或崇高轻易替代荒野的全部面影,是无法完全用写作抵消现实带来的迫人压力。在符号世界之外,现实世界永恒地提醒与困扰着她,成为一种压在纸背又力透纸背的深刻隐忧,而这也恰恰构成了她的文字丰厚有力的秘密。因此,闲话与独语的交通,不仅是两种文体的碰撞与交融,也显示出两种不同的散文观背后关于写作与生活的关系,人、我与世界之间如何关联贯通的可能。

结语

李娟是一个对自身的写作姿态和写作本身的限度有着高度自觉的作家。李娟有一篇短文题为《我的无知与无能》,写的是劳动在自然面前的限度,而对于李娟这样一个将写作自比为"耕种"[1]的作家而言,这个题目或许也可以用来概括她对写作本身的省思。在一篇题为《晚餐》的散文中,李娟并不回避"虚构"与"真实"之间的实际关联:"我写一些事实上不是那样的文字。试图以这样的方式,抠取比事实更接近真实的东西"[2],同时,她也很明白生活最核心部分的不可记述。李娟将这种写作的限度称之为"文字的弯路":"我在这里,说着一些话,写出一些字。但其实一切并不是这样的。我说什么就抹杀了什么,写什么就扭曲了什么。"[3]这是对于写作的高度依赖与信任,但也深深裹挟着对写作的怀疑与妥协——这是李娟关于写作的元写作。对于李娟而言,现实感是一种整体性的状态,是饱满的外壳也是坚硬的内核,它是生活本来的面目,是生命中的必然与偶然、运动与止息、痛苦与欢乐、常态与例外的相互交织与彼此渗透。在这个意义上,李娟高度依赖于个人生活的写作在他人看来或许具有枯竭的风险,对作家自身而言却具有一种不断随着生命向前绵延的生长性。用李娟自己的话来说,"亲爱的,这不是我的软弱,这是我的坚强"[4]。

---

[1] 李娟:《后记》,《遥远的向日葵地》,第 256 页。
[2] 李娟:《晚餐》,《走夜路请放声歌唱》,湖南文艺出版社 2011 年版,第 16 页。
[3] 同上,第 19 页。
[4] 同上,第 20 页。

自叙传经验的反复:"90后"作家的90年代想象

一、自我经验的创伤书写

甄明哲出生在20世纪90年代,但读他的小说有时会令人产生一种奇妙的穿越感,以为自己在读郁达夫或沈从文。1925年9月,年轻而落魄的沈从文写过一篇小说《棉鞋》,是这么开篇的:"我一提起我脚下这一双破棉鞋,就自己可怜起自己来。有个时候,还摩抚着那半磨没的皮底,脱了组织的毛线,前前后后的缝缀处,滴三两颗自吊眼泪。但往时还只是见棉鞋而怜自己,新来为这棉鞋受了些不合理的侮辱,使我可怜自己外,还十分为它伤心!"[1]如果把棉鞋换成裤子,在甄明哲的短篇《去亚细亚吧,去买一条新裤子》(以下简称《亚细亚》)中,我们也会发现很多类似的经验与情感:生活的困窘带来的自卑与自怜,激发出过度的自尊与敏感,以及由此感受到的屈辱与愤怒。概而言之,这是一种与以棉鞋或裤子为代表的"物"深度纠缠在一起的自我意识。

小说从大学生主人公"我"上体育课前发现自己的运动裤破了写起,持续引发了他从小到大关于裤子的诸多记忆。对母亲、父亲和女友给"我"买衣服裤子的几段经历的回想,也似乎促成了某种成长时刻或自我和解的来临。在这个过程中,甄明哲对于裤子的描写简直登峰造极:棱角分明的新裤子,太长太大一直往下掉的裤子,尤其是那条"像一张老狗的皮"[2]似的旧裤子。作家用丰沛而准确的细节在最大程度上撑开了"我"面对这些裤子时或舒适或紧张,或狼狈窘迫或拧巴恼怒的心理空间。小说特别写到了两次照镜子的情境:第一次是高考前,母亲刘彩霞带"我"去亚细亚买那件廉价 T 恤时,"我"看到镜子里的自己:"看到自己身上的河上街高中校服歪歪斜斜,领口的扣子敞开着";第二次是大学时,女友带"我"去亚细亚的新商场买裤子,因为太紧张而穿不上那条崭新的裤子时,在镜子里看到了眼神空洞、胡子稀疏的自己:"里面有一个精疲力竭的人。他双手抓着裤子,瘫倒到塑料椅子上。他的姿势看起来狼狈而滑稽。"[3]这是一些自惭形秽的时

---

[1] 沈从文:《棉鞋》,《沈从文全集》第 1 卷,第 390 页。
[2] 甄明哲:《去亚细亚吧,去买一条新裤子》,《大家》2018 年第 3 期。
[3] 同上。

刻。对于一个只有一件校服却声称"我不缺衣服"的少年而言,在商场中照镜子的经验,构成了自我认识的开端。而这些自惭形秽的时刻,也一次次把镜像中的"我"变成了一个被无限放大的物压垮的、疏离于自我之外、遭到自我厌弃的他者。这令人想起,张爱玲在写到自己的童年记忆时也提起过一件旧衣服:"永远不能忘记一件黯红的薄棉袍,碎牛肉的颜色,穿不完地穿着,就像浑身都生了冻疮;冬天已经过去了,还留着冻疮的疤——是那样的憎恶与羞耻。"[1]这些疤痕正是自我被物异化后产生的创伤经验。

这两次自我认知的创伤都发生在一个由商场、商品、售货员构成的消费空间里。在商场试衣间的灯光下,那条"我"原本以为还能再穿两年的旧裤子却在每一个细节上暴露出它的破旧,比任何时候都更像一件垃圾;而新裤子则"散发出商品特有的新味儿",使"我"走出商场时体会到一种极大的满足感,"仿佛十年没有穿过这么舒服的裤子了"[2]。这正是一个恋物的主体,把对于一个不需要计较和将就,可以自由地穿着合适的衣服,舒服而体面的"自我"想象,完全投射到了这条新裤子上。正是物/商品身上所投射的主体欲望,使这条平凡无奇的新裤子被奇观化了,也使那条旧裤子彻底沦为一个令人羞耻的、他者化的自我。在这两次创伤之后,这种将物/商品和自我相等同的认知体验,又进一步延伸到其他每一个"看与被看"的场景当中:"我不再是我,我已经变成了裤子。"[3]

---

[1] 张爱玲:《童言无忌》,《张爱玲散文全编》,第 99—100 页。
[2] 甄明哲:《去亚细亚吧,去买一条新裤子》,《大家》2018 年第 3 期。
[3] 同上。

二、"恋物"与 90 年代记忆的折返

甄明哲小说对"物"的痴迷并不是从《亚细亚》才开始的。在他此前的短篇小说《红塔山》《美国,在鞋子里》当中,我们同样可以看到无限膨胀的物/商品如何冲击或主宰着主人公的意识世界。在小说《美国,在鞋子里》中,丽丽对一双美国鞋的强烈向往,代表着对一个封闭世界的轻蔑与突围,以及对一个开放的"自由世界"的想象和迷恋。《红塔山》从一盒烟起笔,用红色纸币和红色肉体堆成的塔和山这样赤裸裸的喻象,作为对金钱和欲望的象征。如果说,《红塔山》只是简单地诉诸物与欲望之间的直接隐喻,《美国,在鞋子里》则是在物—美国—理想生活之间搭建起一种转喻关系,那么《亚细亚》在物—自我—世界之间构建的关联性则更为细腻复杂,也更加历史化和语境化。主人公"我"在成长过程中,对自我、家庭和世界的认识一直是和"新裤子"相关联的:从生活优渥的童年时代,母亲随时都可以从亚细亚百货带回来新裤子,到上初中后家境窘迫,只能买大一号的裤子好多穿几年,以至于高中时找不到替换的裤子,父亲从地摊上买回一条山寨名牌运动裤——"裤子"不仅是自我欲望的投射,也成为少年感知处在变动之中的现实与时代的一条物质性的通道。事实上,与甄明哲其他书写恋物癖的小说相比,《亚细亚》则是以一种"记忆折返"的方式,追溯到了"恋物"在一个更大语境中的开端与迁延。

当"亚细亚"以一种广告语式的祈使语气出现在小说题目中时,我们便可大体获悉,这绝不是单纯的个人经验。作为 20 世纪 90 年代名动全国的"商业航母",郑州亚细亚百货以一种极具现代感的服务形象

和营销模式迅速崛起。然而,伴随着市场经济和国企改制的大步推开,原本以国企职工为主的消费主体很快失去购买力,亚细亚自身也因管理机制的滞后与混乱,跟不上市场经济全面铺开后的激烈竞争,在盲目扩张后迅速转入衰败,最终于2000年宣告破产。在主人公"我"从当下处境开始,一次又一次向记忆的更深处折返时,"我"的个人成长史、整个家庭生活的中落史,以及亚细亚的兴衰史被鲜明而节制地编织在一起。所谓"鲜明",自然是在于对亚细亚开业时的荣光进行浓墨重彩的再现,也在于亚细亚倒闭后将店面出卖给麦当劳时的今昔对照,更在于母亲刘彩霞那些隐忍而凄惶的改变。但笔力尽显之处,更在于巧妙的"节制",比如去亚细亚的路上,一笔带出已变成漂亮小区的棉织厂,比如以一条"阿迪王"的运动裤写出那些国企破产后,只能在河堤上摆地摊、销库存的下岗职工。在这些地方,时代与现实以一种深切而细密的方式渗透在个人经验之中,而甄明哲则以一种举重若轻的形式将它们结构起来。

在细腻、深致的个人经验背后,是中国百货零售业与国有企业在20世纪90年代遭遇的历史变动与转型挫败。小说家写出的则是这些变动与挫败如何最终在经验和社会心理的层面沉落为一代青年人的精神痼疾。在国有百货商场全无服务意识、还停留在"爱买不买"的20世纪80年代末,亚细亚的诞生带来的是对极大丰富的现代商品世界、以"消费"为中心的现代生活方式的想象,这正标明了恋物癖的开端;然而亚细亚的迅速衰落对物的剥夺,也势必造成失去工作机会与消费能力的主体的自我贬抑。最令人触目惊心又心有戚戚的细节,莫过于刘彩霞带着儿子去亚细亚挑选一件清仓甩卖的T恤时的一连串拮据异常的动作。这段描写细致到每一张人民币的面额。甄明哲似乎很热衷于这样锱铢必较的写法,在《红塔山》里,你甚至能读到每一张钞票的颜色、质地、触感乃至温度与气味。但与《红塔山》中的恋物与金钱、享乐、消费的欲望过于直白的勾连不同,《亚细亚》则更多地向自我与世界的关系敞开并提问。巅峰时期的亚细亚作为一种消费景观,光鲜亮丽的营业员刘彩霞自然曾经也是构成这景观的一部分。而在刘彩霞幼小的儿子眼中,"她轻松又愉快的模样让我觉得好像亚细亚是我们家自己开的一样"[1]——这便是恋物癖诞生的时刻:奇观弥合了欲望主体在自我和理想的世界之间的断裂感,在自我与世界之间创造出一种虚假的同一性。然而当奇观轰然倒塌,被抛出这一奇观的个人丧失了同一性的红利(无论是想象的还是现实的),却要负担一个业已形成的消费社会带来的精神债务。就好像主人公"我"虽深为别人看待自己破旧衣着的眼光所苦,却丝毫不带反省地以同样的眼光审视着亚细亚不再身着制服的售货员,"她看上去根本不像是一个服务员","我没有再看她了"[2]。

由此,个体经验开始与历史相纠葛,成为一种时代心理的精神分析样本。就好像"拜物教"与"恋物癖"原本就是 Fetishism 这同一个术语的两种不同的译法一样,在历史对个体的裹挟之中,社会症候和主体症候本就是彼此联通的。小说《亚细亚》最终生成的正是一个与 20 世纪 90 年代中国市场经济和消费社会的诞生史紧密联系在一起的当代自我与主体。但饶有意味的是,这个恋物的主体却未必是一个资本主义的意识形态所需要或所询唤而生的主体。在小说中,作为消费空

---

[1] 甄明哲:《去亚细亚吧,去买一条新裤子》,《大家》2018 年第 3 期。
[2] 同上。

间的"亚细亚"诚然代表着那些旧日的辉煌记忆,但它也纠缠着没入衰亡与崩塌的现实,甚至已经成为某种遗迹被新的商业空间所占领。因此,这是一个多层次、混杂着多重价值判断的时空意象。而"新裤子"同样如此,它既意味着童年时令人艳羡的昔日荣光,也珍存着父亲从街头带回一条运动裤的柔软记忆,它既沾染着女友的馈赠带来的耻辱,也寄托着一种希望靠自身的力量去争取的尊严感。它堆叠着每一个旧的自我,又呼唤着一个新的自我。作家所希望的是将物和自我之间丰富的层次和皱褶一一打开,而不仅作为一种符号,或一种转喻。因此,主人公把新裤子连同旧裤子一起剪掉的戏剧化行动,也就蕴含了某种刺穿物的幻象的可能。整部小说的书写也呈现为一种带有追究意味的找寻与抵抗,一种想要冲破恋物幻象的、重建主体的冲动。

三、"成长"的时刻如何到来

但在形式感与历史感带来的惊喜之余,《亚细亚》却并没有迎来一个真正的成长时刻。很难说这是作家的力所不逮还是有意为之。不仅"剪裤子"并未真正打破恋物的幻象,小说结尾又再一次返回到了一个充满怀旧氛围的儿时梦境当中。"去亚细亚吧,去买一条新裤子"变得像一句颠扑不破的咒语。事实上,就算"我"真的依靠自己的力量买到了一条新裤子,又能怎样呢?这种看似独立的自我重建,最终通向的也许不过是《京城大蛾》中的公务员、罗文或者"我"。亚细亚百货倒下了,但总有地方能买到一条体面的新裤子,再在暗中标下命运的价码。与《红塔山》《美国,在鞋子里》中的恋物者悲剧性的觉醒相比,《亚细亚》反而有一些回退了。因此,这个看似明亮的结尾,在熟悉甄明哲小说的读者看来，又像是隐伏着更大的危机、恶毒的嘲讽与深刻的悲观。这个结尾完成的顶多是一次宣泄式的心理重建或怀旧式的自我疗愈。然而，一种扎实的自我认知最终还是要建立在对于自我与世界的清醒认识之上。即使这种关系是压制性的、结构性的，是无可撼动的，但因为这样的清醒，由此建立起来的自我才是可靠的、强韧的，而不再是卑微而愤怒的，或天真而怀旧的。

相比于沈从文这样从湘西边城一路北上，在 20 世纪 20 年代中后期的都市新文坛讨生活的文学青年，生于 20 世纪 90 年代的写作者对自我经验的再现呈现出一种相近的、自叙传式的情感结构。在他们成长的年代，历史正在巨大的转折中一点点铺开，并在铺开的过程中不断遭遇具体的顿挫、反复与自我矫正。然而，转折时代爆发的文学能量已逐渐沉淀为一种历史记忆或文学知识，消费文化与商业奇观在 20 世纪 90 年代的普遍兴起则构成了这一代青年成长中的切身经验。在这个意义上，将"90 后"作家与沈从文以及"后五四"时代生产性与消费性此消彼长的新文坛相勾连，其实是基于一种个体经验与时代症候上的同构性：孤寂、敏感、苦闷既是不同时代的青年人共同的心理特质，也是相似的历史困境带来的相近的精神结构。

当然，比之于 20 世纪 20 年代的文学青年，"90 后"作家无疑拥有更多的文学自觉、素养与训练，在他们的经验与写作之间，也应当更富于思考的余裕和批判性的张力。诚然如刘复生在《"90 后"眼中的中国现实》中所说，"对于'90 后'乡土或小镇青年们来说，市场时代的中国构成了他们直接的生存背景"[1]，但我也相信，这并不意味着如有的

---

[1] 刘复生：《"90 后"眼中的中国现实》，《天涯》2016 年第 5 期。

批评者所言,"在'90后'这里,似乎一切都是浑然天成的,他们不仅没有赶上改革开放的时代大潮,甚至就连90年代的经济体制改革也没有留下多少记忆,所有的'大历史'与'时代感'均与他们无关"[1]。对任何自觉的观察者与书写者而言,时代从来不可能那么浑然天成。事实上,在甄明哲这里,我们看到的恰恰是对自我成长与外部世界的剧烈变动之间那种深刻关联的追溯与叩问。在《亚细亚》中,甄明哲也正是在凭借"记忆"的不断折返,去辨认大历史的错动如何在年轻的个体身上烙下印记。如果用一点考据癖式的做法,对主人公的个人史和现实中的亚细亚兴衰史做一个对照式的编年,我们会发现,主人公的年纪与作家本人存在着不小的距离,小说中的"我"更有可能出生于1987或1988年,而并非一个"90后"。在我看来,小说对每一个时间节点的设置与透露,都是作家有意为之并且经过精心的设计。只有如此,每一个节点上的"我"才能以最合理的方式、最恰切的心智状态,与亚细亚的命运相遇和。在这个意义上,甄明哲也许不仅是在追问自我经验的来路,也是在通过虚构一个更贴近历史的主体形象以更好地理解历史。同时这也意味着,去而未远的20世纪90年代,正以一种持续性的影响加诸一代青年人的个体经验之上,挥之不去。它既不是当下的现实,又不是遥远的过去,我们既无法以"记忆"之名埋葬它,又无法用现实的纷乱去冲淡它。《亚细亚》让主人公的记忆在不同的经验节点与时代节点之间折返往复,或可视为甄明哲把握这段历史的一种尝试。20世纪90年代的大历史与个人史,以一种尚未过去的"过去时"

---

[1] 杨毅:《以低空飞翔的姿态注视地面——"90"后写作之一瞥》,http://www.chinawriter.com.cn/n1/2018/0102/c404034-29739929.html,2018年5月20日访问。

为小说书写提出了难题,也为从自我经验起步的"90后"作家提供了挑战性的空间。

真正的成长时刻或许尚未到来,但我们依然期待。

我们有理由期待。

后　记

　　新文学自发端起,就长久裹挟在新与旧、城与乡、抒情与史诗、文学与政治等一系列具有辩证性的历史构造当中,也在现当代中国纷纭的话语实践和形式的自反与重造中,呈现为开阔而复杂的光谱。这本小书讨论的一系列个案与问题,关注的正是新文学的生产机制与内在构造的互动过程,以及在这一过程中不断更迭与再造的历史表述形式。将这些"构造"重新语境化与问题化,既是对现代性命题本身以及主导现当代文学研究的一系列基本结构展开反思,也希望借镜新文学家及其后来者在话语、观念与形式上的"重造",为新文学开辟出自我批判的位置,激活新的历史能量。本书各编正是在这样的问题意识下展开的。第一编"积习与新路",关注新文学在确立其现代语言与现代文体的过程中自我革新的复杂过程,特别是新文学者在选择其言说方式与实践策略时的犹疑、游动、自我否定与辩难。第二编"抒情与史诗",瞩目于新文学中的"抒情"话语及其文学再造,尤其是浪漫与反讽、抒情与革命、文学与政治之间的张力关系。第三编"都市及其景观",聚焦现代中国的城乡问题及其艺术表现。在被某种线性的时间经验灌注的空间结构中,"乡村与城市"往往被建构为二元的叙述空间,构造出某种农业文化、传统文化、地域文化或差异文化与工业文化、现代文化构成的对立框架。第四编"传统及其形变",关注新文学自身如何作为一种"传统",在更迭的想象中不断被赋予"当代性"。这部分旨在考察,以"新文学传统"作为想象或对话的底本,经验或形式上的资源,当代电影、小说、非虚构写作等一系列跨越代际、媒介与视听经验的诸种文艺实践,如何继承、重造乃至背叛了这一传统。

"微光"集丛以鲁迅《白莽作〈孩儿塔〉序》中的话命名,以批评实践为主体,亦看重文学史的建构与阐释,或许也是以鲁迅自身的实践方式为喻,向我们展示了一种同时向文学、历史、社会与政治敞开的姿态。作为年轻一代的研究者,这也是我心向往之的一种治学路径与生命状态。因此,这本小书也没有刻意在文学史研究与文学批评之间做出区分,而是着意寻找一种更具活力的中间性的位置与更具贯通性的研究视野,既重视批评实践的历史意识,也尝试建立一种富于批评意识的历史视野,使文学史研究与文学批评相互激发,从而重启文学与历史的关联。值得指出的是,这并不是要以批评方法取代史料功夫或主导历史阐释,亦非简单地延续"历史化"的主张。提出一种新的历史意识或历史视野,首先要对既有的历史化路径进行必要的反省。比如一种无所不包、事无巨细的研究,对文学而言,是否会使其沦为另外一种历史材料或历史研究的文学注释？对历史而言，是否又会导致历史细节的无限膨胀甚至通胀，而失去对真正的历史内容和历史脉动的把握？更重要的是，如何重新审视文艺实践、文本形式与历史的关系？如何重新激活文学艺术的历史性与当代性？对研究者而言，这都呼唤着一种更加融通的主体位置与研究视域。

如艾略特在《传统与个人才能》中所说，我们需要同时理解历史的"过去性"与"现存性"，要将文学的整体作为一个"同时的存在"，作家才能更确切地"意识到自己在时间中的地位，自己和当代的关系"；对于既往的艺术秩序而言，新的作品往往会构成一个崭新的事件从而改变传统的秩序，"每件艺术作品对于整体的关系、比例和价值就重新调整了"。换言之，历史意识并不是抽象的、观念性的、一成不变的，传统也不是一套仪轨或律令，而恰恰是在和当代的互动中，在"新与旧的适应"中，不断发生变动、重组和自我更新。反过来讲，当代的作家、批评家和研究者也就不是在某种固化的历史意识的笼罩下被动地展开创作、批评或历史考察，而是要以一种主动的、自觉的实践，参与到艺术秩序的重造当中。

在文学自身的历史之外，更深层次的问题在于：文学研究者和批评家如何面对历史提出的难题。今天我们如何从事文学史研究和文学批评？对此，我们首先要追问的是：我们是否内在于历史本身？我们是否抱有经由这样的话语实践逼近历史内核的决心？我们所言说的和我们在历史中确立自我的位置，充实自身的主体构造，并落实为真切的生活实践，是否有关？我们的研究在回应什么问题？换言之，我们自身和正在涌动的历史之间有什么关系，以及如何通过研究与批评构建这种关系？这些问题使我联想起现代作家沈从文的批评实践。

抗战爆发后,沈从文特别强调文学者的历史意识,他称之为一种"历史家感兴"。1943年3月,沈从文在谈论骆宾基、刘白羽、姚雪垠这些青年写作者时指出:"必需'活'到这个历史每一章每一页中,才会有'写'出这种人类迎接命运向上庄严历史的可能!"所谓"历史家感兴"就是通过文学记录历史、表述历史甚至介入历史的意识,文学者要首先"活"到历史中去,才有写出"历史"的可能。这既触及到文学在形式上如何面对历史命题,也蕴含了写作者如何在历史中安顿自我,获得实践位置的关键问题。但正如学者姜涛指出的那样,沈从文的"时代认知不乏敏感、深细与合理之处……却不具备一种突破固化感受结构、与历史对话的能力",这使他与大变革中的现实以及历史的实际走向之间的关系实则是相当隔膜的。而这种状态或许也是我们今天需要警惕的。历史意识可以是站在历史道旁的某种抽象的静观,也可以是介入性的、生动的、及物的现实搏斗。对文学研究和批评而言,一种更积极的历史意识或许意味着,我们可以经由在文学现象里辨认文学传统,发现某种相似的精神症候或历史构造的复现,进而在经验与方法上寻求汲取与重造。换言之,在我们所身处的这段既漫长又短促的历史过程中,曾经困扰着那些文学者或知识人的危机与困境,时至今日可能仍在以不同的方式困扰着我们。作为当下中国社会变革与文学发展的参与者与见证者,保持历史意识正是对这些复杂的现实经验及其历史脉络的追溯与探究。

构建一种富于批评意识的历史视野,意味着我们首先要对所处时代中那些占据主导地位的经验模式与认知结构进行"去自然化"的处理,尤其是对主导和塑造社会与文化的权力、技术、媒介形成的秩序有所自觉,另外的历史想象和历史过程才有可能呈现出来。这也将使我们的研究获得一种有足够包容力的历史视野；重要的是对于不同历史经验的当下性的尊重与重新挖掘，同时重视它们所各自包含的历史容量与活力；不是简单地任它们在彼此之间相互拆解或抵消，而是重视它们共同面对的结构性难题。在这个过程中，我特别看重的是如何重新激活危机时代的文学经验，不只是将其作为某种形式或话语的元素去取用，而是形成一种机制性的汲取。构建这个历史视野的过程，也将显现出一种具有融通感、综合力、指向未来的历史构想。其中包含的问题性可以用雅斯贝尔斯的一个提问来概括："我们怎样承担历史生活？"或许只有主动去承担文学传统与历史生活中的难题，才有可能更好地确立自我的历史位置，理解现实状况，进入公共生活，回应时代的危机。毕竟我们关心历史，终究是因为我们关心未来。

这本书讨论的一系列个案与专题，由对20世纪中国文学经典作家与文本的考察延伸到对当下文学与文化的关切，源自我从硕士到博士后阶段围绕新文学的历史构造及其当代情境展开的持续性思考。这使得结成与修订书稿的过程也成为对自己学徒生涯的一次回顾与整理。北大中文系多年来带给我的滋养与激发，使我对学术志业形成了一种具象而鲜活的理解。感谢我的硕博导师吴晓东教授与博士后合作导师陈晓明教授，他们关于文本细读和批评理论的共同兴趣培植了我的感受力与坚持形式批评的决心，更以博雅温厚的性情与平等无私的关怀教会我为人、为学的道理。在这本小书的每篇文章里，从问题视野、方法路径到撰述风格，我仍能清晰地辨认出在北大上过的每一门课程和每一位师长的印迹。感谢温儒敏老师、陈平原老师、商金林老师、戴锦华老师、高远东老师、王风老师、张旭东老师、李杨老师、贺桂梅老师、姜涛老师等诸位师长的教导与提点。他们在课堂上的风范亦是我在自己走上讲台后长久向往与追随的。书中的各个专题也曾先后在《中国现代文学研究丛刊》《鲁迅研究月刊》《现代中文学刊》《文艺争鸣》《北京电影学院学报》《现代中国文化与文学》《文化研究》《中国图书评论》《艺术评论》《励耘学刊》《新文学评论》《山东文学》《大家》等刊物上发表,感谢各位编辑老师的支持与指点。对于那时尚未走出校门的我而言,这使我能够想象一种良性的学术生态对青年人最大的包容与鼓励。

感谢金理老师和上海文艺出版社,使我有机会加入"微光"青年批评家集丛。对我而言,有生命的文学研究正如一道微光,既是对现实结构的探照与观察,也是审视与拓展自我生命结构的探险。它教会我如何从切身经验中获致进入历史的热情与路径,又在在提醒我对既有的文学认知方式进行必要的自我检视。在根本上,它教会了我如何在充满不确定性的经验世界中,把握这一注定要与各种危机共存的时代生活。这使我相信,历史的构造纷纭却并不稳定,自我的重造则永远亟待开启。

2022 年初春

图书在版编目（CIP）数据

构造与重造：新文学的话语与形式 / 路杨著. -- 上海：上海文艺出版社, 2024
（微光·青年批评家集丛. 第四辑）
ISBN 978-7-5321-8623-5
Ⅰ.①构… Ⅱ.①路… Ⅲ.①新文学(五四)－文学研究－文集 Ⅳ.①I206.6-53
中国国家版本馆CIP数据核字(2024)第096458号

发 行 人：毕　胜
策 划 人：金　理
责任编辑：胡艳秋
装帧设计：胡斌工作室

书　　名：构造与重造：新文学的话语与形式
作　　者：路　杨
出　　版：上海世纪出版集团　上海文艺出版社
地　　址：上海市闵行区号景路159弄A座2楼 201101
发　　行：上海文艺出版社发行中心
　　　　　上海市闵行区号景路159弄A座2楼206室 201101 www.ewen.co
印　　刷：崇明裕安印刷厂
开　　本：890×1240　1/32
印　　张：8.75
插　　页：2
字　　数：195,000
印　　次：2024年6月第1版　2024年6月第1次印刷
Ｉ Ｓ Ｂ Ｎ：978-7-5321-8623-5/I·6791
定　　价：62.00元
告 读 者：如发现本书有质量问题请与印刷厂质量科联系　T: 021-59404766